Jack Vance

De Asutra

DE ASUTRA

JACK VANCE

VERZAMELD WERK **45**

DURDANE
BOEK 3

Uitgegeven door Spatterlight, Amstelveen 2018
Oorspronkelijk verschenen als *The Asutra*, in *Fantasy & Science Fiction*,
Vols. 44:5 en 44:6, 1973
Deze vertaling verscheen eerder bij Meulenhoff, Amsterdam 1976

ISBN 978-1-61947-275-4

www.spatterlight.nl

JACK VANCE
DE ASUTRA

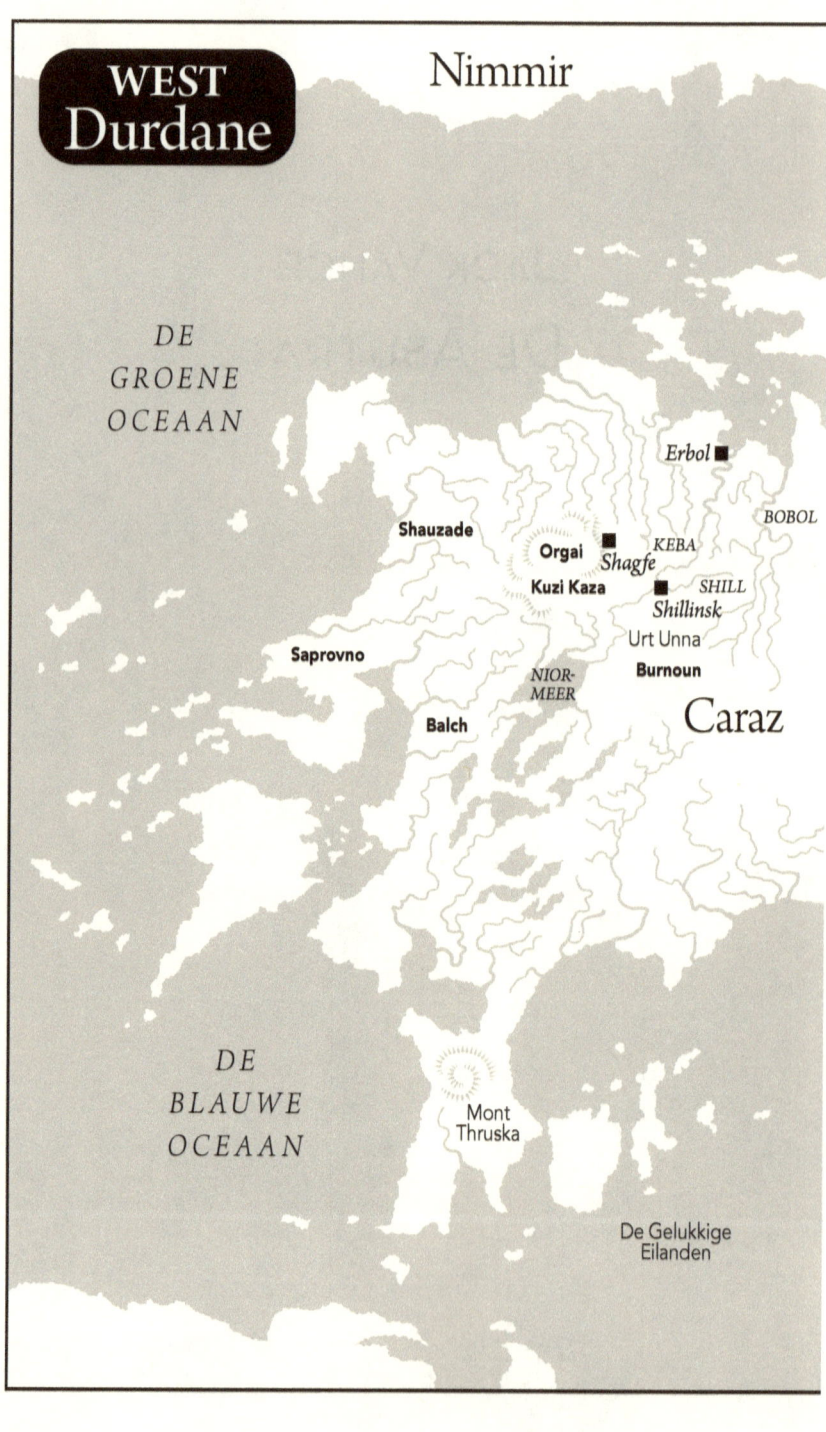

OOST
Durdane

Mirv

Kaap
Comranus

DE
GROENE
OCEAAN

GEVER

Shant

HIETZE
USAK

Garwiy

De Hwan

Beljamar

Kaoime

Chemaoue

Palasedra

DE
PURPEREN
OCEAAN

DE
BLAUWE
OCEAAN

Ashgarod

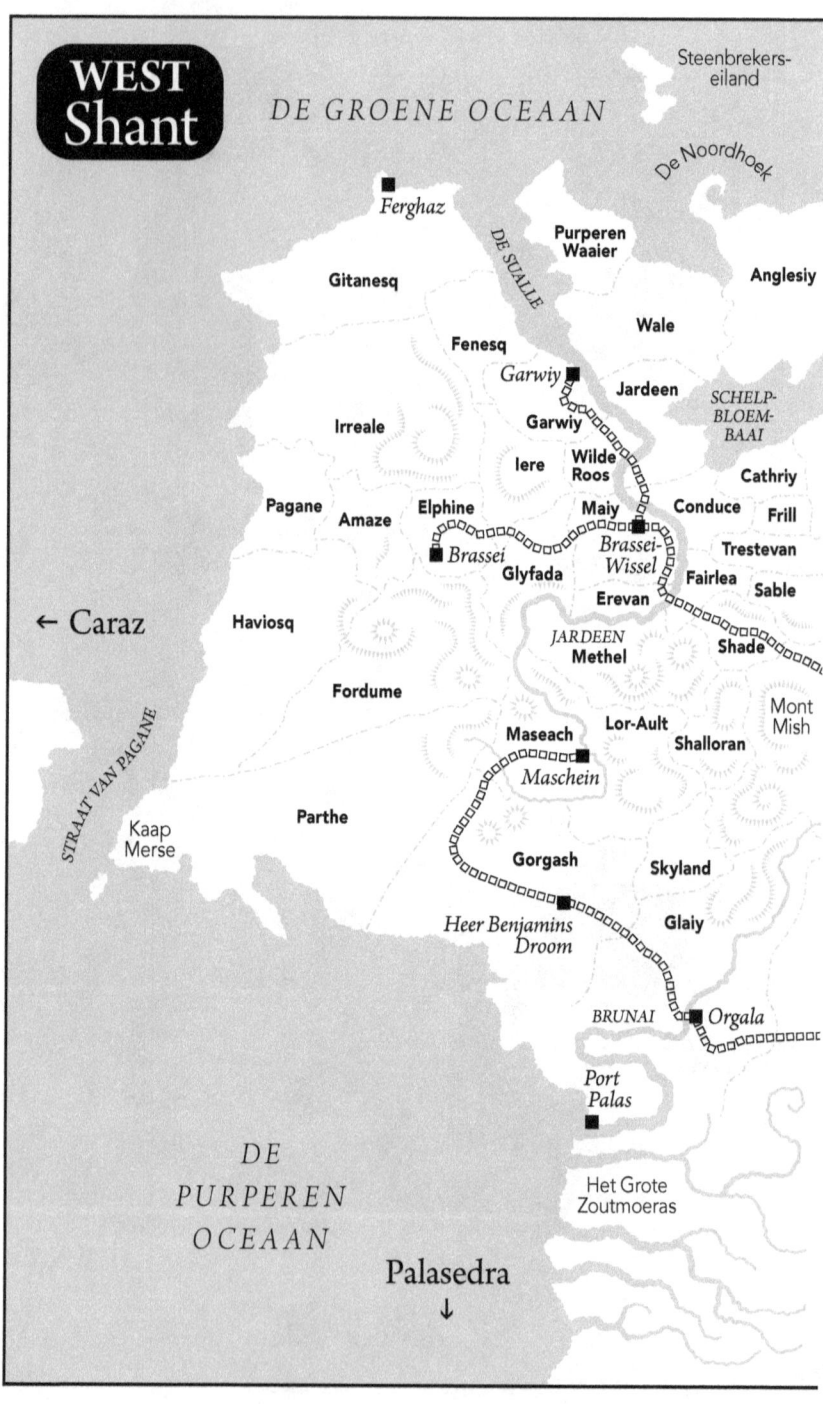

WEST
Shant

DE GROENE OCEAAN

Steenbrekers-
eiland

De Noordhoek

Ferghaz

Gitanesq

DE SUALLE

Purperen
Waaier

Anglesiy

Fenesq

Wale

Garwiy

Jardeen

SCHELP-
BLOEM-
BAAI

Irreale

Garwiy

Iere

Wilde
Roos

Cathriy

Pagane

Amaze

Elphine

Maiy

Conduce

Frill

Brassei

Brassei-
Wissel

Trestevan

Glyfada

Fairlea

Sable

Erevan

← Caraz

Haviosq

JARDEEN
Methel

Shade

Fordume

Mont
Mish

STRAAT VAN PAGANE

Maseach

Lor-Ault

Shalloran

Maschein

Kaap
Merse

Parthe

Gorgash

Skyland

Heer Benjamins
Droom

Glaiy

BRUNAI

Orgala

DE
PURPEREN
OCEAAN

Port
Palas

Het Grote
Zoutmoeras

Palasedra
↓

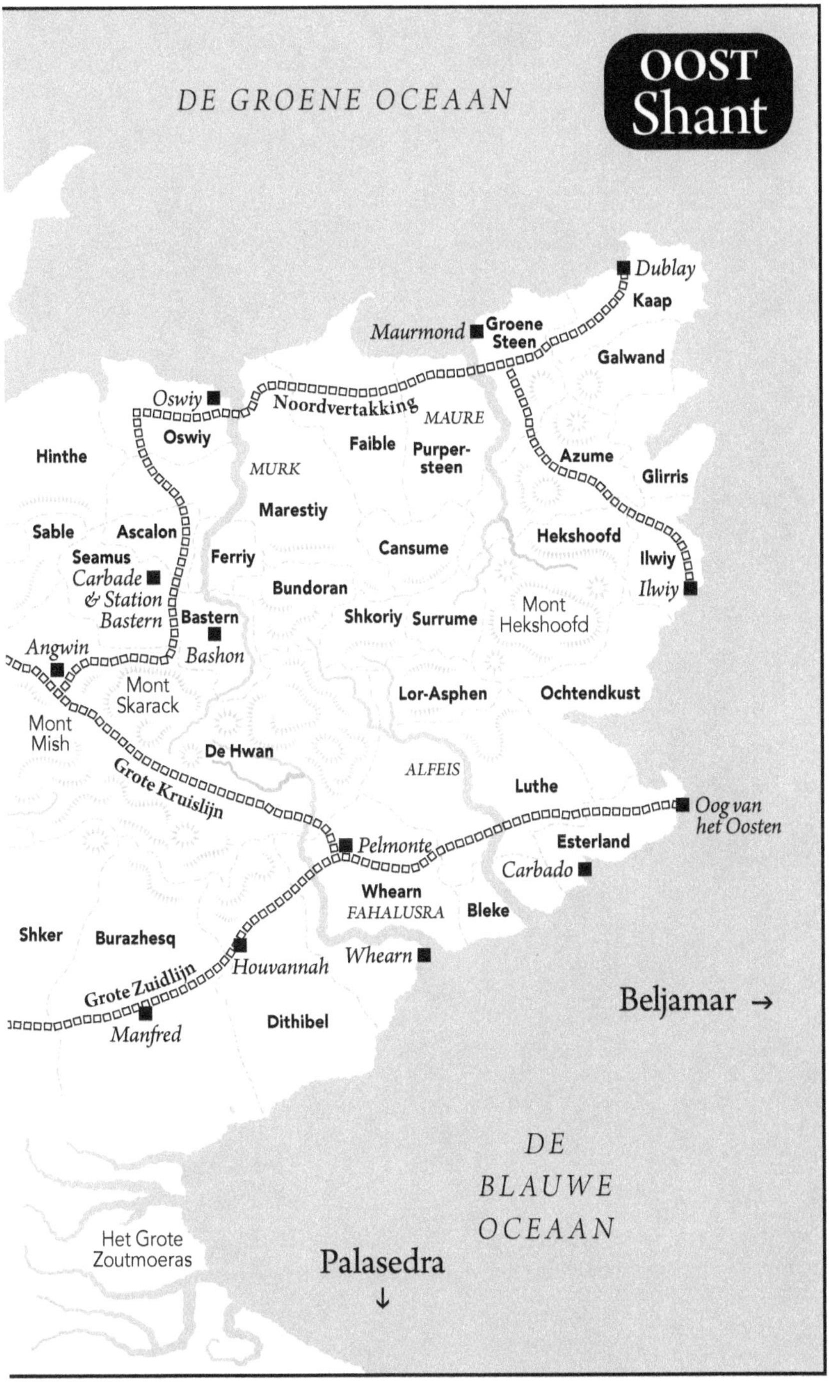

DE GROENE OCEAAN

OOST Shant

■ *Dublay*

Kaap

Maurmond ■ **Groene Steen**

Galwand

Oswiy ■ **Noordvertakking** *MAURE*

Oswiy

Hinthe

MURK

Faible **Purper-steen**

Azume

Glirris

Marestiy

Sable **Ascalon**

Ferriy

Cansume

Hekshoofd

Ilwiy

Seamus

Carbade ■ **& Station**

Bundoran

Ilwiy ■

Bastern ▫ **Bastern**

Shkoriy **Surrume**

Mont Hekshoofd

Angwin ▫▫▫▫▫▫▫ *Bashon*

Mont Skarack

Lor-Asphen

Ochtendkust

Mont Mish

De Hwan

ALFEIS

Grote Kruislijn

Luthe

■ *Oog van het Oosten*

■ *Pelmonte*

Esterland

Carbado ■

Whearn

FAHALUSRA **Bleke**

Shker **Burazhesq**

Whearn ■

Grote Zuidlijn *Houvannah*

Manfred

Dithibel

Beljamar →

DE BLAUWE OCEAAN

Het Grote Zoutmoeras

Palasedra
↓

HOOFDSTUK I

NA DE OVERWINNING verkeerde Gastel Etzwane korte tijd in een roes van vreugde, maar hij raakte algauw in een sombere, bespiegelende stemming. Hij werd zich bewust van een diepe weerzin tegen het dragen van verantwoordelijkheid, tegen het bekleden van openbare ambten in het algemeen. Hij vroeg zich verwonderd af hoe het mogelijk was dat hij zijn werk zo lang en zo goed had gedaan. Na zijn terugkeer naar Garwiy trad hij bijna ergerniswekkend abrupt af als lid van het Purperen Huis van Patriciërs en werd weer Etzwane de musicus en niet meer dan dat. Zijn humeur verbeterde meteen; hij voelde zich vrij en niet langer slachtoffer van zijn plicht. Die stemming hield twee dagen aan en taande toen naarmate de vraag *Wat nu?* dringender werd en er zich geen voor de hand liggend of gemakkelijk antwoord voordeed.

Op een wat heiige herfstochtend liep Etzwane over de Galiasavenue. De drie zonnen gloeiden achter zelfgeschapen stralenkransen: melkwit, roze en blauw. De purperen en grijze slierten van bandbomen golfden om zijn hoofd, achter hem stroomde de Jardeen op weg naar de Sualle. Er liepen nog meer mensen over de Galiasavenue, maar niemand schonk enige aandacht aan de man die zo kort geleden nog hun leven in zijn hand had gehad. Als Anome had Etzwane het uit hoofde van zijn ambt vermeden al te zeer op de voorgrond te treden, en hij viel normaal al niet erg op. Hij bewoog zich niet meer dan nodig was, sprak met vlakke stem, maakte maar weinig gebaren. Dit alles wekte een indruk van sombere kracht die niet in overeenstemming was met zijn jaren. Als Etzwane zich in een spiegel bekeek, voelde hij vaak een gebrek aan overeenstemming tussen zijn uiterlijk, dat zwaarmoedig, zelfs een tikje grimmig was, en wat hij als zijn ware zelf beschouwde:

een mens gekweld door twijfels, heen en weer geslingerd door harts-
tochten, in de greep van irrationele vrolijke buien, overgevoelig voor
charme en schoonheid, weemoedig verlangend naar het onbereikbare.
Zo zag Etzwane zichzelf, half-ernstig. Alleen als hij muziek speelde
voelde hij die twee delen ineenvloeien. Wat nu?

Hij was er een hele tijd van uitgegaan dat er op die vraag maar
één antwoord was: hij zou weer bij Frolitz en de Roze-Zwart-Azuur-
Donkergroenen gaan spelen. Nu was hij daar niet zo zeker meer van, en
hij bleef staan om te kijken hoe van de bandbomen afgebroken repen
de rivier afdreven. De oude muziek klonk heel ver weg in zijn geest, een
windvlaag uit zijn jeugd.

Hij liep terug naar de Galiasavenue en kwam even later bij een uit
twee verdiepingen bestaand gebouw van zwart en grijsgroen glas,
met aan de straatkant dikke ronde lenzen van moerbeikleurig glas:
Fontenay's Herberg. Hij dacht aan Ifness. Na de vernietiging van de
Roguskhoi waren ze met een ballon teruggereisd naar Garwiy. Ifness
had een fles bij zich met daarin een asutra, die uit het lijk van een
hoofdman van de Roguskhoi was verwijderd: een insectachtig wezen,
twintig centimeter lang en tien centimeter dik, een kruising tussen
mier en tarantula en iets wat niet goed voor te stellen viel. Onderaan
het lichaam hingen zes ledematen, die uitliepen in drie stevige voelhoorns. Aan de ene kant werden de gezichtsorganen beschermd door
purperbruine randen van chitine. De gezichtsorganen zelf bestonden uit drie oliezwarte ballen in ondiepe kassen, met plukjes haar er
omheen. Daaronder zaten de organen voor voedselopname en een
insectenbek. Tijdens de reis tikte Ifness af en toe tegen het glas. De
asutra reageerde daar alleen maar op met een snelle beweging van de
drie bollen waarmee hij zag. Etzwane kreeg een onbehaaglijk gevoel
toen hij de ogen zag bewegen. Ergens in dat glanzende lichaam gebeurden geheimzinnige dingen: de asutra dacht na, haatte, of hoe dat bij dit
wezen ook in zijn werk ging.

Ifness weigerde te gissen wat de asutra voor ding was. "Raden
heeft geen zin. De feiten die wij kennen zijn voor meer dan één uitleg
vatbaar."

"De asutra hebben het volk van Shant proberen te vernietigen," zei
Etzwane. "Zegt dat niet genoeg?"

Ifness haalde zijn schouders op en keek uit over de purperen verten van Kanton Shade. Ze zeilden nu scherp op de wind, schokkend en zwaaiend terwijl de windstuurman worstelde met de *Conseil*, een ballon die berucht was om zijn nukken.

Etzwane probeerde het met een andere vraag. "U hebt de asutra onderzocht die u uit het lijk van Sajarano hebt verwijderd. Wat bent u daarbij te weten gekomen?"

Kalm zei Ifness: "Het metabolisme van de asutra is ongewoon en niet te analyseren met de apparatuur waarover ik hier beschik. Uit de organen waarmee ze voedsel tot zich nemen maak ik op dat het een parasitaire levensvorm is die geen schade berokkent aan zijn gastheer. Ik heb niets gemerkt van een wens tot communiceren, maar wellicht gebruiken de wezens een manier die te subtiel is om door mij als zodanig te worden onderkend. Ze gaan graag met pen en papier om en maken regelmatige meetkundige patronen, soms bijzonder ingewikkeld, maar zonder duidelijke betekenis. Ze geven blijk van vernuft bij het oplossen van problemen, en maken een geduldige, methodische indruk."

"Hoe bent u dat allemaal te weten gekomen?" informeerde Etzwane.

"Ik heb een aantal proeven ontworpen. Het is allemaal een kwestie van het toedienen van de juiste stimuli."

"Zoals?"

"De mogelijkheid vrij te komen. Het vermijden van ongemak."

Etzwane voelde een lichte weerzin bij zich opkomen. Een paar minuten dacht hij over Ifness' woorden na. Toen vroeg hij: "Wat bent u nu van plan? Gaat u terug naar de Aarde?"

Ifness keek omhoog naar de hemel, alsof hij nadacht over een verre bestemming. "Ik hoop mijn onderzoek voort te zetten, ik heb veel te winnen en weinig te verliezen. Zonder enige twijfel zal mij dat officieel worden ontraden. Mijn superieur, Dasconetta, heeft niets te winnen en veel te verliezen."

Merkwaardig, dacht Etzwane. Gingen de zaken op Aarde op deze manier? Het Historisch Instituut legde zijn medewerkers een strakke discipline op, en eiste dat zij zich onthielden van bemoeienis met de wereld die ze bestudeerden. Dat was het enige wat hij afwist van Ifness, zijn achtergrond, en zijn werk. Veel was het niet.

Ifness verdiepte zich weer in *De koninkrijken van Oud-Caraz*. Etzwane, half-boos, zei ook niets meer. De *Conseil* schoot langs het spoor, de kantons Erevan, Maiy, Conduce, Jardeen en Wilde Roos gleden onder hen door en verdwenen in het schemerlicht van de herfst. Voor hen lag de Jardeenspleet, aan beide zijden rezen de terrassen van de Ushkadel op. De *Conseil* suisde door het Dal der Stilte, door de Spleet, en kwam in het Zuidstation tot stilstand, in het gezicht van de verbazingwekkende torens van Garwiy.

De werkploeg sleepte de *Conseil* naar beneden. Ifness stapte uit. Hij knikte Etzwane beleefd toe en ging heen.

Met een mengeling van sarcasme en woede keek Etzwane de magere gestalte na tot hij in de menigte verdween. Het was wel duidelijk dat Ifness van plan was zelfs de meest oppervlakkige vriendschap met hem te vermijden. Nu, twee dagen later, keek hij weer de Galiasavenue af en dacht aan Ifness. Hij stak de weg over en trad Fontenay's Herberg binnen.

De gelagkamer was niet druk beklant; hier en daar zaten een paar gestalten over hun kroezen gebogen. Etzwane liep naar de toog, waar hij door Fontenay zelf werd bediend. "Wel, wel, als dat Etzwane de musicus niet is! Als u en uw khitan een plaatsje zoeken dan zal dat niet gaan. Meester Hesselrode en zijn Scharlaken-Lila-Witten spelen hier al elke avond. Ik zeg niets ten nadele van uw bekwaamheden: u krast als de beste. Vooruit, een kroes Witte Roosbier, op het huis."

Etzwane hief de kroes. "Op uw gezondheid!" Hij nam een diepe teug. Het oude leven was achteraf bekeken toch niet zo slecht geweest. Hij keek het vertrek rond. Daar: het lage podium waar hij zo vaak had gespeeld, de tafel waar hij de mooie Jurjin van Xhiallinen voor het eerst had gezien, de nis waar Ifness had gewacht tot de Man zonder Gezicht zich bloot zou geven. Overal hingen herinneringen die nu onwerkelijk leken. De wereld was weer bij zinnen, was weer gewoon. Opeens keek hij ingespannen naar de andere kant van het lokaal. In de hoek zat een lange man met wit haar en van een niet goed te bepalen leeftijd aantekeningen te maken in een notitieboekje. Moerbeikleurig licht uit de hoge ronde vensters in het zwarte glas speelde om hem heen. Terwijl Etzwane keek, zette de man een roemer aan zijn lippen en nam een teug. Etzwane keek Fontenay aan. "Die heer in de nis daar. Weet u iets van hem?"

Fontenay wierp een blik op het tafeltje dat Etzwane bedoelde. "Is dat niet de heer Ifness? Hij logeert in de suite aan de voorkant. Een vreemde man, formeel en eenzelvig, maar zijn geld is goed. Hij is afkomstig uit Kanton Kaap, dat vermoed ik tenminste."

"Ik geloof dat ik deze heer ken." Etzwane pakte zijn kroes bier en liep naar de andere kant van het vertrek. Ifness zag hem vanuit zijn ooghoek aankomen en sloeg bedaard zijn notitieboekje dicht. Hij nam een slok van zijn roemer ijswater. Etzwane groette hem beleefd en ging zitten; als hij had gewacht tot Ifness hem tot zitten noodde, had deze hem misschien het hele gesprek wel laten staan. "Een impuls deed mij hier naar binnen stappen om nog eens te zien waar wij onze avonturen hebben beleefd," zei Etzwane, "en hier tref ik u aan, terwijl u hetzelfde doet."

Ifness' mondhoeken gingen even naar beneden. "Uw sentimentele natuur heeft u misleid. Ik bevind mij hier omdat ik hier over een comfortabel verblijf kan beschikken en omdat ik mij hier aan mijn werk kan wijden, gewoonlijk zonder dat iemand mij stoort. En u? Wordt uw tijd niet door officiële verplichtingen in beslag genomen?"

"Niet meer," zei Etzwane. "Ik heb mij teruggetrokken uit het Purperen Huis."

"Uw vrijheid is welverdiend," zei Ifness vlak en monotoon. "Ik wens u er veel genoegen mee. En nu..." Veelbetekenend nam hij zijn notitieboekje weer ter hand.

"Ik heb mij niet voorgenomen niets te gaan doen," zei Etzwane. "Het is bij mij opgekomen dat u en ik misschien wel samen kunnen werken."

Ifness' wenkbrauwen gingen omhoog. "Ik weet niet zeker of ik wel begrijp wat u bedoelt."

"Eenvoudig genoeg," zei Etzwane. "U bent een staflid van het Historisch Instituut, u doet onderzoek op Durdane en elders, u zou mijn hulp kunnen gebruiken. In het verleden hebben wij samengewerkt. Waarom zouden we dat niet blijven doen?"

Beslist zei Ifness: "Uw idee is niet uitvoerbaar. Ik doe mijn werk voor het grootste deel alleen, en af en toe moet ik mij naar elders begeven, weg van Durdane, en natuurlijk..."

Etzwane hief zijn hand op. "Dat is nu juist mijn doel," zei hij, hoewel het idee nog nooit zo duidelijk omschreven in hem was opgekomen.

"Ik ben goed bekend in heel Shant, ik heb rondgereisd in Palasedra; Caraz is een wildernis. Ik zou graag andere werelden willen bezoeken."

"Dat is een natuurlijk en normaal verlangen," zei Ifness. "Niettemin zult u daartoe andere regelingen moeten treffen."

Nadenkend nam Etzwane een slok van zijn bier. Ifness keek onaangedaan naar de muur. "Bestudeert u de asutra nog steeds?"

"Inderdaad."

"Bent u het idee toegedaan dat ze nog niet met Shant klaar zijn?"

"Ik ben van niets overtuigd," zei Ifness met eentonige, belerende stem. "De asutra hebben een biologisch wapen uitgeprobeerd op het volk van Shant. Het wapen, de Roguskhoi, faalde omdat de afwerking ervan niet volmaakt was, maar ongetwijfeld hebben de asutra ermee bereikt wat ze hadden willen bereiken: ze zijn nu beter op de hoogte van Shant. Een groot aantal mogelijkheden staat hun nu open. Ze kunnen hun proefnemingen voortzetten, maar met andere wapens. Aan de andere kant kunnen ze beslissen het menselijk leven op Shant totaal uit te roeien."

Etzwane wist op de woorden van de ander niets te zeggen. Hij dronk zijn kroes leeg en maakte ondanks Ifness' afkeurende blik een gebaar naar Fontenay dat hij een volle wilde hebben. "Probeert u nog steeds met de asutra te communiceren?"

"Ze zijn allemaal dood."

"En hebt u geen vooruitgang geboekt?"

"Niet noemenswaard."

"Bent u van plan andere asutra te pakken te krijgen?"

Ifness glimlachte hem koeltjes toe. "Mijn inspanningen richten zich op een minder ambitieus doel dan u vermoedt. Op de allereerste plaats bekommer ik mij om mijn status bij het Instituut, zodat ik de privileges kan blijven genieten waaraan ik gewend ben. Uw belangen en de mijne raken elkaar maar op een klein aantal punten."

Etzwane fronste zijn voorhoofd en trommelde met zijn vingers op het tafelblad. "Geeft u er de voorkeur aan dat de asutra Durdane niet vernietigen?"

"Als abstract ideaal kan ik het met deze gedachte wel eens zijn."

"De toestand zelf is niet abstract," betoogde Etzwane. "Duizenden mensen zijn door de Roguskhoi vermoord. Als ze hier zouden winnen zouden ze ook de werelden van de Aarde kunnen aanvallen."

"Een wat vergezochte theorie," zei Ifness. "Ik heb hem aan mijn collega's voorgelegd als mogelijkheid, maar zij zijn een andere overtuiging toegedaan."

"Maar hoe kan er nu enige twijfel mogelijk zijn? De Roguskhoi zijn of waren een agressief wapen."

"Daar lijkt het wel op, maar tegen wie was dat wapen gericht? De werelden van de Aarde? Belachelijk, hoe zouden de Roguskhoi het kunnen winnen van beschaafde wapens?" Ifness maakte een abrupt gebaar. "Wilt u mij nu verontschuldigen? Een zekere Dasconetta probeert zijn status te versterken ten koste van de mijne, en dit behoeft mijn aandacht. Het was heel prettig u gesproken te hebben..."

Etzwane boog zich voorover. "Hebt u de thuiswereld van de asutra weten te identificeren?"

Ifness schudde ongeduldig zijn hoofd. "Er zijn wel twintigduizend planeten die in aanmerking komen. Waarschijnlijk ligt hun planeet meer naar het midden van de Melkweg."

"Moeten we dan niet deze wereld proberen te ontdekken, om een en ander van nabij te kunnen bestuderen?"

"Jaja, natuurlijk." Ifness sloeg zijn journaal open.

Etzwane stond op. "Ik wens u veel succes bij uw pogingen een hogere status te verkrijgen."

"Dank u."

Etzwane liep terug naar de toog. Hij dronk nog een kroes bier, en keek boos naar Ifness, die kalmpjes aan zijn ijswater nipte en aantekeningen maakte in zijn journaal.

Ten slotte liep hij Fontenay's Herberg weer uit en vervolgde zijn weg naar het noorden, langs de Jardeen, terwijl hij nadacht over een mogelijkheid waar Ifness misschien niet aan gedacht zou hebben. Hij sloeg linksaf, de Avenue der Purperen Gorgonen in, waar hij een diligence aanriep en zich naar het Corporatieplein liet brengen. Hij stapte af bij het Hooggerechtsgebouw en liep de trappen op naar de kantoren van het Informatiebureau op de tweede verdieping. De directeur van het Bureau was Aun Sharah, een knappe man met een subtiele geest en een zachte stem. Net als veel andere Estheten vertoonde hij de neiging zich op een los-elegante manier te kleden: hij droeg een zachte grijze mantel over een donkerblauw kostuum dat zeer dicht om zijn lichaam sloot, en een stersaffier hing aan een zilveren ketting aan zijn linkeroor. Hij begroette Etzwane minzaam, maar met een behoedzaam respect, een gevolg van meningsverschillen uit het verleden. "Ik heb begrepen dat u weer ambteloos burger bent," zei hij. "Een snelle metamorfose. Is het ook een volledige metamorfose geweest?"

"Zeer zeker, ik ben nu een heel ander iemand," zei Etzwane. "Als ik nadenk over het afgelopen jaar sta ik verbaasd over mezelf."

"U hebt een groot aantal mensen verbaasd doen staan," zei Aun Sharah droog, "mijzelf inbegrepen." Hij leunde achterover in zijn stoel. "En nu? Weer terug naar de muziek?"

"Nog niet. Ik ben onzeker en rusteloos, en mijn belangstelling gaat nu uit naar Caraz."

"Een uitgebreid onderwerp," zei Aun Sharah op de vlotte, half-schertsende manier die hem kenmerkte. "Maar er ligt nog een heel leven voor u."

"Ik ben niet in alle aspecten van Caraz geïnteresseerd," zei Etzwane. "Ik vraag mij alleen af of er daar ooit Roguskhoi zijn gezien."

Peinzend keek Aun Sharah hem aan. "Uw periode als ambteloos burger is wel snel voorbij."

Etzwane negeerde zijn opmerking. "Mijn gedachtegang is als volgt. De Roguskhoi zijn uitgeprobeerd in Shant en daar verslagen. Dat weten we. Maar Caraz? Misschien zijn ze oorspronkelijk wel in Caraz ingezet, misschien wordt daar nu wel een nieuwe horde opgebouwd. Er zijn een groot aantal verschillende mogelijkheden, daarbij inbegrepen natuurlijk dat er helemaal niets is gebeurd."

"Dat is waar," zei Aun Sharah. "Wat wij aan informatie inwinnen, komt voornamelijk uit plaatselijke bronnen. Maar wat kunnen we daaraan veranderen? We kunnen slechts met de grootste moeite het werk aan dat nu al van ons gevergd wordt."

"In Caraz drijft het nieuws de rivieren af. In de havens komen zeelieden dingen te weten die ver in het binnenland zijn voorgevallen. Als u nu eens uw mannen de havens instuurde en langs de taveernes op beide oevers van de Jardeen, om daar te luisteren naar wat de zeelieden aan nieuws uit Caraz hebben meegebracht?"

"Dat is een waardevol idee," zei Aun Sharah. "Ik zal een bevel van deze strekking uitvaardigen. Drie dagen zouden genoeg moeten zijn, althans voor een voorlopig onderzoek."

Hoofdstuk II

De magere, donkere, eenzelvige knaap die lang geleden de naam Gastel Etzwane had aangenomen, was een holwangige jonge man geworden met een intense, heldere blik in zijn ogen. Als hij muziek speelde, gingen de hoeken van zijn mond omhoog en kreeg zijn gewoonlijk droefgeestige gezicht een uitdrukking van poëtische melancholie. Bij alle andere gelegenheden was zijn gedrag kalm, en meer dan bij anderen beheerst. Etzwane had geen echte vrienden, alleen misschien de oude Frolitz, de musicus, en die vond hem een idioot.

Op de dag na zijn bezoek aan het Hooggerechtsgebouw kreeg hij een boodschap van Aun Sharah. "Het onderzoek heeft meteen al resultaten opgeleverd, en ik ben ervan overtuigd dat u er in geïnteresseerd zult zijn. Kom wanneer het u schikt."

Etzwane ging meteen op weg.

Aun Sharah ging hem voor naar een vertrek dat hoog in een van de koepels op de zesde verdieping was gelegen. Hemellenzen van watergroen glas, anderhalve meter dik, verzachtten het lavendellicht van de zonnen en maakten de kleuren van het tapijt uit Kanton Glirris nog feller dan ze al waren. In de kamer bevond zich een tafel met een diameter van meer dan zeven meter, waarop een grote aardrijkskundige maquette stond. Toen hij naar de tafel liep, zag Etzwane een verrassend gedetailleerde afbeelding van Caraz. Bergen waren uitgesneden uit lichtgele barnsteen uit Kanton Faible, ingelegd met kwarts om te tonen waar sneeuw en ijs lag. Zilveren draden en linten gaven de loop van rivieren aan. De vlakten waren aangegeven met stukken grijs-purper leisteen, en bossen en moerassen met linnen en wol en andere materialen in verschillende kleuren. Shant en Palasedra waren eilandjes voorbij de oostkant van het continent.

Aun Sharah liep langzaam naar de noordzijde van de tafel. "De afgelopen nacht bracht een plaatselijke Discriminator een zeeman van de Gyrmont-haven hierheen," zei hij. "De zeeman vertelde een zeer opmerkelijk verhaal, dat hij van een beurtschipper had gehoord, hier in Erbol, bij de monding van de Keba." Aun Sharah wees met zijn vinger naar de maquette. "De beurtschipper had een lading zwavel vervoerd van deze streek hier—" Aun Sharah's vinger gleed naar een plek die drieduizend kilometer in het binnenland lag "— die bekend staat onder de naam Burnoun. Hier ongeveer bevindt zich een nederzetting, die op deze maquette niet is aangegeven: Shillinsk. In Shillinsk raakte de beurtschipper in gesprek met nomadenhandelaren uit het westen, voorbij deze bergen hier, de Kuzi Kaza..."

Etzwane ging met een diligence terug naar Fontenay's Herberg en trof Ifness juist terwijl deze de herberg verliet. Ifness knikte hem koeltjes toe en zou zijns weegs zijn gegaan als Etzwane niet voor hem was gaan staan. "Eén ogenblik van uw tijd slechts."

Ifness bleef met gefronst voorhoofd staan. "Wat wenst u?"

"U hebt de naam genoemd van een zekere Dasconetta. Is hij een gezaghebbend persoon?"

Ifness wierp hem een zijdelingse blik toe. "Hij bekleedt een verantwoordelijke positie, jazeker."

"Hoe kan ik mijzelf in verbinding stellen met deze Dasconetta?"

Ifness dacht na. "Er bestaan in theorie verscheidene mogelijkheden. In de praktijk zou u echter van mijn diensten gebruik moeten maken."

"Goed. Wilt u dan zo vriendelijk zijn te zorgen voor een verbinding tussen Dasconetta en mij?"

Ifness lachte kil. "Zo eenvoudig ligt de zaak niet. Ik raad u aan een resumé op te stellen van wat u met hem te bespreken hebt. Dat geeft u aan mij. Te zijner tijd, als er een gesprek plaatsvindt tussen mij en Dasconetta, zal ik wellicht in staat zijn hem uw bericht door te geven, mits het niet tendentieus of van te verwaarlozen belang is."

"Alles goed en wel," zei Etzwane, "maar dit is een zaak van het grootste gewicht. Ik ben ervan overtuigd dat hij vertragingen niet op prijs zal stellen."

Afgemeten zei Ifness: "Ik twijfel eraan of u in staat bent te voorspellen hoe Dasconetta zal reageren. De man maakt er een cultus van om onvoorspelbaar te zijn."

"Ik geloof niettemin dat hij serieuze aandacht zal besteden aan wat ik hem heb mee te delen," zei Etzwane. "Vooral als zijn prestige hem ter harte gaat. Bestaat er geen manier waarop ik mij rechtstreeks met hem in verbinding kan stellen?"

Ifness maakte een vermoeid gebaar van berusting. "Goed dan, maar maak het kort, waaruit bestaat uw voorstel? Als het een zaak van gewicht is kan ik u in ieder geval goede raad geven."

"Dat besef ik," zei Etzwane. "Maar uw tijd wordt in beslag genomen door onderzoekingen, en naar uw eigen zeggen kon u niet met mij samenwerken en had u niet genoeg gezag, en u impliceerde dat alles moest worden doorgegeven aan Dasconetta. De enige redelijke handelwijze is mij dus rechtstreeks verstaan met Dasconetta."

"U hebt mijn woorden verkeerd begrepen," zei Ifness, wat minder onaangedaan dan gewoonlijk. "Ik wees erop dat er geen plaats was voor u in mijn omgeving, dat ik u niet kon vergezellen op een rondreis langs de werelden van de Aarde. Ik heb niet gezegd dat mijn gezag niet voldoende was of dat ik mijzelf ondergeschikt achtte aan Dasconetta, behalve dankzij een administratieve formaliteit. Ik moet luisteren naar wat u te zeggen hebt, want dat is mijn werk. Goed dan, wat is de affaire die u zo heeft opgewonden?"

Toonloos zei Etzwane: "Een bericht uit Caraz is mij ter ore gekomen. Misschien is het wel niet meer dan een gerucht, maar ik ben van mening dat er een onderzoek naar ingesteld dient te worden. Hiertoe heb ik een snel voertuig nodig, en ik ben er vast van overtuigd dat Dasconetta mij daaraan kan helpen."

"Aha! Wel, wel, zo zo. En waarover gaat dit gerucht?"

Met vlakke stem ging Etzwane verder. "In Caraz zijn Roguskhoi verschenen, een horde van aanzienlijke omvang."

Ifness knikte kort. "Ga door."

"De horde liep stuk op een leger van mensen die volgens het gerucht gebruik maakten van energiewapens. De Roguskhoi zijn blijkbaar vernietigd, maar uitsluitsel daarover gaf het gerucht niet."

"En wat is de bron van al deze informatie?"

"Een zeeman die het op zijn beurt weer hoorde van een schipper in Caraz."

"Wanneer is dit gebeurd?"

"Is dat niet irrelevant? Ik vraag alleen maar om een geschikt voertuig om naar een en ander een onderzoek in te stellen."

Geduldig, alsof hij het tegen een kind had, zei Ifness: "De toestand is gecompliceerder dan u denkt. Als u uw verzoek door zou geven aan Dasconetta of aan een ander lid van de Coördinatie zouden ze de zaak eenvoudigweg naar mij terugverwijzen, met een scherpe aanmerking op mijn competentie. Verder bent u op de hoogte van de voorschriften waaraan stafleden van het Instituut zich dienen te houden: wij bemoeien ons nooit met de gang van zaken ter plekke. Ik heb deze bepaling natuurlijk overtreden, maar tot nu toe ben ik steeds in staat geweest om mijn daden te rechtvaardigen. Als ik u toestond Dasconetta dit wonderlijke verzoek te doen zou men mij niet alleen onverantwoordelijk vinden, maar ook een dwaas. Er is niets aan te doen. Ik ben het met u eens dat het gerucht van groot belang is, en hoe mijn persoonlijke voorkeuren ook liggen, ik moet er wel aandacht aan besteden. Laat ons weer teruggaan, de gelagkamer in. Ik wil nu van u alle feiten horen waarover u beschikt."

Een uur lang spraken ze verder. Etzwane hield op beleefde wijze aan. Ifness daarentegen was formeel, redelijk, en zo onbuigzaam als een plaat glas. Onder geen enkele voorwaarde wilde hij een poging doen om Etzwane een voertuig te verschaffen van het soort dat deze voor de geest stond.

"In dat geval," zei Etzwane, "zal ik toch gaan, en dan maar met een minder efficiënt voertuig."

Zijn woorden verrasten Ifness. "Bent u werkelijk van plan Caraz in te trekken? Zo'n reis zou weleens twee of drie jaar kunnen duren, ervan uitgaand dat u van dag tot dag in leven blijft."

"Ik heb dit alles overwogen," zei Etzwane. "Ik ga uiteraard niet te voet door Caraz sjouwen. Ik ben van plan te vliegen."

"Met een ballon? Een zwever?" Ifness' wenkbrauwen gingen omhoog. "Over de woestenijen van Caraz?"

"Lange tijd geleden heeft men hier in Shant een combinatie van deze twee gemaakt, de zogenaamde 'verweg'. De romp en de vleugels waren hol, en gevuld met gas, en de vleugels waren lang en buigzaam. Een dergelijke constructie is zwaar genoeg om als zwever te kunnen worden gebruikt, en toch ook weer zo licht dat hij zelfs bij heel geringe wind nog in de lucht blijft."

Ifness speelde met een zilveren ornament. "En als u eenmaal bent geland?"

"Dan ben ik kwetsbaar, maar niet hulpeloos. Een man kan op zijn eentje opstijgen met een zwever, maar hij moet wel wachten tot er wind staat. De verweg heeft genoeg aan een lichte bries. Maar ik ben het met u eens dat het een riskante reis zal worden."

"Riskant? Het wordt uw dood!"

Etzwane knikte somber. "Ik zou liever gebruik maken van een voertuig van het soort waar Dasconetta mij aan kan helpen."

Kribbig gaf Ifness een ruk aan het riempje waar het zilveren ornament aan hing. "Kom hier morgen terug. Ik zal zorgen voor een vervoermiddel. U staat onder mijn bevel."

De mensen in Shant hadden maar weinig interesse voor het doen en laten van de bewoners van de kantons die aan het hunne grensden. Caraz was voor hen even ver als de Skiaffarilla en lang niet zo opvallend. Etzwane had als Roze-Zwart-Azuur-Donkergroene elke uithoek van Shant gezien en zijn ideeën waren wat minder bekrompen. Caraz was ook voor hem echter niet veel meer dan een ver gebied vol winderige woestijnen, bergen, en onvoorstelbaar diepe en brede afgronden. De rivieren van Caraz stroomden door enorme vlakten en waren op veel plaatsen zo breed dat de andere oever niet te zien was. Durdane was negenduizend jaar geleden gekoloniseerd door vluchtelingen, recalcitrante bewoners van de Aarde, en groepen die nergens binnen de maatschappij een plaats konden vinden, en de wildste en onverbeterlijkste van de eerste kolonisten waren naar Caraz gevlucht en hadden zich daar verloren in de wijde verten. Hun afstammelingen zwierven nog steeds over de eenzame vlakten en bergen.

Rond het midden van de dag keerde Etzwane terug naar Fontenay's Herberg, maar van Ifness was geen spoor te bekennen. Een uur ging voorbij, en nog een. Etzwane liep naar buiten en drentelde de avenue op en af. Hij was in een kalme, zij het wat gedrukte stemming. Lang geleden was hij al tot de slotsom gekomen dat het geen enkele zin had om zich te ergeren aan Ifness. Dat had evenveel nut als je boos maken op de drie zonnen.

Ten slotte verscheen Ifness dan toch. Hij kwam de Galiasavenue aflopen van de kant van de Sualle. Zijn gezicht stond nadenkend, even leek het wel of hij Etzwane voorbij zou lopen zonder acht op hem te slaan, maar op het laatste ogenblik bleef hij staan. "U wilde Dasconetta ontmoeten," zei hij. "Welnu, dat zult u. Wacht hier, ik ben over een ogenblik terug."

Hij betrad de taveerne. Etzwane keek naar de hemel toen een dikke wolk zich voor de drie zonnen schoof en de stad in het halfduister hulde. Etzwane fronste zijn voorhoofd en huiverde.

Ifness kwam de taveerne uit, gekleed in een zwarte cape die onder het lopen dramatisch om hem heen sloeg. "Kom," zei hij, en sloeg linksaf, de avenue af.

Etzwane wilde zijn waardigheid laten gelden en maakte geen aanstalten de ander te volgen. "Waarheen?"

Ifness draaide zich met een ruk om. Zijn ogen flikkerden. Kalm zei hij: "Bij een gezamenlijke onderneming moet elke deelnemer weten wat hij van elk van de andere deelnemers kan verwachten. Wat mij betreft kunt u rekenen op zo veel informatie als nodig is in het licht van de omstandigheden. Ik zal u niet lastigvallen met zaken die niet van betrekking zijn op ons doel. Van u verwacht ik oplettendheid, discretie en gehoorzaamheid. We zullen ons nu naar Kanton Wilde Roos begeven."

Etzwane vond dat hij in ieder geval een kleine overwinning had behaald en ging zwijgend met Ifness naar het station van het ballonspoor.

De ballon *Karmoune* rukte aan de kabels. Meteen nadat Ifness en Etzwane in de gondel waren gestapt, gooide de werkploeg de klem los en de ballon schoot weg. De windstuurman draaide de ballon zo dat hij de volle kracht van de dwarswind ving en de *Karmoune* vloog met zijn glijschoen zingend in de gleuf naar het zuiden.

Ze schoten door de Jardeenspleet. Links en rechts van het spoor rezen de terrassen van de Ushkadel op. Etzwane ving een glimp op van het paleis van de Sershans, een flits violet en groen in een park van similax en cipressen. Voor hen lagen de lieflijke dalen van Wilde Roos en een uur later arriveerden ze in de stad Jamilo. De *Karmoune* hing een oranje wimpel uit, de werkploeg legde het achterstuk van de glijschoen aan een anker en sleepte het voorste stuk naar het station zodat de *Karmoune* vlak boven het perron kwam te hangen. Ifness en Etzwane stapten uit de gondel, Ifness riep een diligence aan, ze stapten in, Ifness gaf de koetsier een kort bevel en de loper draafde de weg af.

Een halfuur reden ze zo het dal van de Jardeen af, langs de buiten-huizen van de Estheten van Garwiy, toen een aardbeienboomgaard door, tot ze bij een oud herenhuis kwamen. Kortaf zei Ifness: "Misschien wordt u wel iets gevraagd. Ik kan u niet raden wat daarop te antwoorden, maar wees beknopt en geef uit uzelf niets ten beste, tenzij u een specifieke vraag wordt gesteld."

"Ik heb niets te verbergen," zei Etzwane, een beetje geprikkeld. "Als mij iets wordt gevraagd zal ik antwoorden zoals mijn oordeel mij ingeeft."

Ifness reageerde niet.

De diligence kwam tot stilstand in de schaduw van een ouderwetse uitkijktoren. De twee mannen stapten uit en Ifness ging Etzwane voor, eerst een verwilderde tuin door, toen over een binnenplaats met platen lichtgroen marmer en ten slotte de vestibule van de villa in. Daar bleef hij staan en gebaarde Etzwane zijn voorbeeld te volgen. Het was doodstil; het huis leek wel uitgestorven. De lucht rook naar stof, droog hout, oud vernis. Een bundel lavendelkleurig zonlicht viel door een hoog venster binnen en speelde op een verbleekt portret van een kind in de vreemde kleding die men vroeger droeg. Aan de andere kant van de vestibule verscheen een man. Een ogenblik lang bleef hij hen aankijken, toen deed hij een stap naar voren. Hij negeerde Etzwane en sprak Ifness aan in een aangenaam klinkende, ritmische taal. Ifness gaf een kort antwoord, toen draaiden de twee mannen zich om en liepen de deur door. Onopvallend liep Etzwane achter ze aan, een hoog, twaalfhoekig vertrek in met een lambrisering van tabaksbruin hout. Licht viel binnen door zes stoffige ronde lenzen van purper glas hoog in de wanden. Etzwane keek de man met onverholen belangstelling aan. Zou dit nu Dasconetta zijn, en zou hij als een geest in dit oude huis wonen? Vreemd, ongeloofwaardig bijna. De man was stevig gebouwd, van gemiddelde lengte. Zijn bewegingen waren bruusk, maar hij had zich voortreffelijk in de hand. Glanzend zwart haar lag in een boog over zijn hoge, vooruitstekende voorhoofd, liet zijn slapen onbedekt en krulde zich om zijn oren. Zijn neus en kin waren bleek, zijn lippen dun en samengeknepen. Na een snelle blik van zijn zwarte ogen schonk hij verder geen aandacht aan Etzwane.

Ifness en Dasconetta (als de ander dat tenminste was) voerden een afgemeten gesprek, waarbij Ifness blijkbaar meedeelde wat hij had gedaan en Dasconetta luisterde naar wat de ander te zeggen had. Etzwane ging op een kamferhouten bank zitten en keek toe. Het was wel duidelijk dat de twee mannen op niet erg vriendelijke voet stonden. Ifness was niet zozeer in de verdediging als wel op zijn hoede; Dasconetta luisterde oplettend, alsof hij elk woord vergeleek met wat er daarvoor was gezegd. Eén keer draaide Ifness zich half naar Etzwane om, alsof hij hem om bevestiging wilde vragen van iets wat hij had gezegd, of iets wilde weten, maar met een sarcastisch woord hield Dasconetta hem tegen.

Ifness stelde een eis, die Dasconetta verwierp. Ifness drong aan, en nu deed Dasconetta iets vreemds: hij draaide zich om en toen hij Ifness en Etzwane weer aankeek had hij op een manier waar Etzwane niets van begreep een vierkant paneel tevoorschijn gehaald, ongeveer honderdtwintig centimeter in het vierkant, met duizend blinkende witte en grijze blokjes erop. Ifness zei een paar zinnen, Dasconetta reageerde, toen keken ze allebei oplettend naar het paneel dat knipperde en daarna oplichtte in zwart, grijs en wit. Dasconetta keek Ifness met een kalme glimlach aan.

Het gesprek ging nog vijf minuten door. Dasconetta zei de laatste zin, en Ifness draaide zich om en liep het vertrek uit. Etzwane volgde hem.

Zwijgend beende Ifness naar de diligence toe. Etzwane onderdrukte zijn ergernis en zei: "Wat bent u te weten gekomen?"

"Niets dat ik al niet wist. De stuurgroep weigert mijn plannen goed te keuren."

Etzwane keek over zijn schouder naar de oude villa, en vroeg zich af waarom Dasconetta juist dat gebouw had uitgekozen om er zijn hoofdkwartier in te vestigen. "Wat staat ons nu te doen?"

"Doen waaraan?"

"Aan een voertuig om daarmee naar Caraz te gaan."

Nonchalant en wat uit de hoogte zei Ifness: "Dat is niet mijn grootste zorg. Voor vervoer kan worden gezorgd zodra het duidelijk is dat we daaraan behoefte hebben."

Met de grootste moeite wist Etzwane zijn stem kalm te laten klinken. "Wat was uw 'grootste zorg' dan?"

"Ik stelde een onderzoek door andere organen dan het Historisch Instituut voor. Dasconetta en zijn kliek zijn niet bereid het risico van een ingrijpen in de maatschappij van Durdane te riskeren. Zoals u zag, wist Dasconetta zijn weigering goed te laten keuren."

"Woont Dasconetta altijd hier in Wilde Roos?"

Ifness permitteerde zich even een vertrekken van zijn lippen tot een glimlachje. "Dasconetta is ver weg, aan de andere zijde van de Skiaffarilla. U hebt een simula gezien, en hij zag die van ons. Een wetenschappelijk procedé ligt hieraan ten grondslag."

Etzwane keek naar het oude huis achter hen. "En wie woont daar?"

"Niemand. Het staat in verbinding met een soortgelijk gebouw op de wereld Glantzen Vijf."

Ze klommen de diligence in, die zich in beweging zette in de richting van Jamilo.

"Uw gedrag is volkomen onbegrijpelijk," zei Etzwane. "Waarom hebt u gezegd dat u niet met mij naar Caraz kan gaan?"

"Dat heb ik niet gezegd," zei Ifness. "U hebt een onjuiste conclusie getrokken, daar kunt u mij niet verantwoordelijk voor stellen. In ieder geval is de toestand gecompliceerder dan u denkt, en u moet voorbereid zijn op subtiele zaken."

"Subtiel of bedrieglijk?" vroeg Etzwane. "Het effect is bijna hetzelfde."

Ifness hield zijn hand op. "Ik zal u uitleggen wat er aan de hand is, al was het alleen maar om uw vloed van verwijten te stuiten. Ik heb niet met Dasconetta overlegd om hem tot mijn standpunt over te halen en evenmin om een vervoermiddel te rekwireren, maar om hem ertoe over te halen een onjuist beleid te volgen. Deze vergissing heeft hij nu begaan, en meer. Hij heeft goedkeuring voor dat beleid weten te verkrijgen door gebruikmaking van onvolledige en subjectieve informatie. De weg ligt open voor een demonstratie om de grond onder zijn voeten weg te slaan. Wanneer ik een onderzoek instel, zal ik buiten de standaardprocedures om handelen, wat Dasconetta in verlegenheid zal brengen en hem voor een dilemma zal plaatsen. Hij moet zich dan nog steviger vastbijten in een zichtbaar onjuist standpunt, óf op vernederende wijze bakzeil halen."

Etzwane bromde sceptisch. "Heeft Dasconetta dit alles ook niet zelf overwogen?"

"Ik vermoed van niet. Hij zou het dan nauwelijks op een goed- of afkeuring hebben laten aankomen of vanuit zo'n onbuigzame positie hebben betoogd. Hij is zeker van zijn zaak, die gebaseerd is op de reglementen van het Instituut. Hij vermoedt dat ik me in een hoek gedrukt voel, dat ik mij ernstige zorgen maak. Het tegendeel is echter het geval: hij heeft de deur opengezet voor een aantal veelbelovende vooruitzichten."

Etzwane was niet in staat Ifness' enthousiasme te delen. "Alleen als uw onderzoek tastbare resultaten oplevert."

Ifness haalde zijn schouders op. "Als de geruchten niet op waarheid berusten is mijn positie niet zwakker dan hiervoor, afgezien van de blaam dat mijn voorstel is afgekeurd, en Dasconetta was dat laatste toch al van plan."

"Jaja. Waarom hebt u me meegenomen naar dit gesprek?"

"Ik hoopte dat Dasconetta u zou ondervragen om mij zo nog meer in verlegenheid te brengen. Hij was voorzichtig genoeg om dit na te laten."

"Hmmf." Etzwane voelde zich niet erg gevleid door de rol die Ifness hem had toegedacht. "Wat bent u nu van plan te gaan doen?"

"Ik wil een onderzoek instellen naar de gebeurtenissen die bij geruchte hebben plaatsgevonden in Caraz. De zaak is mij niet duidelijk. Waarom zouden de asutra weer Roguskhoi inzetten? Ze berusten op een onjuiste premisse, dus waarom wordt er nu voor een tweede keer gebruik van gemaakt? Wie zijn de mannen die energiewapens hebben gebruikt in de slag waarover wij hebben horen vertellen? Zeker niet Palasedranen, en zeker niet mensen uit Shant. De gehele zaak is uiterst geheimzinnig, en ik moet bekennen dat ik zeer benieuwd ben naar de antwoorden op deze vragen. Zeg mij nu eens waar dit treffen heeft plaatsgevonden? Als u daarmee instemt, zullen wij bij dit onderzoek onze krachten bundelen."

"Bij de nederzetting Shillinsk, aan de rivier de Keba."

"Vanavond zal ik mijn boeken naslaan. Morgen vertrekken we. Dit onderzoek dient onverwijld te geschieden."

Etzwane zweeg. Hij besefte eigenlijk nu pas wat er morgen zou gebeuren, en hij zag de onderneming met ontzag en vol voorgevoelens tegemoet. Nadenkend zei hij: "Ik zal er zijn."

Laat op de avond bracht hij nog een bezoek aan Aun Sharah, die geen blijk gaf van verrassing toen hij hoorde wat Etzwane van plan was. "Ik heb nog een, nee, twee nieuwtjes voor u. Het eerste is negatief: geen van de zeelieden die in andere havens in Caraz zijn geweest, maken melding van Roguskhoi. Het tweede nieuwtje is een vaag bericht over ruimteschepen die misschien wel of misschien ook wel niet zijn gesignaleerd in de Orgai, een streek ten westen van de Kuzi Kaza. Meer vermeldt het rapport niet. Ik wens u veel geluk en zie uit naar uw behouden terugkeer. Ik heb begrip voor uw motieven, maar ik twijfel eraan of ze mij zover zouden kunnen brengen dat ik mij in het hart van Caraz zou wagen."

Etzwane lachte hol. "Op het ogenblik heb ik niets beters te doen."

HOOFDSTUK III

ETZWANE WAS AL VROEG bij Fontenay's Herberg. Hij droeg een jasje en een broek van grijze hardstof, daaroverheen een jekker van water-afstotende bast tegen de nevel en de regen van Caraz. Zijn voeten staken in enkelhoge laarzen van chumpaleer; in zijn buidel had hij het energiepistool dat Ifness hem lang geleden had gegeven.

Ifness was in de hele herberg niet te vinden. Weer liep Etzwane zenuwachtig de avenue op en af. Een uur ging voorbij, toen hield een diligence naast hem stil. De wagenvoerder riep hem aan. "Bent u Gastel Etzwane? Wilt u dan maar met mij meekomen?"

Etzwane keek de man wantrouwig aan. "Waarheen?"

"Naar een plek ten noorden van de stad. Zo luiden mijn instructies."

"Wie heeft u die gegeven?"

"Een zekere Ifness."

Etzwane stapte de koets in. Ze reden noordwaarts naast de monding van de Jardeen, die zich even later verwijdde en de Sualle werd. De stad kwam achter hen te liggen, de diligence volgde nu een weg langs de waterkant door een sombere woestenij van afval, brandnetels, schuur-tjes, pakhuizen en een paar half ingezakte hutten. Bij een oud huis van sintelsteen hield de diligence stil. De koetsier maakte een gebaar, Etzwane stapte uit, en het rijtuig reed terug naar waar het vandaan gekomen was.

Etzwane klopte op de deur van het huis, maar niemand deed open. Hij liep achterom en zag een boothuis onderaan een rotsige helling. Hij volgde een pad dat naar beneden leidde, keek naar binnen en zag daar Ifness, druk bezig pakken en dozen in een zeilboot te laden.

Etzwane vroeg zich af of Ifness nu werkelijk geheel buiten zinnen geraakt was. Om met zo'n boot de Groene Oceaan over te steken, de noordkust van Caraz rond te zeilen tot aan Erbol, en daar de Keba op te varen tot Burnoun was zacht gezegd onpraktisch, al was het alleen maar vanwege de lengte van de reis.

Ifness scheen zijn gedachten te raden. Droog zei hij: "Ons onderzoek maakt het ons onmogelijk om op grootse wijze in een luchtjacht boven Caraz rond te gaan vliegen. Bent u klaar voor het vertrek? Stap dan in."

"Ik ben klaar." Etzwane stapte in, en Ifness gooide de meertouwen los en duwde de boot de Sualle op. "Wilt u zo vriendelijk zijn het zeil te hijsen?"

Etzwane trok aan de val, het zeil kwam bol te staan en de boot gleed het water op. Voorzichtig ging Etzwane op een doft zitten en keek naar de kleiner wordende oever. Hij wierp een blik in de kajuit op de dingen die Ifness had ingeladen en vroeg zich af wat er in die dozen zat. Voedsel en drinken? Genoeg voor drie dagen, op zijn hoogst een week. Etzwane haalde zijn schouders op en tuurde over de Sualle. Het licht van de drie zonnen blonk van tien miljoen kattenklauwen in dertig miljoen roze, blauwe en witte vonken. Achter hem verrezen de prachtige glazen bouwsels van Garwiy, de kleuren vervaagd door de afstand. Misschien was dit wel de laatste keer dat hij ze zag.

Een uur lang zeilde de boot voort over de Sualle, tot de oever bijna uit het zicht verdwenen was en er geen andere boten in het zicht waren. Kortaf zei Ifness: "U kunt het zeil laten zakken en dan de mast innemen."

Etzwane gehoorzaamde. Ifness haalde ondertussen een paar stukken transparant materiaal tevoorschijn, die hij aan elkaar bevestigde tot een windscherm om de stuurhut. Etzwane keek zwijgend toe. Ifness keek voor het laatst de horizon af en opende toen een kastje dat op het achterdek was bevestigd. Etzwane zag een zwart instrumentenbord en een stel witte, rode en blauwe knoppen. Ifness haalde een schakelaar over. De boot rees omhoog, de lucht in, schoot toen verder naar boven, druipend van het water. Ifness beroerde de knoppen en de boot zette koers naar het westen, hoog over de modderige vlakten van Fenesq heen. Kalm zei Ifness: "Een boot is het minst opvallende vervoermiddel dat er is; niemand zal er veel aandacht aan besteden, zelfs niet in Caraz."

"Een vernuftig ding," zei Etzwane.

Ifness knikte onverschillig. "Ik heb niet de beschikking over een nauwkeurige kaart, we moeten dus improviseren bij het navigeren. De kaarten van Shant zijn niet meer dan giswerk. We zullen de kust van Caraz volgen tot we bij de monding van de Keba komen, een afstand van iets meer dan drieduizend kilometer, vermoed ik. Dan kunnen we de Keba naar het zuiden volgen zonder gevaar te lopen van de koers te raken."

Etzwane haalde zich de grote kaart in het Hooggerechtsgebouw voor de geest. In de omgeving van Shillinsk had hij diverse rivieren gezien: de Panjorek, de Blauwe Zura, de Zwarte Zura, de Usak, en de Bobol. Als ze een stuk wilden afsnijden door over land te gaan zouden ze het risico lopen bij een verkeerde rivier uit te komen. Hij keek naar beneden, naar het vlakke land van Kanton Fenesq, volgde met zijn ogen de kanalen en waterwegen, die alle uitkwamen op de vier Fensteden. In de verte was de grens van het kanton te zien: een rij zwarte alyptusbomen, daar voorbij verloren de grienden en moerassen van Kanton Gitanesq zich in de paarse verten.

Op zijn hurken in de stuurhut zette Ifness een pot thee. Met de wind fluitend langs het scherm boven hun hoofd dronken ze thee en aten nootkoekjes uit een van de pakketten die Ifness had meegenomen. Ifness maakte een ontspannen, bijna joviale indruk, vond Etzwane. Proberen een gesprek aan te knopen was riskant; Ifness zou er kortaf een eind aan kunnen maken, maar nu maakte hij uit zichzelf een opmerking: "Welnu, we zijn in goede orde vertrokken, en zonder van iemand overlast te hebben ondervonden."

"Had u dat dan verwacht?"

"Nee, eigenlijk niet. Ik betwijfel of de asutra nog mensen onder hun invloed hebben in Shant; het gebied kan hun weinig belang meer inboezemen. Misschien heeft Dasconetta de monitors van het Instituut wel van een en ander in kennis gesteld, maar ik geloof dat we die te snel af zijn geweest."

"Uw verhouding met Dasconetta schijnt bijzonder gespannen te zijn."

Ifness knikte instemmend. "In een organisatie zoals het Instituut bereikt een staflid een hogere status door blijk te geven van een beter inzicht dan zijn collega's, vooral collega's die als scherpzinnige lieden worden beschouwd. Ik heb Dasconetta op zulke beslissende wijze buitenspel gezet dat ik me zorgen begin te maken. Wat is hij van plan? Hoe kan hij me de voet dwars zetten zonder mijn standpunt te hoeven delen? Het is een gevaarlijke en heel ingewikkelde kwestie."

Met een frons op zijn voorhoofd keek Etzwane naar de man naast hem. Zoals gewoonlijk vond hij Ifness' motieven en meningen onbegrijpelijk. "Dasconetta gaat mij minder aan het hart dan ons werk in Caraz, dat misschien niet zo gecompliceerd is, maar even gevaarlijk. Per slot van rekening is Dasconetta noch een rituele moordenaar noch een kannibaal."

"Het is niet bewezen dat hij zich daaraan schuldig heeft gemaakt," zei Ifness met een flauwe glimlach. "Goed goed, misschien hebt u wel gelijk. Ik moet mijn aandacht wijden aan Caraz. Volgens Kreposkin* is de streek rond het middelste gedeelte van de loop van de Keba relatief rustig, vooral ten noorden van de heuvels van de Urt Unna. Het heeft er alle schijn van dat Shillinsk in dit gebied ligt. Hij heeft het ook over rivierpiraten en een plaatselijke stam, de Sorukh. Op de eilanden in de rivier leven de gedegenereerde Gorioni, die zelfs door de slavenhalers met rust worden gelaten."

Onder hen rezen de Hurraheuvels op, en waar de Kliffen van Dag de golven van de Groene Oceaan terugsloegen lag het einde van Shant. Een uur lang vlogen ze over een kalme, lege zee; toen werd aan de horizon een vage donkere massa zichtbaar: Caraz. Etzwane stond op en rekte zich uit. Ifness bleef met zijn rug naar de wind peinzend in zijn aantekeningen lezen. Etzwane vroeg: "Hoe bent u van plan dit onderzoek aan te pakken?"

Ifness sloeg zijn zakboekje dicht, keek omlaag en naar de lucht voor hij zei: "Ik heb geen tot in details uitgewerkte plannen. We zijn op weg gegaan om een mysterie op te lossen. Eerst moeten we achter de feiten zien te komen, dan pas mogen we conclusies trekken. Op het ogenblik weten we bijzonder weinig. Het heeft er veel van weg dat de Roguskhoi kunstmatig zijn ontwikkeld als een anti-menselijk wapen. De asutra die de Roguskhoi beheersen, zijn een ras van parasieten, of zouden wat

---

* Kreposkin: *De koninkrijken van Oud-Caraz.*

vriendelijker kunnen worden betiteld als wezens die met hun gastheer in symbiose leven. De Roguskhoi faalden in Shant. Waarom vinden we ze nu weer in Caraz? Om een stuk land te veroveren? Om een kolonie te bewaken? Om natuurlijke rijkdommen van Caraz te ontginnen? Voorlopig kunnen we er slechts naar gissen."

Caraz strekte zich nu uit van het ene eind van de horizon tot het andere. Ifness stuurde de boot een paar strepen meer naar het noorden en ging geleidelijk evenwijdig aan de kustlijn vliegen. Later op die middag zagen ze wadden onder zich, afgebakend door enorme stuifwolken van de branding die ertegen stuksloeg. Ifness veranderde weer van koers, en de hele nacht zweefde de boot op halve snelheid langs de kust, langs sporen van fosforescerend schuim ver onder hen. In het half-duister voor zonsopgang ontdekten ze de massieve zwarte vorm van Kaap Comranus voor hen, en Ifness zei gedecideerd dat Kreposkins kaarten waardeloos waren. "Eigenlijk meldt hij alleen dat er een Kaap Comranus bestaat en dat die ergens langs de kust van Caraz moet liggen. We moeten wat deze kaarten ons zeggen sceptisch bekijken."

De hele ochtend volgde de boot de kust, die na Kaap Comranus naar het westen was afgebogen, langs een rij bergachtige uitlopers in zee, van elkaar gescheiden door wadden. Toen de zonnen op hun hoogst stonden vlogen ze over een schiereiland van kale steen, dat tachtig kilometer naar het noorden liep, maar niet op Kreposkins kaarten was aangegeven, daarna vlogen ze weer over de zee. Ifness liet de boot zakken tot ze nog maar driehonderd meter boven het strand waren.

Halverwege de middag passeerden ze de monding van een reus-achtige rivier: de Gever, die de waterafvoer verzorgde van het Gevermanbekken, waar heel Shant in zou hebben gepast. Een dorp van honderd stenen hutten lag op de lijzijde van een heuvel, een tiental boten lag voor anker. Dit was het eerste teken van menselijk leven dat ze zagen.

Ifness volgde de aanwijzingen van Kreposkins kaart op en stuurde de boot naar het westen, landinwaarts, over een dicht beboste wilder-nis die zich naar het noorden tot voorbij de horizon uitstrekte: het Mirv-schiereiland. Honderdzestig kilometers gleden onder hen door. Uit een bijna onzichtbare open plek in het bos kringelde rook omhoog.

Etzwane zag drie blokhutten, en tien minuten lang bleef hij omkijken en vroeg zich af wat voor mannen en vrouwen daar leefden, verloren in dit bos in het noorden van Caraz. Weer tweehonderd kilometer, en ze bereikten de andere zijde van het Mirv-schiereiland. Dit keer bleek Kreposkins kaart wel te kloppen. Weer zweefden ze boven water. Voor hen lag het estuarium van de rivier de Hietze: een meer dan dertig kilometer brede kloof het land in, bezaaid met eilandjes met steile oevers en stuk voor stuk een miniatuur-sprookjesland van prachtige bomen en bemoste weiden. Op een van de eilandjes lag een grijs stenen kasteel, naast een ander eiland was een vrachtschuit afgemeerd.

Laat in de middag kwamen uit het noorden wolken aanrollen en het landschap werd in een somber pruimkleurig licht gehuld. Ifness verminderde de snelheid van de boot. Hij dacht even na en zette hem in een beschutte baai aan de grond. Terwijl de bliksemschichten langs de hemel begonnen te schieten bevestigden Etzwane en Ifness een presenning over de kajuit, en dronken toen thee en nuttigden een maaltijd van brood met vlees terwijl de regen op het zeildoek kletterde. "Als de asutra Durdane nu eens aanvielen met ruimteschepen en machtige wapens," zei Etzwane. "Wat zouden de mensen van de Aarde dan doen? Zouden ze oorlogsschepen sturen om ons te beschermen?"

Ifness leunde tegen de doft. "Dat valt niet te voorspellen. Het Coördinerend Bestuur is een conservatieve groep, de werelden hebben alleen aandacht voor hun eigen zaken. De Pan-humanistische Bond heeft weinig invloed meer, als hij ooit al veel invloed heeft gehad, wat ik betwijfel. Durdane ligt ver weg en is vergeten: de Skiaffarilla ligt tussen deze wereld en de werelden van de Aarde. Misschien grijpt het Bestuur wel in, maar dat zal afhangen van een rapport van het Historisch Instituut, dat een aanzienlijk prestige geniet. Dasconetta probeert, om redenen die ik al heb geschetst, de situatie zo onbelangrijk mogelijk voor te stellen. Hij wil niet erkennen dat de asutra de eerste technisch geavanceerde niet-menselijke wezens zijn die we hebben ontmoet, een hoogst belangrijke gebeurtenis."

"Eigenaardig! De feiten spreken toch voor zichzelf."

"Inderdaad. Maar er is meer in het spel, zoals u misschien al vermoedt. Dasconetta en zijn kliek staan een voorzichtige aanpak en nader onderzoek voor. Te zijner tijd willen ze de feiten onder eigen vlag wereldkundig maken, en mijn naam zal nooit worden genoemd. Dit plan moet worden verhinderd."

Etzwane had zo zijn twijfels over het nobele van Ifness' overwegingen en stapte de boot uit om naar de nacht te kunnen kijken. De regen was minder geworden; af en toe vielen er nog een paar grote druppels. Ver naar het oosten boven het Mirv-schiereiland flitste nog af en toe de bliksem. Ifness voegde zich bij hem.

"We zouden verder kunnen gaan, maar ik ben er niet helemaal zeker van hoe de Keba en de rivieren in de buurt lopen. Kreposkin is ergerniswekkend: men kan hem noch volkomen verwerpen noch volkomen vertrouwen. We kunnen het beste wachten tot het licht is." Hij tuurde het duister in. "Volgens Kreposkin liggen ginds aan het strand de ruïnes van Suserane, een stad die door de Shelm Fyrids is gebouwd, ongeveer zesduizend jaar geleden. Caraz was toen, net als nu, woest en geweldig groot. Hoeveel vijanden er ook in de strijd vielen, er kwamen er altijd meer opzetten. De een of andere krijgszuchtige stam verwoestte Suserane, nu is er bijna niets meer van over, alleen de invloeden die Kreposkin *esmeric* noemt."

"Dat woord ken ik niet."

"Het komt uit een dialect van het oude Caraz, en betekent de associaties of de sfeer die aan een plek kleeft: ongeziene geesten, verwaaide geluiden, door de tijd aangevreten roem, muziek, tragedie, exaltatie, smart, schrik, angst. Volgens Kreposkin blijft *esmeric* altijd aanwezig."

Etzwane keek door het duister naar de plek waar de oude stad gelegen had. Als de *esmeric* er al was, dan kwam dat in het duister maar zwak over. Etzwane liep terug naar de boot en probeerde in de smalle kooi aan stuurboordzijde de slaap te vinden.

De volgende ochtend was de hemel helder. De blauwe zon, Ezletta, kwam bij de horizon op en verspreidde een vals blauw licht, toen schoot de roze Sasetta schuin de hemel in, daarna de witte Zael, en toen weer de blauwe Ezletta. Na een ontbijt van thee en gedroogd fruit en een vluchtig bezoek aan de plek waar vroeger de stad Suserane had gelegen, liet Ifness de boot weer opstijgen. Voor hen, dof als lood in het licht uit het oosten, spleet een brede riviermonding Caraz open. Ifness zei dat het de Usak was. Rond het midden van de dag vlogen ze over de Bobol heen en drie uur later bereikten ze de monding van de Keba, die Ifness herkende aan de kalkrotsen langs de westzijde en de handelsplaats Erbol, acht kilometer landinwaarts.

Ifness draaide naar het zuiden en volgde de rivier, die hier zestig kilometer breed was. De drie zonnen wierpen drie schaduwen op het golvende water. De rivier leek wat naar rechts af te buigen, maar aan de rand van de horizon zwaaide hij majestueus naar links terug. Drie vrachtschepen, minuscuul klein, dreven op het water. Twee kropen er tegen de stroom op met behulp van golvende vierkante zeilen, een dreef met de stroom de rivier af.

"Van nu af aan zullen we weinig meer aan de kaarten hebben," zei Ifness. "Kreposkin maakt geen melding van nederzettingen langs het middelste deel van de Keba, al heeft hij het wel over de Sorukh, een oorlogszuchtig volk, dat zijn vijanden in een gevecht nooit de rug toekeert."

Etzwane bestudeerde de ruwe kaarten van Kreposkin. "Drieduizend kilometer naar het zuiden, de rivier langs, de streek van Burnoun in, dan zijn we ongeveer hier, bij de Vlakte der Blauwe Bloemen."

Ifness was niet geïnteresseerd in Etzwane's mening. "De kaarten geven alles alleen bij benadering weer," zei hij scherp. "Eerst vliegen we enige tijd, dan dalen we en stellen ter plekke een onderzoek in." Hij sloeg het boek dicht, keek de andere kant op en raakte verzonken in zijn eigen gedachten.

Etzwane glimlachte een beetje grimmig. Hij was gewend geraakt aan Ifness' eigenaardigheden en vermeed zich daaraan te ergeren. Hij liep naar de voorplecht en keek uit over de geweldige purperen wouden, de lichtblauwe verten, de gevlekt groene moerassen en grienden en, allesoverheersend in het landschap, de brede stroom van de Keba. Hier was hij heengegaan, naar de wildernis van Caraz, omdat hij bang was voor een saai, smakeloos leven. En Ifness? Wat had de zo op zijn gemak gestelde Ifness ertoe gebracht zich aan deze onderneming te wagen? Etzwane deed zijn mond open om het hem te vragen, maar bedacht zich. Ifness zou hem ongetwijfeld een sarcastisch antwoord geven, en Etzwane zou niet wijzer zijn dan daarvoor.

Hij draaide zich weer om en keek naar Caraz, waar nog zoveel geheimen op opheldering wachtten.

✳

De hele nacht vloog de boot voort, de rivier volgend in het stralende licht van de Skiaffarilla dat op het water weerkaatste. Rond het midden van de volgende dag liet Ifness de boot wat zakken. De rivier, hier ongeveer zestien kilometer breed, stroomde onregelmatig, werd nu eens breder, dan weer smaller en telde een hele menigte beboste eilandjes.

"Let goed op of u een nederzetting ziet, of, nog beter, een rivierboot," zei Ifness. "We dienen nu plaatselijk inlichtingen in te winnen."

"Maar hoe verstaat u hen? De bewoners van Caraz spreken een uitlandse wauweltaal."

"We zullen ons wel redden, ik heb in ieder geval reden om dit aan te nemen," zei Ifness met zijn meest belerende stem. "De streek van Burnoun en het bekken van de Keba vertonen linguïstisch gezien weinig of geen verschillen. De mensen hier spreken een dialect dat is afgeleid van de taal van Shant."

Etzwane keek hem ongelovig aan. "Hoe is dat nu mogelijk? Shant is hier ver vandaan."

"Hiervoor moeten wij teruggaan tot de Derde Palasedraanse Oorlog. De kantons Maseach, Gorgash en Parthe hadden gecollaboreerd met de Adelaarshertogen en velen ontvluchtten Shant uit angst voor de wraak van de Pandamons. Ze trokken de Keba op, en dwongen de Sorukhs hun taal te gaan spreken. Later werden ze door de Sorukhs tot slaaf gemaakt. De geschiedenis van Caraz is allesbehalve opgewekt." Ifness leunde over de dolboorden en wees naar een aantal hutten langs de oever van de rivier die nauwelijks te zien waren achter een beschuttende hoge rietkraag. "Een dorp, waar we inlichtingen kunnen inwinnen, ook al zijn die wellicht negatief." Hij dacht na. "We zullen een onschuldige truc toepassen om het ons gemakkelijker te maken. Deze mensen zijn onverbeterlijk bijgelovig en zullen nu hun overtuiging bewezen zien." Hij haalde een schakelaar over en de boot ging langzamer vliegen en bleef ten slotte bewegingloos zweven. "Nu moeten we de mast weer op zijn plaats brengen," zei Ifness, "en het zeil hijsen, en ten slotte ook een aantal wijzigingen in ons uiterlijk aanbrengen."

De boot kwam uit de hemel naar beneden zweven, met bollend zeil, en Etzwane aan de roerpen, zogenaamd sturend. Zowel hij als Ifness hadden een witte tulband op en gedroegen zich heel gewichtig. De boot kwam tot stilstand op het vlakke strand voor de hutten, waar hier en daar nog een plas water te zien was van de regenbui van twee dagen geleden. Zes mannen stonden hen stokstijf aan te kijken, een even groot aantal vrouwen keek hen vanuit de hutten aan, naakte kinderen die in de modder aan het spelen waren bleven roerloos zitten waar ze zaten of liepen jammerend weg naar een plek waar ze zich konden verschuilen. Ifness stapte uit en strooide een handvol blauwe en groene glazen juwelen op de grond. Hij wees naar een gezette, wat oudere man die hen doodstil aan stond te kijken. "Kom naderbij alstublieft," zei Ifness in een ruw dialect dat Etzwane maar ternauwernood kon verstaan. "Wij zijn u goedgezinde tovenaars en wensen u geen kwaad. Wij willen alleen inlichtingen over onze vijanden."

De kin van de oude man beefde en zijn vuile snor trilde mee. Hij sloeg zijn voddige zelfgemaakte tuniek wat dichter om zijn buik en waagde het om een paar passen naar voren te komen. "Wat wilt u weten? Wij zijn slechts mosselgravers, niet meer dan dat en weten van niets dat buiten de stroom van de rivier ligt."

"Juist," zei Ifness plechtig. "Maar toch bent u getuige van komen en gaan, en ik zie daar ook een schuur waar u handelsgoederen opslaat."

"Ja, wij handelen op kleine schaal in mosselkoeken, mosselwijn, en vergruizelde mosselschelpen van goede kwaliteit. Maar om buit of kostbare zaken te vinden moet u elders gaan. Zelfs de slavenhalers laten ons links liggen."

"Wij zijn op zoek naar nieuws over een stam van krijgers die enige tijd geleden dit land is binnengevallen: grote demonen met een rode huid die mannen afslachten en zo met vrouwen copuleren dat het hun een slechte reputatie heeft bezorgd. Deze krijgers heten Roguskhoi. Hebt u op enigerlei wijze van hen iets vernomen?"

"Ze hebben ons niet lastiggevallen, de Heilige Aal zij geprezen. De handelaars hebben ons wel verteld van gevechten en een legendarische veldslag, maar mijn hele leven al heb ik niets anders gehoord, en niemand heeft de naam 'Roguskhoi' gebezigd."

"Waar hebben deze gevechten plaatsgevonden?"

De mosselgraver wees naar het zuiden. "Het gebied van de Sorukh is nog ver weg. Het is tien dagen zeilen naar de Vlakte der Blauwe Bloemen, al zal uw magische boot u daar in de helft van die tijd heenvoeren. Is het u toegestaan anderen de magie te leren die de boot zo snel voortdrijft? Deze kennis zou mijn leven zeer veraangenamen."

"Deze vraag kan beter maar niet gesteld worden," zei Ifness. "Wij gaan nu op weg naar de Vlakte der Blauwe Bloemen."

"Moge de Aal uw reis bespoedigen."

Ifness stapte terug de boot in, gaf Etzwane een formeel teken. Etzwane bewoog het roer heen en weer en stelde de zeilen bij terwijl Ifness een paar knoppen aanraakte. De boot steeg op, het zeil ving de wind en de boot zeilde de rivier af. De mannen renden naar de rand van het water om hen na te kijken, gevolgd door de kinderen en de vrouwen uit de hutten. Ifness grinnikte. "We hebben deze dag voor hen in ieder geval tot een onvergetelijke gebeurtenis gemaakt en tevens een heel stel regels van het Instituut met voeten getreden."

"Een reis van tien dagen," zei Etzwane peinzend. "Die vrachtschepen leggen per uur tussen de drie en de vijf kilometer af, tachtig kilometer per dag, misschien iets meer, misschien iets minder. Een reis van tien dagen zou dus neerkomen op achthonderd kilometer."

"Kreposkins kaarten zijn in dezelfde mate onbetrouwbaar." Ifness ging rechtop staan en hief zijn armen op in een laatste welwillend gebaar van vaarwel naar de hen met open mond nastarende bewoners van het dorp. Een aantal waterhoutbomen onttrok hen aan hun gezicht. "Laat het zeil neer, maak de mast los."

Zwijgend gehoorzaamde Etzwane, terwijl hij bedacht dat Ifness wel genoegen scheen te scheppen in de rol van dolende magiër. De boot gleed naar het zuiden, de rivier op. Links en rechts van hen stonden de zilveren stammen van almacks. Hun zilver-purperen gebladerte lichtte groen op in de bries. Uiterwaarden verwaasden aan weerszijden in de duifgrijze verten, en de grote rivier reikte steeds verder naar het zuiden.

De middag gleed voorbij, en op de oevers was geen spoor van menselijk leven te zien. Ifness bromde geërgerd. De zon ging onder, over het landschap viel een schemerig licht. Ifness stond wat hachelijk op de voorplecht naar beneden te turen. Ten slotte werd een aantal flakkerende rode vonken zichtbaar. Ifness draaide de boot om en ging lager vliegen, en de vonken werden twaalf laaiende kampvuren die samen een onregelmatige cirkel vormden met een diameter van twintig of dertig meter.

"Zet de mast terug," zei Ifness. "Hijs het zeil."

Nadenkend keek Etzwane naar de vuren en naar de gestalten die binnen de lichtkring aan het werk waren. Daarbuiten zag hij grote karren met kromme wielen die wel tweeënhalve meter hoog waren, en met leren huiven. Dit moest het kamp zijn van een troep nomaden, die waarschijnlijk wel wat sneller geprikkeld en agressiever zouden zijn dan de vreedzame mosselgravers. Onzeker keek hij naar Ifness, die als een standbeeld op de voorplecht stond. Best, dacht hij, hij zou meedoen met Ifness' dolle grappen, al vloeide daar misschien bloed bij. Hij zette de mast overeind, hees het grote vierkante zeil, zette zijn tulband recht op zijn hoofd en ging weer aan de helmstok zitten.

De boot gleed de lichtkring in. Ifness riep naar beneden: "Pas op daar! Uit de weg."

De nomaden keken omhoog en sprongen vloekend achteruit. Een oude man struikelde en een teil water spatte over een groep vrouwen heen die gilden van woede.

De boot landde. Ifness hief met een streng gezicht zijn hand op. "Stilte! Wij zijn slechts twee nachtmagiërs. Hebt u dan nog nooit magie gezien? Waar is het hoofd van de clan?"

Niemand zei wat. De mannen, gekleed in losse witte hemden, wijde zwarte broeken en zwarte laarzen, waren een eindje van de boot blijven staan, weifelend of ze nu zouden vluchten of aanvallen. De vrouwen, in losse bedrukte gewaden, jammerden en lieten het wit van hun ogen zien.

"Waar is de hoofdman?" bulderde Ifness. "Heeft hij soms geen oren? Kan hij soms niet lopen?"

Een zwaargebouwde man met zwarte wenkbrauwen en een zwarte snor kwam langzaam naar voren. "Ik ben Rastipol, hoofdman van de Ripchiks. Wat wilt u van mij?"

"Waarom bent u hier, en neemt u geen deel aan de strijd tegen de Roguskhoi?"

" 'Roguskhoi'?" Rastipol knipperde met zijn ogen. "Wat zijn dat? Wij zijn op het ogenblik met niemand in oorlog."

"De Roguskhoi zijn rode duivelskrijgers. Ze zijn maar half-menselijk, al jagen ze wel geestdriftig op mensenvrouwen."

"Ik heb van ze gehoord. Ze zijn in oorlog met de Sorukh, wij hebben met deze strijd niets van doen. Wij zijn geen Sorukh, maar behoren tot het ras van de Melch."

"En als ze de Sorukh nu eens verslaan, wat dan?"

Rastipol krabde aan zijn kin. "Hierover heb ik niet nagedacht."

"Waar hebben de gevechten plaatsgevonden?"

"Ergens ten zuiden van hier, op de Vlakte der Blauwe Bloemen, geloof ik."

"Hoe ver is dat hier vandaan?"

"Vier dagen reizen naar het zuiden ligt Shillinsk, aan de rand van de Vlakte. Kunt u dit dan niet via magie te weten komen?"

Ifness maakte met zijn vinger een gebaar naar Etzwane. "Verander Rastipol in een zieke ahulf."

"Neen, neen!" riep Rastipol. "U hebt mijn woorden verkeerd begrepen. Ik had geen kwaad in de zin."

Ifness knikte afwezig. "Pas op uw woorden, u bent op gevaarlijke wijze vrijmoedig." Hij wenkte naar Etzwane. "Zeil verder."

Etzwane bewoog het roer weer heen en weer en wuifde naar het zeil, terwijl Ifness de knoppen en schakelaars bediende. De boot steeg omhoog en de kiel was in het licht van de vuren te zien. De Ripchiks keken zwijgend toe hoe Etzwane en Ifness in het nachtelijk duister verdwenen.

De hele nacht dreef de boot langzaam naar het zuiden. Etzwane sliep in een van de smalle kooien; hij wist niet of Ifness hetzelfde deed. De volgende ochtend, versteend van de kou en stijf van het liggen, stond hij op en liep de stuurhut in. Ifness stond over het dolboord te kijken. Een dikke laag nevel verhulde het land onder hen; de boot dreef eenzaam tussen de grijze mist en de lavendelhemel.

Een uur lang zaten ze zo met zijn tweeën zwijgend thee te drinken. Ten slotte rolden de drie zonnen de hemel in en de mist begon golvend en wervelend op te trekken. Onder zich zagen ze een wat eigenaardig landschap van land en water. De Keba maakte een geweldige bocht naar het westen, waar een zijrivier uit het oosten, de Shill, erin uitkwam. Op de westelijke oever staken drie havenhoofden het water van de rivier in, en erachter bevond zich een nederzetting van vijftig of zestig huizen en een zestal grotere gebouwen. Ifness slaakte een kreet van tevredenheid. "Shillinsk! Eindelijk! Het bestaat dus toch, ondanks Kreposkin!" Hij liet de boot tot op het water zakken, Etzwane zette de mast op en hees het zeil. De boot gleed over het water op de haven af. Ifness stuurde vlak langs een tot in het water leidende trap en Etzwane sprong aan wal met een lijn. Ifness volgde wat bedaarder zijn voorbeeld. Etzwane vierde de lijn, de boot dreef met de stroom mee en kwam tussen tien vissersbootjes terecht die er veel op leken. Ifness en Etzwane gingen op weg naar Shillinsk zelf.

HOOFDSTUK IV

DE HUTTEN EN SCHUREN van Shillinsk waren gemaakt van een grijze steensoort die in een groeve in de buurt werd gedolven en werd ingeklemd tussen balken drijfhout. Pal achter de haven stond de Shillinsk Herberg, een naar verhouding indrukwekkend gebouw van twee verdiepingen. Het lila zonlicht blonk op de grijze steen en het zwarte hout van de balken. Door een optische illusie leken de schaduwen groen, de kleur van oud water in een vat.

Shillinsk maakte een stille, half-levende indruk. Ze hoorden niets, alleen het geklots van water tegen de kademuur. Twee vrouwen liepen langzaam het jaagpad af, gekleed in wijde zwarte broeken, donkerpaarse blouses en vierkante lappen stof op het hoofd die vlammend roestoranje waren. Drie vrachtschepen lagen aan de kade, een leeg en twee halfvol. Een paar bemanningsleden waren op weg naar de taveerne, en Ifness en Etzwane liepen op een paar pas afstand achter ze aan.

De mannen voor hen duwden de deuren van drijfhout open en betraden, gevolgd door Ifness en Etzwane, een gelagkamer die aanzienlijk gerieflijker was dan de ruwe buitenkant had doen vermoeden. Een groot vuur van zeekool brandde in een enorme open haard. De muren waren gepleisterd en witgekalkt en ter versiering hingen er slingers en rozetten van uitgesneden hout tegenaan. Een groepje schippers zat voor het vuur een stoofschotel van vis en rietwortel te eten. Tegen de zijkant, half in de schaduw, zaten twee mannen uit de streek over houten mokken gebogen. Het licht van het vuur speelde grillig over hun afgeplatte gezichten; ze zeiden maar weinig en tuurden wantrouwig uit hun ooghoeken naar de schippers. Een had een zwarte snor, zo borstelig als een stoffer, de ander had een baard en droeg een grote koperen ring in zijn neus. Gefascineerd zag Etzwane hoe hij de ring naar boven sloeg met de rand van zijn mok en een grote slok bier nam. Ze waren gekleed als Sorukh: zwarte broeken, losse hemden geborduurd met fetisj-symbolen. Aan hun gordel hing een kromzwaard van het witte metaal *ghisim*, een legering van zilver, platina, tin en koper, gesmeed en gehard op een manier die voor anderen zorgvuldig verborgen werd gehouden.

Ifness en Etzwane gingen aan een tafeltje bij het vuur zitten. De herbergier, een kale man met een plat gezicht en een harde blik in zijn ogen, hobbelde op een mank been naar ze toe om te vragen wat ze wensten. Ifness vroeg om onderdak en de beste maaltijd die ze konden krijgen. De herbergier zei dat hij mosselsoep, kruiderij en zoete kevers te bieden had, en verder geroosterd vlees met watergroenten, brood, blauwbloemmarmelade en verbenathee. Zo veel had Ifness niet verwacht en hij betuigde zijn tevredenheid met het gebodene.

"Nu moeten we het hebben over mijn vergoeding," zei de herbergier. "Wat kunt u mij in ruil aanbieden?"

Ifness haalde een van zijn glazen juwelen tevoorschijn. "Dit."

De herbergier deed een stap achteruit en hief verachtelijk zijn hand op. "Waar houdt u me voor? Dit is niets anders dan gewoon glas, een stuk speelgoed voor kinderen."

"Zo," zei Ifness. "Wat voor kleur heeft het?"

"De kleur van oud gras, naar de kleur van rivierwater toe."

"Kijk." Ifness sloot zijn hand om de glazen knikker en deed hem toen weer open. "En nu?"

"Helder karmozijn!"

"En nu?" Ifness hield het glas in de gloed van het vuur en het blonk groen als een smaragd. "En houd het nu eens in het donker en vertel dan eens wat u ziet."

De herbergier liep de kelder in en kwam na enkele ogenblikken weer terug. "Het glas glanst met een blauw licht en zendt verschillend gekleurde stralen uit."

"Dit voorwerp is een sterrensteen," zei Ifness. "Het wordt af en toe aangetroffen in de kern van meteorieten. Eigenlijk is het te waardevol om in ruil te geven voor alleen maar voedsel en onderdak, maar iets anders hebben we niet."

"Het is voldoende, ik stem met deze ruil in," zei de herbergier wat zwaarwichtig. "Hoelang blijft uw boot in de haven van Shillinsk liggen?"

"Een paar dagen, tot onze zaken achter de rug zijn. Wij zijn handelaars in exotische waren, en op het ogenblik zijn wij op zoek naar de nekbotten van dode Roguskhoi die kunnen worden gebruikt voor een geneesmiddel."

" 'Roguskhoi'? Wat zijn dat?"

"U hebt er een andere naam voor. Ik bedoel de rode, half-menselijke krijgers die de Vlakte der Blauwe Bloemen hebben gebrandschat."

"Ah! Wij noemen ze 'Rode Duivels'. Hebben ze dan toch waarde?"

"Daarover spreek ik mij niet uit. Ik handel slechts in botten. Wie is de plaatselijke handelaar in dit soort goederen?"

De herbergier barstte uit in rauw gelach, dat hij weer gauw smoorde en hij keek even naar de twee Sorukh die het gesprek met belangstelling hadden gevolgd.

"In deze streek," zei de herbergier, "zijn botten zo talrijk dat ze niets waard zijn, en het leven van een mens is maar weinig méér waard. Kijk eens naar dit been dat mijn moeder heeft verminkt om me te beschermen voor de slavenhalers. Toen waren het de Esche uit de Murdbergen aan de andere kant van de Shill. Nu zijn de Esche verdwenen en de Hulka zijn gekomen, en de toestand is even erg, of erger, dan vroeger. Draai nooit een Hulka je rug toe of er zit opeens een ketting om je nek. Vier mensen uit Shillinsk zijn het afgelopen jaar meegevoerd. Hulka of Rode Duivel, wat is het ergst? Kiest u zelf maar."

Plotseling mengde de Sorukh met de snor zich in het gesprek. "De Rode Duivels zijn allen dood, alleen hun botten zijn er nog, en zoals u wel weet behoren die ons toe."

"Zeer juist," zei de tweede Sorukh. "Wij zijn bekend met de geneeskrachtige werking van de botten van de Rode Duivels, en zijn van zins een eerlijke winst te maken."

"Alles goed en wel," zei Ifness, "maar waarom zegt u steeds dat ze allemaal dood zijn?"

"Dat is algemeen bekend in de streken rond de Vlakte."

"En wie heeft dit gedaan?"

De Sorukh plukte aan zijn baard. "De Hulka misschien, of een stam uit de Kuzi Kaza. Het schijnt dat aan beide zijden van magie gebruik is gemaakt."

"De Hulka beheersen geen magie," merkte de herbergier op. "Het zijn gewone slavenhalers. De stammen uit de Kuzi Kaza zijn wel woest, maar ik heb nog nooit horen vertellen dat ze magie kenden."

De Sorukh met de neusring maakte een bruusk gebaar. "Dit doet niet ter zake." Hij wendde zich tot Ifness. "Bent u van plan onze botten te kopen of zullen we ze elders aan de man zien te brengen?"

"Ik wil ze uiteraard eerst inspecteren," zei Ifness. "Laten we gaan kijken, dan kunnen we zakendoen."

De Sorukh reageerden gechoqueerd. "Uw opmerking is absurd, op het beledigende af. Dacht u dat wij onze koopwaar op onze rug mee-dragen zoals de vrouwen van de Tchark doen? Wij behoren tot een trots volk, en nemen aanstoot aan beledigende woorden!"

"Het was niet mijn bedoeling u te kwetsen," zei Ifness. "Ik gaf alleen uiting aan mijn verlangen om de koopwaar te zien. Waar hebt u de bot-ten opgeslagen?"

"Kort en goed gezegd," zei de Sorukh met de snor, "de botten liggen nog op het slagveld, althans dat neem ik aan. We zijn bereid om onze belangen in de zaak voor een bescheiden bedrag aan u over te doen en dan kunt u met de botten doen wat u wilt."

Ifness dacht een ogenblik na. "Deze procedure is nauwelijks in mijn voordeel. Als de botten nu eens van slechte kwaliteit zijn? Of als het niet mogelijk is ze te vervoeren? Breng of de botten hierheen, of breng ons naar de botten zodat ik mij zelf van hun kwaliteit kan overtuigen."

De Sorukh keken somber. Ze wendden zich van Ifness en Etzwane af en mompelden samen. Ifness en Etzwane begonnen ondertussen aan de maaltijd die hun door de herbergier was voorgezet. Etzwane wierp een blik op de Sorukh en zei: "Ze maken alleen maar plannen hoe ze ons het best kunnen vermoorden en zich meester maken van onze rijkdom."

Ifness knikte. "Ze vragen zich ook af waarom wij zo onbezorgd zijn en zijn bang voor een onverwachte list. Maar vrees niet: ze happen heus wel in het aas."

De Sorukh kwamen tot een beslissing, keken met samengeknepen ogen toe tot Etzwane en Ifness hun maaltijd op hadden en gingen toen aan het tafeltje ernaast zitten. Een organische geur golfde met hen mee. Ifness ging schielijk ergens anders zitten en keek ze met het hoofd achterover aan. De Sorukh met de snor waagde zich aan een vriendelijk glimlachje. "De zaken kunnen tot voordeel van beide partijen worden geregeld. Bent u bereid om de botten te inspecteren en er ter plaatse voor te betalen?"

"Zeker niet," zei Ifness. "Ik zal de botten bekijken en u meedelen of het de moeite waard is ze hier naar Shillinsk te vervoeren."

De glimlach van de Sorukh bleef nog twee tellen hangen en verdween toen abrupt. "Kunt u voor vervoer zorgen?" ging Ifness verder. "Een comfortabele kar met twee lopers ervoor?"

De Sorukh met de neusring snoof verachtelijk. "Dat is niet mogelijk," zei de man met de snor. "In de Kuzi Kaza zou de kar in stukken uiteenvallen."

"Goed dan, in dat geval stellen wij prijs op rijlopers."

De Sorukh deden ontsteld een paar stappen achteruit. Ze pleegden mompelend overleg. De man met de neusring deed nors en onwillig, terwijl de man met de snor eerst sterk aandrong, toen de ander overredend toesprak, en ten slotte won hij het pleit. Ze liepen naar Ifness en Etzwane terug. "Wanneer bent u klaar om te vertrekken?" vroeg de man met de snor.

"Morgenochtend zo vroeg mogelijk."

"Bij zonsopgang staan wij klaar. Maar er is nog een gewichtige zaak: u moet huur betalen voor de lopers."

"Dit is belachelijk, ronduit belachelijk," zei Ifness honend. "Ik weet niet eens zeker of de botten er wel zijn! En dan verwacht u dat ik huur betaal voor dieren die we nodig hebben voor wat heel wel een volstrekt zinloze onderneming kan blijken te zijn? Geenszins; ik ben niet van gisteren!"

De Sorukh met de neusring begon woedend uit te varen, maar de man met de snor hield zijn hand op. "Morgen zullen we u de botten laten zien, en de huur van de lopers zal worden opgenomen in de eindafrekening."

"Dat lijkt er meer op," zei Ifness. "Bij onze terugkeer hier zullen we een bedrag vaststellen waarin alle kosten begrepen zijn."

"Bij zonsopgang vertrekken we, zorg dat u klaar staat." De twee

Sorukh liepen de herberg uit. Ifness nam een slok thee uit een houten kom.

"Bent u werkelijk van plan op een loper de vlakte op te gaan?" wilde Etzwane weten. "Waarom vliegt u er niet heen, met de boot?"

Ifness' wenkbrauwen gingen omhoog. "Ligt dat dan niet voor de hand? Een boot middenin de vlakte valt zeer op. En we kunnen dan niet doen en laten wat we willen omdat we de boot in de gaten moeten houden."

"Als we de boot hier in Shillinsk laten, zien we hem nooit meer terug," mopperde Etzwane. "Deze lieden hier zijn doorgewinterde dieven."

"Ik zal een aantal maatregelen treffen." Ifness dacht even na, liep toen naar de andere kant van het vertrek en sprak de waard aan. Hij kwam teruggelopen en ging weer aan tafel zitten. "De herbergier heeft de toezegging gedaan dat we tien schatkisten aan boord kunnen laten zonder bevreesd te hoeven zijn dat er wat mee gebeurt. Hij neemt de volledige verantwoording op zich, zodat ons risico aanzienlijk wordt verminderd." Peinzend keek hij even in de vlammen van het vuur. "Niettegenstaande dat zal ik toch iets aanbrengen om de plunderaars af te schrikken die aan zijn waakzame blik zouden kunnen ontsnappen."

Etzwane, die maar weinig zin had in een ruwe rit over de Vlakte der Blauwe Bloemen, en dan ook nog samen met de Sorukh, zei zuur: "In plaats van een vliegende boot had u moeten zorgen voor een vliegende kar, of twee vliegende lopers."

"Uw ideeën zijn het overwegen waard," zei Ifness minzaam.

De herberg verschafte zijn gasten slaapgelegenheid in een rij kleine vertrekken op de tweede verdieping waarin langwerpige kribben met stro waren geplaatst. Het raam in Etzwane's kamertje zag uit over de haven. Het stro was echter niet vers; de hele nacht ritselde het geheimzinnig, en de vorige gast had in een hoek geürineerd. Rond middernacht werd Etzwane wakker door een geluid en liep naar het raam. Hij zag steels wat bewegen op de kade, bij de plek waar hun boot gemeerd lag. Het licht van de sterren was niet helder genoeg om duidelijk te zien wat er gebeurde, maar Etzwane zag wel dat de man die zich daar zo verdacht ophield een wat onregelmatige, hobbelende gang had. Hij stapte in een bootje en roeide stilletjes naar de boot van Ifness. Hij nam de riemen in, legde het bootje vast zodat het niet weg kon drijven en klauterde aan boord van het grotere vaartuig. Hetzelfde ogenblik werd hij omgeven door uitschietende blauwe vlammen, terwijl er vonken van zijn haar naar de tuigage schoten. De man danste over het dek en viel, meer door geluk dan wijsheid, overboord. Even later zwom hij moeizaam terug naar zijn bootje en roeide naar de kade.

Bij zonsopgang stond Etzwane op en begaf zich naar het washok op de eerste verdieping, waar hij Ifness aantrof. Etzwane bracht verslag uit van wat er die nacht was voorgevallen. Ifness was niet erg verbaasd. "Ik zal zorgdragen voor het afwikkelen van een en ander."

De herbergier diende bij wijze van ontbijt alleen maar thee en brood op. Hij bewoog zich manker voort dan ooit, en hij loerde woedend naar Ifness terwijl hij de pot thee en de schaal brood op tafel kwakte.

Streng zei Ifness: "Dit is armetierig voedsel. Bent u dan zo uitgeput door uw strooptocht dat u niet kunt zorgen voor een behoorlijk ontbijt?"

De herbergier probeerde een woedend antwoord te geven, maar Ifness gaf hem geen kans. "Weet u waarom u nu hier bent, in plaats van op de muziek van de blauwe vonken te dansen? Omdat ik prijs stel op een behoorlijk ontbijt. Moet ik nog meer zeggen?"

"Ik heb genoeg gehoord," mompelde de waard. Hij hobbelde terug naar de keuken en kwam even later terug met een pot gestoofde vis, een schaal dunne haverkoeken en aal in gelei. "Zijn de heren hiermee tevreden? Anders kan ik u nog een uitstekende schotel gekookte ermink voorzetten en een zak met kaas."

"We hebben genoeg," zei Ifness. "En bedenk dit: als ik bij mijn terugkeer ook maar een splinter van de boot aangeraakt vind, danst u weer op de muziek van de blauwe vonken."

"U heeft een onjuiste indruk van mijn ijver," zei de herbergier. "Ik ben naar de boot geroeid omdat ik een verdacht geluid meende te horen."

"De zaak is gesloten," zei Ifness onverschillig. "Als we elkaar maar goed begrijpen."

De twee Sorukh staken hun hoofd om de deur. "Bent u gereed om te vertrekken? De lopers staan te wachten."

Etzwane en Ifness liepen de koele ochtend in. Vier lopers rukten

nerveus aan hun halster en maaiden met hun naar achter gebogen
hoorns door de lucht. Etzwane vond het goede dieren, met lange
poten en een diepe borst. Ze waren voorzien van de steppezadels van
chumpaleer die de nomaden gewoonlijk gebruikten, zadeltassen voor
voedsel en een rek waarop een tent, een deken, en nachtlaarzen vast-
gesjord konden worden. De Sorukh weigerden daarvoor te zorgen.
Dreigementen en overredende woorden haalden niets uit, en Ifness
was genoodzaakt afstand te doen van nog een veelkleurige glazen kraal
voor men het vereiste aan voedsel en andere zaken wilde leveren.

Voor het vertrek vroeg Ifness de twee Sorukh naar hun naam. Ze
waren allebei van het Belvogel-fetisj van de Varsk-clan. De man met
de snor heette Gulshe en die met de ring in zijn neus Srenka. Ifness
schreef hun namen met blauwe inkt op een strook perkament. Hij zette
er een serie tekens in karmozijnrood en geel achter, terwijl de Sorukh
onbehaaglijk toekeken. "Waarom doet u dit?" vroeg Srenka agressief.

"Ik tref gewone voorzorgsmaatregelen," zei Ifness. "Ik heb mijn juwelen op een geheime plek verstopt en heb geen waardevolle zaken bij me. U
kunt me fouilleren als u wilt. Ik heb een vloek over uw namen uitgesproken die ik te zijner tijd op zal heffen. Uw plannen om ons te vermoorden
en te beroven zijn onverstandig, u kunt ze het beste maar opgeven."

Gulshe en Srenka fronsten bij deze onprettige wending. "Zullen we
nu maar vertrekken?" suggereerde Ifness.

De vier stegen op en reden de Vlakte der Blauwe Bloemen op.

De Keba en de rand van almacks langs het water gleden achter hen
weg en verdwenen ten slotte uit het gezicht. Overal rondom golfden
de lage heuvels en kommen van de vlakte de lila verte in. Purpermos
bedekte de grond, hoog in struiken bloeiden bloemen die over de hele
vlakte een zacht zeeblauw waas legden. In het westen was een bijna
onmerkbare schaduwenrij te zien: de bergen aan de rand van de vlakte.

De hele dag reden de vier mannen voort. Bij het vallen van de avond
sloegen ze hun kamp op in een ondiepe kom naast een stroompje. Ze
zaten rond het vuur in een sfeer van behoedzame hartelijkheid. Gulshe
bleek zelf gevochten te hebben met een troep Roguskhoi, niet meer
dan twee maanden geleden. "Ze kwamen de Orgaibergen uit, niet ver
van Shagfe, waar de Hulka een slavendepot hebben. De Rode Duivels
hadden het depot al twee keer daarvoor overvallen, en een aantal

mannen gedood en de vrouwen ontvoerd, en Hozman Zeerkeel, de agent van de handelspost, wilde zijn belangen beschermen en bood een half pond ijzer voor elke hand van een Rode Duivel die we bij hem inleverden. Ik en nog twintig anderen trokken eropuit om rijkdom te vergaren, maar we bereikten niets. De Duivels schenken geen aandacht aan pijlen en een Duivel is in een gevecht van man tegen man tegen tien gewone mannen opgewassen, en we zijn dus zonder trofeeën naar Shagfe teruggekeerd. Ik ben teruggegaan naar het oosten, naar Shillinsk, voor het conclaaf van de Varsk, en heb daarom niets gezien van de grote slag waarin de Roguskhoi zijn vernietigd."

Met een stem waaruit een zekere interesse sprak zei Ifness: "Begrijp ik dan goed dat de Rode Duivels zijn verslagen door de Hulka? Hoe is dit mogelijk, als elke Duivel tegen tien man is opgewassen?"

Gulshe spuwde in het vuur maar gaf geen antwoord. Srenka boog zich voorover om een stok in het gloeiende hart van het vuur te duwen. De ring in zijn neus weerkaatste de flakkerende oranje vlammen. "Het gerucht gaat dat van magische wapens gebruik is gemaakt."

"Door de Hulka? Waar zouden die magische wapens vandaan moeten halen?"

"De krijgers die de Rode Duivels hebben vernietigd, waren geen Hulka."

"Zozo. Wat waren het dan?"

"Ik weet er niets van. Ik was in Shillinsk."

Ifness vroeg niet verder. Etzwane stond op, klom naar de top van de hoogte en keek om zich heen. Hij zag alleen duisternis. Hij luisterde, maar hoorde niets. De nacht was stil, er scheen geen gevaar te zijn voor een overval door chumpa's of kwaadaardige ahulfs. De twee Sorukh waren een andere zaak. Dezelfde gedachte was bij Ifness opgekomen, die nu voor het vuur neerknielde. Hij blies tot het hoog oplaaide, hield toen zijn handen links en rechts van de vlammen en liet ze nu heen en weer springen, terwijl de Sorukh stomverbaasd toekeken. "Wat bent u aan het doen?" vroeg Gulshe vol ontzag.

"Een magische kleinigheid om mij te beschermen. Ik heb de vuurgeest geboden de lever binnen te dringen van iedereen die mij kwaad wil berokkenen en daar te blijven."

Srenka trok aan zijn neusring. "Bent u werkelijk een magiër?"

Ifness lachte. "Twijfelt u daar dan nog aan? Houd uw arm eens naar voren."

Voorzichtig stak Srenka zijn arm uit. Ifness wees er met zijn vinger naar en een knetterende blauwe vonk sprong op Srenka's hand over. De Sorukh uitte een lachwekkend hoge kreet van verbazing en schoot sprakeloos achteruit. Gulshe sprong overeind en liep schielijk bij het vuur vandaan.

"O, dat is niets," zei Ifness. "Een kleinigheid slechts. U leeft toch nog? We slapen dus veilig, wij allemaal, in de wetenschap dat magie ons tegen kwade zaken beschermt."

Etzwane spreidde zijn deken uit en ging op de grond liggen. Na wat gemompel legden Gulshe en Srenka zich wat ter zijde te slapen, in de buurt van de gekluisterde lopers. Ifness ging wat bedachtzamer te werk en bleef nog een halfuur in het stervende vuur staren. Ten slotte begaf ook hij zich te ruste. Een halfuur lang keek Etzwane naar het schitteren van de ogen van Gulshe en Srenka in de schaduw van hun kappen, toen doezelde hij weg en viel in slaap.

De tweede dag was niet anders dan de eerste. Halverwege de middag van de derde dag kwamen de heuvels van de Kuzi Kaza de vlakte tegemoet. Gulshe en Srenka overlegden met elkaar en wezen elkaar oriënteringspunten aan. Bij het vallen van de nacht hadden ze een sombere streek bereikt van rotspunten en hoge kalkstenen heuvels. Ze sloegen hun kamp op naast een diepe poel met donker, spiegelglad water. "We zijn nu in het land van de Hulka," zei Gulshe tegen Ifness. "Als we worden overvallen ligt onze grootste veiligheid in de vlucht, tenzij u met gebruik van magie ons kunt verdedigen."

"We zullen handelen zoals de omstandigheden ons ingeven," zei Ifness. "Waar zijn de botten van de Rode Duivels?"

"Niet ver hiervandaan, achter die kam daar. Kunt u de aanwezigheid van zo veel dood dan niet voelen?"

Effen zei Ifness: "Een intellect dat zich volkomen in de hand heeft, moet daartoe helaas de gevoeligheid opofferen die het onderscheidt van een meer primitieve geest. Deze evolutionaire stap heb ik in het algemeen met genoegen genomen."

Srenka plukte aan zijn neusring, er niet helemaal zeker van of Ifness' opmerking nu kleinerend bedoeld was of niet. Hij keek naar Gulshe, ze haalden allebei in verwarring hun schouders op en liepen toen naar hun slaapplaatsen waar ze nog een halfuur lang zacht lagen te praten. Srenka scheen erop aan te dringen dat ze iets moesten doen, en Gulshe verzette zich tegen dat plan. Srenka gromde woedend, Gulshe maakte een sussende opmerking en daarna zwegen ze.

Etzwane ging tussen zijn eigen dekens liggen, maar hij kon de slaap niet vatten. Om redenen die zijn begrip te boven gingen voelde hij zich slecht op zijn gemak. "Misschien is mijn geest wel primitief en goed-gelovig," zei hij tegen zichzelf.

Die nacht schrok hij vaak wakker en lag dan een tijdje te luisteren. Eén keer hoorde hij in de verte ahulfs ruziemaken. Een andere keer weergalmde een zacht melodieus geroep door de kloven en hij rilde van onbehagen. Hij kon het geluid niet thuisbrengen. Hij was zich er niet van bewust dat hij weer in slaap was gevallen, maar toen hij zijn ogen opende, gloeide de hemel van het lavendellicht van de opkomende zonnen.

Na een karig ontbijt van gedroogd fruit en thee gingen ze weer op weg, eerst langs een rij kloven heen en toen een hooggelegen stuk open land op. Na door een bos beulsbomen gereden te zijn kwamen ze in een kaal dal terecht. Aan hun linkerzijde rees een tweehonderd meter hoge rotswand op. Bovenop de rots stonden de puinhopen van een kasteel. Gulshe en Srenka hielden stil om de weg voor hen te bezien. "Is het kasteel bewoond?" vroeg Etzwane.

"Wie zal het zeggen?" gromde Gulshe. "Er bestaan meer dan genoeg oorden als dat daar met geboefte en moordenaars erin die klaarstaan om een rotsblok naar beneden te laten rollen; de reiziger moet dus op zijn hoede zijn als hij er een tegenkomt."

Srenka wees met een kromme vinger naar boven. "Boven de stenen zie ik liervogels vliegen. De weg is veilig."

"Hoe ver is het nog naar het slagveld?" vroeg Ifness.

"Een uur rijden, om de voet van die berg daar heen. Kom, en snel. Liervogels of geen liervogels, ik heb weinig vertrouwen in deze oude roversholen."

De vier draafden snel langs de rotswand, maar niets verstoorde hun rust, en de liervogels bleven boven de ruïne zweven.

Ze reden de pas uit, naar beneden. Gulshe wees naar de grote berg die als een nors dier ineengedoken lag. "Daar kwamen de Rode Duivels vandaan, op weg naar Shagfe aan de andere kant van de vlakte. Daar, in het noorden, u kunt net de palissade zien. Vroeg in de ochtend vielen de mannen aan, vanuit posities die ze de nacht daarvoor hadden ingenomen en de Rode Duivels werden omsingeld. De slag duurde twee uur, en aan het eind waren alle Rode Duivels, en ook alle vrouwen en welpen die ze bij zich hadden, dood. De mannen die hen hadden vernietigd marcheerden naar het zuiden en zijn nooit weergezien, hoogst merkwaardig. Daar! Dat is de plek waar de Rode Duivels voor de slag hun kamp hadden opgeslagen. De strijd heeft hier in de buurt gewoed. Ah! Ruikt u die lucht van verrotting?"

"En de botten?" informeerde Srenka met een sluwe lach. "Voldoen ze aan uw verwachtingen?"

Ifness reed over het slagveld heen. Overal lagen lijken van Roguskhoi, allemaal met verwrongen lichaam en vreemd gebogen ledematen. De lijken waren al in verregaande staat van ontbinding. Een paar ahulfs hadden met het idee gespeeld om van het zwarte vlees te eten, een paar hadden het experiment niet overleefd en lagen nu in opgerolde zwarte ballen bont onderaan de helling.

Ifness reed in een wijde cirkel rond en keek ingespannen naar de dode Roguskhoi. Af en toe hield hij stil om een van de stinkende rode lijken uitgebreider te bestuderen. Etzwane bleef met zijn loper wat ter zijde, zodat hij de Sorukh in de gaten kon houden. Ifness kwam terugrijden en hield zijn loper naast Etzwane in. "Wat zegt u ervan?"

"Ik begrijp er niets van, net als u," zei Etzwane.

Ifness keek hem zijdelings aan, terwijl zijn wenkbrauwen afkeurend omhoog gingen. "Waarom begrijp ik er niets van?"

"Vanwege de verwondingen die niet zijn toegebracht met zwaarden of knuppels."

"Hmmf. Wat is u nog meer opgevallen?"

Etzwane wees. "Die daar met het borstpantser is waarschijnlijk een hoofdman. Hij heeft een grote wond in zijn borst. De asutra die hij in zich droeg, is gedood. Ik heb aan de andere kant van het slagveld nog een dode hoofdman gezien, met een soortgelijke wond. De mannen die de Roguskhoi hebben gedood, waren net als wij op de hoogte van het bestaan van de asutra."

Ifness knikte kort. "Daar ziet het inderdaad naar uit."

De Sorukh kwamen met een gekunstelde glimlach op hun gezicht op hen toegereden. "En de botten?" begon Srenka. "Al die fraaie botten. Wat vindt u ervan?"

"Ze zijn duidelijk niet verhandelbaar op dit ogenblik," zei Ifness. "Ik kan geen definitief bod doen tot u ze reinigt, droogt, ze in gelijke hoeveelheden verpakt en ze naar de haven van Shillinsk vervoert."

Droevig trok Gulshe aan zijn lange snor. Srenka wist zich minder goed in bedwang te houden. "Ik was al bang voor een dergelijke dubbelhartige streek!" riep hij. "Wij hebben geen enkele zekerheid winst te behalen, wij hebben hier tijd en bezit ingestoken zonder dat de onderneming iets oplevert, en ik ben niet van plan het hierbij te laten zitten."

"Na onze terugkeer in Shillinsk zal ik u en uw makker ruim belonen voor uw moeite. Zoals u zelf al hebt gezegd hebt u uw best gedaan," zei Ifness koud. "Maar ik kan toch moeilijk een veld vol lijken kopen om uw hebzucht te bevredigen. U moet een andere koper zien te vinden."

Srenka verwrong zijn gezicht tot een woeste grimas waarbij de hoektanden in zijn onderkaak zijn neusring vastgrepen. Gulshe maakte een gebaar om hem te waarschuwen. "Uw woorden zijn niet onredelijk. Srenka, onze vriend hier kan zich begrijpelijkerwijs niet verbinden tot het aankopen van goederen in deze staat. Ik ben ervan overtuigd dat een regeling kan worden getroffen die beide partijen tot tevredenheid stemt. Over een jaar zullen de botten van alle ongerechtigheden zijn ontdaan en in voortreffelijk bruikbare staat verkeren, of we kunnen nu slaven huren om de karkassen uit te koken en van het vlees te ontdoen. Maar laten we nu zo spoedig mogelijk dit afschuwelijke oord verlaten; het wordt mij hier zwaar om het hart."

"Goed dan, naar Shagfe," gromde Srenka. "Daar ga ik een kruik bier uit de kelder van Baba drinken."

"Een ogenblik," zei Ifness, terwijl hij naar de helling tegenover het slagveld keek. "Ik ben geïnteresseerd in de mannen die de Rode Duivels hebben vernietigd. Waar zijn ze na hun overwinning heengegaan?"

"Terug naar waar ze vandaan zijn gekomen," zei Srenka honend. "Waar anders heen?"

"Hebben ze geen bezoek gebracht aan Shagfe?"

"Daar kunt u in Shagfe zelf navraag naar doen."

"We zouden het spoor met ahulfs kunnen volgen," zei Etzwane.

"Ze zijn al een maand geleden vertrokken en nu ongetwijfeld ver weg," zei Ifness. "Dat zou heel goed een lang en vervelend karwei kunnen worden."

"In Shagfe zullen we ongetwijfeld meer horen," drong Gulshe aan.

"Vooruit, naar Shagfe," zei Srenka. "Ik heb trek in het bier van de oude Baba."

Ifness keek nadenkend naar de in de verte zichtbare palissade. Gulshe en Srenka stuurden hun lopers al de lange helling af. Ze stopten en keken om. "Kom mee! De dag duurt geen eeuwigheid en daarginds is Shagfe."

"Goed dan," zei Ifness. "We zullen eens in Shagfe gaan kijken."

Shagfe, een grauwe, niet erg plezierig uitziende nederzetting, lag te schroeien in het licht van de zonnen. Ruwe modderhutten stonden schots en scheef door elkaar aan weerszijden van een door de striemende wind gegeselde straat; achter de hutten stonden wat leren tenten. Een slordig gebouw van modder en dooreengeweven twijgen beheerste het dorpsbeeld: de taveerne en slijterij. Een kletterende windmolen er vlak naast pompte water in een tank, die overliep in een trog. Naast de trog zat een troep ahulfs die water waren komen drinken. Ze hadden rotskristallen meegebracht en geruild tegen lappen gele stof die ze zwierig om hun oorknoppen hadden gebonden.

Aan de rand van Shagfe passeerden de vier de slavenhokken: drie schuren en drie open stukken land met een omheining, waarin twintig mannen, evenveel vrouwen, en wel veertig star voor zich uit starende kinderen waren opgesloten.

Ifness bracht zijn loper tot staan en zei tegen Gulshe: "Wat zijn dit voor gevangenen, plaatselijke lieden?"

Gulshe keek zonder veel belangstelling naar de groep. "Het lijken mensen van buiten deze streek, waarschijnlijk lieden die te veel waren in hun clan en door hun hetman zijn verkocht. Misschien zijn het ook wel mensen die bij strooptochten aan de andere zijde van de bergen gevangen zijn genomen. Of ze zijn gegrepen en verkocht door voor eigen rekening optredende handelaars." Gulshe grinnikte op een vreemde, verstikte manier. "De hele groep voor u bestaat uit mensen die niet in staat zijn geweest aan slavernij te ontkomen. Hier is er niemand om 'nee' te zeggen tegen ons, en ieder moet voor zijn eigen welzijn zorgen."

"Een onplezierig bestaan," zei Etzwane vol weerzin.

Gulshe zag hem niet-begrijpend aan en keek toen achterom naar Ifness alsof hij twijfelde aan Etzwane's gezonde verstand. Ifness glimlachte grimmig. "Wie koopt de slaven op?"

Gulshe haalde zijn schouders op. "Ze worden allemaal gekocht door Hozman Zeerkeel, die er een goede prijs in metaal voor betaalt."

"U schijnt veel van deze zaken af te weten," zei Etzwane zuur.

"En wat dan nog?" zei Srenka. "Misgunt u ons ons bestaan? Misschien is het wel tijd dat wij ons eens nader met elkaar verstaan."

"Ja," zei Gulshe. "Het is tijd." Hij trok een mes met een zwaar lemmet van gepolijst zwart glas. "Magie is niet bestand tegen mijn mes, en ik kan een van u opensplijten als een overrijpe meloen. Stijg af, en ga met uw gezicht naar de hokken van de slaven staan."

Kalm vroeg Ifness: "Moet ik hieruit opmaken dat u van zins bent ons ongemak te berokkenen?"

"Wij zijn handelslieden," zei Srenka op luide toon. "Wij wijden ons leven aan het behalen van winst. Als we geen botten kunnen verkopen, dan verkopen we slaven, en hiervoor hebben wij u naar Shagfe gebracht. Ook ik ben bedreven met een werpmes. Stijg af!"

"Het is vernederend om vlak voor de slavenhokken gevangen genomen te worden," zei Ifness. "U geeft geen blijk van medeleven voor onze gevoelens en wij weigeren aan uw verzoek gevolg te geven, al was het alleen om deze reden."

Srenka brulde van het lachen. Gulshe glimlachte een gele rij tanden onder zijn snor bloot. "Stijg af, ga naast uw lopers staan, en snel ook!"

"Bent u de vloek die over u is uitgesproken in Shillinsk vergeten?" zei Etzwane zacht.

"Onze rug torst al honderden vloeken. Wat maakt het uit of er een bijkomt?" Gulshe maakte een beweging met zijn mes. "Afstijgen."

Ifness haalde zijn schouders op. "Goed dan, als het moet dan moet het. Het lot haalt vreemde streken uit." Vermoeid klom hij uit het zadel en legde zijn vuist op de achterhand van zijn loper. Het dier brulde van pijn en schoot naar voren, tegen Gulshe's loper op die met een klap tegen de grond sloeg. Srenka gooide met zijn werpmes naar Etzwane, die zich op de grond had laten vallen. Het mes suisde dertig centimeter boven zijn schouder over hem heen. Ifness stak zijn hand uit en greep Srenka bij de ring in diens neus beet. Srenka uitte een trillend gesis dat een gil geweest zou zijn als hij in staat was geweest iets te zeggen. "Hou de ring stevig vast," zei Ifness. "Zorg ervoor dat hij niet opstandig wordt." Ifness liep naar waar Gulshe spartelend, vloekend, en klauwend overeind probeerde te komen. "Ik zal mij maar over uw mes ontfermen," zei Ifness verontschuldigend. "U hebt het vanaf dit ogenblik niet meer nodig."

Etzwane en Ifness vervolgden hun weg naar de herberg van modder en takken. Ze hadden de teugels van de ruiterloze lopers in hun hand. "Zes ons zilver voor twee gezonde mannen: het lijkt niet veel," zei Ifness. "Misschien heeft men ons wel bedrogen. Het geeft niet, in ieder geval zullen Gulshe en Srenka hun voordeel kunnen doen met deze kennismaking met een heel ander facet van de slavenhandel. Bijna zou ik wensen dat...Maar neen! Het is niet erg menslievend om in dit verband aan mijn collega Dasconetta te denken. Het spijt me bijna dat onze wegen zich hier moesten scheiden: Gulshe en Srenka zijn schilderachtige metgezellen gebleken."

Etzwane keek achterom naar de verblijven van de slaven. Als Ifness met zijn energiedoos er niet geweest was, zou hij nu daar tussen de latten naar buiten staan te kijken. Maar goed, dat waren de risico's die hij in Garwiy had overwogen, en hij had verkozen dit soort gevaren onder ogen te zien en niet een leven te leiden van muziek, veiligheid en gemakzucht. Ifness praatte verder, evenzeer tegen zichzelf als tegen Etzwane. "Ik vind het alleen jammer dat we er niet in zijn geslaagd meer van Gulshe en Srenka te weten te komen. Goed, hier is de taveerne dan; in vergelijking hiermee lijkt de herberg in Shillinsk wel een hemel van luxe. We zullen ons niet voordoen als tovenaars of als lieden die iets willen bestuderen, zelfs niet als handelaars in botten. Het beroep waar men in Shagfe het meeste respect voor heeft, is dat van slavenhaler. Dat zijn we dus, slavenhalers."

Voor de taveerne hielden ze stil om hun omgeving eens goed in ogenschouw te kunnen nemen. Het was een warme, rustige middag. Kinderen kropen rond in het stof; wat oudere kinderen speelden slavenhalertje en sprongen met touwen tevoorschijn om hun gevangenen weg te slepen. Bij de trog onder de windmolen maakten drie plompe vrouwen met donker haar in leren broeken en met strohoeden ruzie met de ahulfs. De vrouwen hadden stokken in hun hand en sloegen naar de lange gevoelige voeten van de ahulfs als die probeerden uit de trog te drinken. De ahulfs gooiden op hun beurt kluiten aarde naar de vrouwen en schreeuwden scheldwoorden. Aan de kant van de weg zaten tien oude vrouwen in vormeloze stromantels achter stapels goederen gehurkt die ze te koop aanboden: hopen donkerrood meel, strengen gedroogd vlees, blauwzwarte vingerwormen in doosjes met nat mos, vette groenkevers met een draadje vastgebonden aan stokjes, suikerpeulen, gekookte vogels, kardemomnoten, zoutkorsten. Boven alles en iedereen het wijde uitspansel van de blauwe hemel, overal om de nederzetting de uitgestrekte hete vlakte, met ver naar het oosten een troep ruiters, alleen zichtbaar als een rij trillende zwarte vlekken met een stofpluim erboven. Ifness en Etzwane stegen af en betraden de herberg door een gat in de aarden wand. De gelagkamer was duister en rook muf. Op een rek achter de toog stonden drie houten vaten, elders in het vertrek stonden banken en krukken waar een tiental mannen achter aardewerkkommen met zure zaadwijn zaten of aan mokken met het vermaarde bier uit de kelder. De gesprekken stokten; de mannen staarden zwijgend en gespannen naar Ifness en Etzwane. De enige verlichting in het vertrek bestond uit het zonlicht dat door de deuropening naar binnen viel. Ifness en Etzwane keken rond terwijl hun ogen zich aanpasten aan het halfduister.

Een kleine man met een blote borst en een golvende witte haardos kwam op hen toegelopen. Hij had een leren voorschoot voor, en zijn voeten staken in knielaarzen. Dit was zo te zien de waard, Baba. Hij vroeg wat ze wilden in een ruw dialect dat Etzwane eerder begreep omdat hij wel kon gissen wat de man wilde weten, dan omdat hij hem werkelijk verstond.

Ifness beantwoordde Baba's vraag in een redelijke imitatie van het dialect. "Wat voor onderdak kunt u ons bieden?"

"Het beste onderdak dat u in heel Shagfe kunt krijgen," zei Baba. "Dat zult u van iedereen horen. Zit er alleen maar loze nieuwsgierigheid achter uw vraag?"

"Nee," antwoordde Ifness. "Laat u ons maar het beste zien wat u ons te bieden hebt."

"Dat is eenvoudig genoeg," zei Baba. "Hierheen alstublieft." Hij ging hen voor, een vies ruikende gang door, langs een primitieve keuken waar een grote ketel pap boven een vuur te pruttelen hing en een kale binnenplaats op, die langs de vier zijden was voorzien van een uitstekende overkapping. "Kiest u maar uit, u mag overal slapen. De regen komt meestal vanuit het zuiden, onder de overkapping aan de zuidzijde is het dus het droogst."

Ifness knikte ernstig. "Uw onderdak is naar genoegen. En onze lopers?"

"Ik zal ze in mijn stal zetten en ze hooi voeren, vooropgesteld dat u mij een redelijke vergoeding geeft. Hoelang blijft u in mijn herberg?"

"Een dag of twee, misschien ook wel langer, afhankelijk van de snelheid waarmee onze zaken hun beslag vinden. Wij zijn slavenhandelaars met een opdracht om twaalf sterke Rode Duivels te kopen die de galei van een potentaat aan de oostkust moeten roeien. Wij hebben echter vernomen dat alle Rode Duivels zijn gedood, droevig nieuws."

"Uw ongeluk is mijn geluk, want ze waren op mars naar Shagfe en hadden heel goed mijn taveerne kunnen verwoesten."

"Misschien hebben de overwinnaars een paar Rode Duivels gevangengenomen?"

"Ik geloof het niet, maar in de gelagkamer zit Fabrache de Fortuinlijke Overlevende. Hij beweert ooggetuige te zijn geweest van de slag, en wie zou er aan zijn woord kunnen twijfelen? Als u hem een paar kroezen bier voorzet zou zijn tong rad spreken, daar ben ik zeker van."

"Een uitstekende gedachte. En nu, wat betreft de prijs voor voedsel en onderdak voor ons en onze lopers..."

Het sjacheren begon. Ifness bedong een scherpe prijs om te vermijden dat hij bekend zou komen te staan als een vrijgevig persoon. Na vijf minuten vonden hij en de waard elkaar op twee ons zilver voor het best mogelijke voedsel en onderdak voor een periode van vijf dagen.

"Goed dan," zei Ifness, "al heb ik me zoals altijd door een vaardig spreker laten overreden tot dwaze buitensporigheid. Laten we nu eens gaan praten met Fabrache de Fortuinlijke Overlevende. Hoe is hij aan dit ongebruikelijke epitheton gekomen?"

"Het is slechts een bijnaam uit zijn kindertijd. Toen hij nog een kind was, heeft zijn moeder hem drie keer proberen te verdrinken, en elke keer wist hij zich uit de modder omhoog te werken. Ze gaf er vol weerzin de brui aan, en schonk hem deze naam. Hij is een man zonder vrees geworden: hij redeneert dat als Gaspard de God hem dood had willen hebben, hij deze vroege gelegenheid om dat te bewerkstelligen vast niet over het hoofd zou hebben gezien."

Baba ging hen voor naar de gelagkamer. Hij riep: "Ik stel de aanwezigen de edele heren Ifness en Etzwane voor, die naar Shagfe zijn gereisd om slaven te kopen."

Een man aan een tafeltje langs de zijmuur uitte een moedeloos gekreun. "Nu beconcurreren ze dus Hozman Zeerkeel, zodat de prijzen nog hoger worden."

"Hozman Zeerkeel heeft geen belangstelling voor de Rode Duivels die deze heren hier willen kopen." Baba sprak een lange magere man aan met een somber lang gezicht en een baard die als een ijspegel van zwart haar aan zijn kin hing. "Fabrache, hoe liggen de feiten? Hoeveel Rode Duivels zijn er nog in leven?"

Fabrache gaf antwoord met de bedachtzaamheid van een koppig man. "De Rode Duivels zijn verdwenen uit het Mirkilgebied, dat wil zeggen uit de directe omgeving van Shagfe. Ik heb met mannen van het ras der Tchark gesproken, dat ten zuiden van de Kuzi Kaza woont, en zij vertelden dat de Rode Duivels zich tot een grote horde hadden samengevoegd, die daarna naar het noorden was gemarcheerd. Twee dagen later zag ik hoe een leger van magiërs deze horde vernietigde. Elke Rode Duivel werd gedood en daarna opnieuw gedood, een verbazingwekkend schouwspel dat ik nimmer zal vergeten."

"Heeft dit magisch leger geen gevangenen gemaakt?" vroeg Ifness.

"Neen, niet een. Ze vernietigden de Rode Duivels en marcheerden daarna weg naar het oosten. Ik begaf mij naar het slagveld om metaal buit te maken, maar ahulfs waren mij voorgeweest en er was niet een ons meer over. Maar dit is niet mijn hele verhaal. Toen ik weer op weg ging naar Shagfe zag ik een groot schip opstijgen, zo licht als een veertje, en achter de wolken verdwijnen."

"Hoogst merkwaardig!" zei Ifness. "Waard, geef deze man een mok bier uit uw kelder."

"Was dit schip rond, zoals een schotel, en koperbrons van kleur?" vroeg Etzwane.

Fabrache de Fortuinlijke Overlevende maakte een ontkennend gebaar. "Nee, dit was een indrukwekkende zwarte bol. De koperen schotels waarover u spreekt zijn gesignaleerd bij de grote slag tussen ruimteschepen waarbij de schotels en de bollen strijd leverden."

Ifness knikte ernstig en keek Etzwane even waarschuwend aan. "We hebben iets van deze strijd vernomen. Acht koperen schepen vielen zes zwarte bollen aan op een plaats waarvan de naam mij niet te binnen wil schieten."

De andere aanwezigen haastten zich om hem tegen te spreken. "Uw inlichtingen zijn onjuist. Vier zwarte bollen vielen twee koperen schotels aan, en de koperen schepen vielen in stukken uiteen."

"Ik vraag mij af of wij over hetzelfde gevecht spreken," zei Ifness peinzend. "Wanneer heeft dit alles plaatsgevonden?"

"Twee dagen geleden slechts; onze gesprekken gaan sindsdien over weinig anders. Dit soort gebeurtenissen heeft zich nog nooit voorgedaan in het Mirkilgebied."

"Waar heeft het gevecht plaatsgevonden?" vroeg Ifness.

"Ginds, in de Orgaibergen," zei Fabrache. "Achter Thrie Orgai, zo gaan de geruchten tenminste. Ik ben er zelf niet geweest."

"Bedenk toch eens," riep Baba uit. "Maar ternauwernood twee dagen rijden op een goede loper!"

"Wij gaan die kant uit," zei Ifness. "Ik zou in die streek graag een onderzoek willen instellen." Hij sprak de Fortuinlijke Overlevende aan. "Zou u ons tot gids willen dienen?"

Fabrache plukte aan zijn baard. Hij keek een van de anderen in de gelagkamer aan. "Hoe luiden de berichten over de Gogursk-clan? Zijn ze naar het westen getrokken?"

"Voor de Gogursk hoef je niet bang te zijn," zei zijn vriend. "Dit jaar trekken ze naar het zuiden, naar het Urmanmeer om daar op krabben te gaan vissen. De Orgai herbergt geen gespuis, behalve natuurlijk Hozman Zeerkeel en zijn rovers."

Buiten de herberg klonk het geluid van hoeven, gekraak van leer, rauwe stemmen. De waard tuurde door de deuropening en zei over zijn schouders: "Kash-Blauwwormen."

Twee van de aanwezigen stonden haastig op en verdwenen via de gang achter de gelagkamer. Een ander riep: "En jij, Fabrache? Heb jij geen vier Blauwworm-meisjes aan Hozman verkocht?"

"Ik bespreek mijn zaken nooit in het bijzijn van anderen," zei de Fortuinlijke Overlevende. "In ieder geval vond een en ander het afgelopen jaar plaats."

De Blauwwormen stapten de gelagkamer binnen. Na even woest in het duister gekeken te hebben liepen ze naar tafels en tikten op de planken om drank te bestellen. Het waren er negen: gedrongen mannen met vollemaansgezichten en korte baarden, gekleed in een slappe leren broek, zwarte laarzen bezet met gepolijste stukken vuursteen, een blouse van verbleekte groene jute, en een hoofddeksel van gedroogde zaadpeulen die tot een soort gepunte helm bijeen waren genaaid en bij iedere hoofdbeweging ratelden. Etzwane vond ze de meest schurkachtige lieden die hij ooit had gezien en leunde wat naar achteren om de onprettige geuren te vermijden die met de Blauwwormen het vertrek binnen waren gedrongen.

De oudste Kash ratelde met zijn helm en riep met brullende stem uit: "Waar is de man die goed geld betaalt voor slaven?"

Kalm zei Fabrache: "Hij is niet aanwezig."

Omzichtig vroeg Baba: "Hebt u dan slaven te koop aan te bieden?"

"Inderdaad: al degenen die in dit vertrek aanwezig zijn, met uitzondering van alleen de herbergier. Wilt u zich maar als onze gevangenen beschouwen?"

Fabrache uitte een kreet van verontwaardiging. "Dit gaat tegen alle gebruiken in! Een man heeft het recht onbezorgd bier te drinken in Shagfe!"

"En verder," verklaarde Baba, "zal ook ik een dergelijk gedrag niet tolereren. Wat zou er met mijn klandizie gebeuren? U moet uw dreigement intrekken."

De oude Kash grinnikte en ratelde met zijn zaadpeulen. "Goed dan, gezien de algemene protesten zullen we niet handelen zoals onze belangen ons ingeven. Maar we willen wel een paar woorden wisselen met Hozman Zeerkeel. Hij heeft de clan der Kash de laatste tijd hard aangepakt. Waarheen verkoopt hij zoveel leden van ons volk?"

"Anderen voor u hebben die vraag gesteld zonder er antwoord op te krijgen," zei Baba. "Hozman Zeerkeel bevindt zich op dit ogenblik niet in Shagfe en ik ben niet op de hoogte van de plannen die hij heeft."

De oude Blauwworm maakte een berustend gebaar. "In dat geval willen wij een mok bier uit de kelder en een bord eten. Ik kan uw ketel hier ruiken."

"Alles goed en wel, maar hoe gaat u me betalen?"

"We hebben zakken safadolie bij ons om aan onze verplichtingen te voldoen."

"Breng de olie maar naar binnen," zei Baba. "Ondertussen zal ik mij bezighouden met het afschuimen van een nieuw vat bier."

De avond ging voorbij zonder dat er bloed vloeide. Ifness en Etzwane zaten ter zijde toe te kijken hoe de gedrongen gestalten in het licht van de vlammen heen en weer wankelden. Etzwane probeerde de vinger te leggen op de verschillen tussen deze brullende feestvierders en de mensen die in Shant woonden: intensiteit, vuur, een bestaan dat geheel gericht was op het heden, dat kenmerkte de bevolking van Caraz. Onbelangrijke gebaren of woorden hadden overdreven reacties tot gevolg. Gelach deed de ribben op en neer schokken, woede kwam plotseling fel op, verdriet was zo intens dat het nagenoeg ondraaglijk was. De leden van de clans bezagen elk aspect van het bestaan met een gespannenheid waaraan niets ontging. Zulke heftige emoties en gevoelens lieten maar weinig ruimte voor meditatie, peinsde Etzwane. Hoe zou een Blauwworm-Hulka musicus kunnen worden als hij leed aan aangeboren ongeduld? Wild dansen om een kampvuur, vechtpartijen, moord — dat was meer in de stijl van de barbaar. Na verloop van tijd verlieten Etzwane en Ifness de gelagkamer, legden hun dekens uit onder de overkapping van de binnenplaats en begaven zich te ruste. Een tijdlang lag Etzwane nog te luisteren naar het gedempte feestgedruis. Hij wilde Ifness vragen wat die voor theorieën had over het gevecht tussen ruimteschepen dat achter Thrie Orgai was geleverd, maar voelde er weinig voor om weer een bits of voor meer dan een uitleg vatbaar antwoord te krijgen. Als de asutra en hun gastheren de opvarenden waren geweest van de koperen schotels, welk ras had dan de zwarte bollen gebouwd? En verder: welk mensenras met magische wapens had de Roguskhoi vernietigd? Waarom waren de mensen, de Roguskhoi, de

koperkleurige en de zwarte ruimteschepen allemaal naar Caraz gekomen om daar slag te leveren? Etzwane stelde Ifness een voorzichtige
vraag. "Zijn er Aarde-werelden die ruimteschepen bouwen in de vorm
van zwarte bollen?"

De vraag was beknopt en nauwkeurig geformuleerd en Ifness had er
niets op aan te merken. Kalm zei hij: "Niet zover ik weet. Ik ben even
verbaasd en onzeker als u. Het heeft er alle schijn van dat de asutra
ergens tussen de sterren vijanden hebben. Misschien wel menselijke
vijanden."

"Deze mogelijkheid alleen al rechtvaardigt uw trotseren van
Dasconetta," zei Etzwane.

"Daar lijkt het inderdaad op."

De Kash-Blauwwormen verkozen in de open lucht te slapen naast hun
lopers. Etzwane en Ifness hadden een rustige nacht.

In het lila licht van de volgende ochtend bracht Baba hun mokken
warm bier uit de kelder, waarin brokken zure kaas van een boerde-
rij in de omgeving dreven. "Als u naar Thrie Orgai wilt gaan moet u
vroeg vertrekken, dan bent u in de loop van de middag bij de Wilde
Woestenij en kunt u de nacht doorbrengen in een boom aan de oever
van de Vurush."

"Dat is een goede raad," zei Ifness. "Maak een ontbijt klaar van gebra-
den vlees en brood, en zeg tegen een van uw jongens dat hij Fabrache
wakker maakt. En verder willen wij graag kruidenthee bij onze maaltijd
in plaats van deze voortreffelijke, maar wat al te machtige drank."

"Fabrache is al op," zei de herbergier. "Hij wil vertrekken terwijl de
Blauwwormen nog hun roes liggen uit te slapen. Uw ontbijt staat al
klaar. Het bestaat uit pap en sprinkhanenpasta, precies hetzelfde wat
de anderen voorgezet krijgen. En wat de thee betreft, ik kan peperkruid
afkoken als dat u schikt."

Ifness maakte een berustend gebaar van instemming. "Breng onze
lopers naar de voorkant van de herberg. We vertrekken zo spoedig
mogelijk."

Hoofdstuk V

De Kash-Blauwwormen begonnen zich net te roeren toen Ifness, Etzwane en Fabrache wegreden. Een man gromde hen een verwensing achterna, een tweede kwam half overeind om ze na te kijken, maar ze waren niet in de stemming om zich al te zeer in te spannen.

De drie reden naar het westen, over de Wilde Woestenij, een kale alkalivlakte die zich uitstrekte zover ze konden zien. Het oppervlak was een harde, beenwitte korst waar een laag zuur stof overheen lag. Minstens tien zandhozen gleden over de vlakte heen en weer als dansten ze een pavane, de verte in en weer terug, een paar hoog en statig tegen de schitterende hemel, andere laag bij de grond, zonder veel waardigheid voortkruipend en ineenzakkend in doelloze stofwolkjes. Fabrache bleef een poosje waakzaam achteromkijken, maar toen de hutten van Shagfe in de lila verte verdwenen en geen zwarte gedaanten door het stof achter hen aan kwamen galopperen, gaf hij blijk van een wat groter vertrouwen in de toekomst. Met een zijdelingse blik op Ifness zei hij behoedzaam: "Gisteravond hebben we geen formeel contract gesloten, maar ik ga ervan uit dat wij als bondgenoten reizen en dat geen van ons een poging zal doen om de ander te knechten."

Ifness stemde zonder aarzeling met Fabrache's woorden in. "Wij zijn niet bijzonder geïnteresseerd in de slavenjacht. We hebben een tweetal eersteklas Sorukh verkocht toen we Shagfe binnenkwamen, maar eerlijk gezegd is het bestaan van een slavenhaler te onbestendig en niet lonend genoeg hier in Mirkil."

"De streek wordt te intensief bewerkt," zei Fabrache. "Sinds Hozman Zeerkeel aan het werk is gegaan is de bevolking tot de helft geslonken. In Baba's herberg zagen we voordien altijd vele vreemde gezichten, klederdrachten en lieden met een andere levenswijze dan wij. Elke Hulka-clan heeft tussen de drie en zeven fetisjgroepen, en verder kwamen er Sorukh uit de omgeving van Shillinsk, Schephoofden en Alula's uit het gebied rond het Niormeer, en mensen van de andere kant van de Kuzi Kaza. Een kleine slavenhaler zoals ik was verzekerd van een bescheiden bestaan en kon dan nog een paar meisjes houden voor eigen gebruik. De activiteiten van Hozman Zeerkeel hebben aan dit alles een eind gemaakt. Nu moeten wij het ganse land afstropen voor een korst brood."

"Waar verkoopt Hozman Zeerkeel zijn waren?"

"Hozman weet zijn geheimen goed te bewaren," snoof Fabrache boos. "Op een dag gaat hij nog eens te ver. Het gaat bergafwaarts met de wereld; toen ik nog een knaap was, stond het er heel anders voor. Zeg nu zelf! Een gevecht tussen ruimteschepen, plunderende en moordende Rode Duivels, Hozman Zeerkeel en de schijnvertoning met de inflatoire prijzen die hij op zijn geweten heeft. En als hij ons tot de ondergang heeft gebracht en de hele streek heeft ontvolkt, trekt hij naar een andere streek om daar dezelfde gruweldaden uit te halen."

"Ik verlang ernaar Hozman te ontmoeten," zei Ifness. "Hij moet interessante verhalen te vertellen hebben."

"Integendeel; hij is zo gesloten als een chumpa met hardlijvigheid."

"We zullen zien, we zullen zien."

Naarmate de dag vorderde werd het rustiger en de windduivels verdwenen. De drie staken de vlakte over zonder van iets anders dan de schroeiende hitte hinder te ondervinden. Halverwege de middag kwamen de eerste heuvels van de Orgai in zicht en lag de Wilde Woestenij achter hen. Toen de drie zonnen achter de bergen zakten, reden ze over een heuvel en zagen de brede Vurush voor zich, die vanachter de Thrie Orgai tevoorschijn kwam en zich naar het noorden in de heiige verten verloor. Een paar taxisbomen stonden langs de waterkant en Fabrache besloot daar het kamp voor de nacht op te slaan, al waren langs de oever sporen van chumpa's te zien.

"Chumpa's kom je overal tegen, waar je ook wilt overnachten," zei Fabrache. "Drie mannen met brandende takken kunnen ze wel op een afstand houden, als dat nodig is."

"Moeten we dan vannacht wacht houden?"

"Zeker niet," zei Fabrache. "Dat doen de lopers wel, en ik zal zorgen dat het vuur hoog blijft branden."

Hij bond de leidsels van de lopers aan een tak vast en legde een vuur aan naast het water. Terwijl Ifness en Etzwane een voorraad harsige taxistakken aanlegden, ving Fabrache twaalf modderkrabben die hij openspleet, schoonmaakte en roosterde, terwijl hij tegelijkertijd meel-koeken bakte op hete platte stenen. "U bent bijzonder efficiënt," zei Ifness. "Het is een genoegen om u aan het werk te zien."

Somber schudde Fabrache het hoofd. "Dit is het enige wat ik kan, een vaardigheid die ik mij heb aangeleerd in een heel leven vol ont-beringen. Uw compliment doet mij niet bijzonder veel genoegen."

"U kunt toch ook wel andere dingen?"

"Ja. Ik word als een goed barbier beschouwd. Af en toe imiteer ik in een schertsende bui de capriolen van ahulfs tijdens de paartijd. Maar dit zijn bescheiden talenten. Tien jaar na mijn dood zal ik zijn vergeten en een zijn met de aarde van Caraz. Maar toch beschouw ik mij als een fortuinlijk mens, fortuinlijker dan mijn meeste medemensen. Ik heb mij vaak afgevraagd waarom het mij is gegeven om het leven van Kyril Fabrache te leiden."

"Zulke gedachten zijn vroeg of laat bij ons allen opgekomen," zei Ifness, "maar tenzij wij elkaar kunnen vinden op een religie die uitgaat van opklimmende reïncarnaties, is de vraag niet onze aandacht waard." Hij stond op en keek uit over het landschap. "De Rode Duivels zullen wel niet zover gekomen zijn."

Fabrache, geërgerd over Ifness' gebrek aan belangstelling voor zijn zoeken naar de waarde van het leven, zei kort: "Ze zijn niet eens tot Shagfe gekomen." Hij liep weg om voor de lopers te gaan zorgen.

Ifness tuurde naar de donkere massa van de Orgai in het noorden, waar een piek, Thrie Orgai, purper oplaaide in het laatste licht van de ondergaande zonnen. "In dat geval zou het gevecht tussen de ruimte-schepen losstaan van de slag waarbij de Roguskhoi zijn vernietigd," zei hij peinzend. "Natuurlijk staan beide gebeurtenissen wel in verband met elkaar, daarover kan geen enkele twijfel bestaan. Morgen wordt het een interessante dag." Hij maakte een van zijn zeldzame gebaren. "Als ik kan bewijzen dat er zich hier een ruimteschip bevindt, ook al is het maar een wrak, dan is mijn zaak gered. Dasconetta zal grauw zijn van woede, op dit ogenblik knaagt hij ongetwijfeld al op zijn vingers. We kunnen alleen maar hopen dat deze ruimteschepen ook werkelijk bestaan, dat ze meer zijn dan een canard."

Vaag geïrriteerd door de teneur van Ifness' ambitie, zei Etzwane: "Ik kan niet goed begrijpen hoe het wrak van een ruimteschip van enige waarde kan zijn. Ruimteschepen zijn al duizenden jaren bekend en ze moeten in het stelsel van Aarde-werelden in groten getale voorkomen."

"Inderdaad," zei Ifness, nog steeds bekoord door zijn visioenen van triomf. "Maar deze ruimteschepen zijn het resultaat van menselijke kennis, en er bestaan vele soorten kennis."

"Hmmf," bromde Etzwane. "IJzer is ijzer, glas is glas, en dat geldt voor dit oord hier en voor elke andere uithoek van het heelal."

"U hebt opnieuw gelijk. De alleralgemeenste zaken zijn iedereen bekend. Maar kennis heeft geen eindige begrenzing. Elk tweetal ogenschijnlijke uitersten staat steeds weer bloot aan een onderzoek aan de hand van nieuw aan het licht gekomen feiten, en moet op deze wijze geanalyseerd worden als een dergelijke situatie zich voordoet. Deze opeenvolgende lagen kennis zijn talloos. De lagen waarmee wij bekend zijn, zijn stuk voor stuk afgeleid van de laag erboven, of eronder. Het is heel goed denkbaar dat er kennisfasen bestaan die aan dit systeem van lagen niet raken, denk in dit verband eens aan de parapsychologie. De grondwet van de kosmos luidt als volgt: in een oneindige situatie bestaat alles wat mogelijk is ook in werkelijkheid. Om wat specifieker te zijn: de technologie die een ruimteschip van een niet-menselijke beschaving voortstuwt, kan verschillen van de technologie waarvan de Aarde-werelden zich bedienen, en is daarom hoogst belangwekkend, al was het alleen vanuit filosofisch gezichtspunt." Ifness tuurde in het vuur. "Opgemerkt dient te worden dat vermeerderde kennis niet steeds een zegening is, en heel gemakkelijk gevaarlijk kan zijn."

"Maar waarom wilt u dan zo graag deze kennis aan anderen doorgeven?"

Ifness grinnikte. "In de eerste plaats omdat ik daar als mens toe geneigd ben. In de tweede plaats is de groep waarvan ik deel uitmaak — en waaruit Dasconetta natuurlijk zal worden verwijderd — bevoegd om over zelfs de gevaarlijkste geheimen te beschikken. In de derde plaats kan ik een gelegenheid waarbij ik groot persoonlijk voordeel kan behalen niet negeren. Als ik het Historisch Instituut een ruimteschip in handen speel, zelfs al is het niet meer dan een wrak, dan doe ik daarmee zeer toe aan mijn prestige."

Etzwane begon zijn bed op te maken, terwijl hij dacht dat van Ifness' drie redenen de laatste waarschijnlijk het meeste gewicht in de schaal legde.

De nacht ging voorbij zonder dat er wat gebeurde. Drie keer werd Etzwane wakker. Eén keer hoorde hij ver weg de grommende kreet van een chumpa, en nog verder weg een stam ahulfs die de uitdaging beantwoordden met een koor van kreten. Het kamp naast de rivier werd echter door niets verstoord.

Fabrache werd wakker voor de zonnen opkwamen. Hij blies het vuur aan en maakte een ontbijt van pap met pepervlees en thee.

Niet lang na zonsopgang klommen de drie op hun lopers en reden naar het zuiden langs de oever van de Vurush. Langzaam klommen ze omhoog, de Orgai in.

Kort voor de zonnen op hun hoogst stonden bracht Fabrache zijn loper met een ruk tot staan. Hij boog zijn hoofd naar voren, alsof hij luisterde, en keek langzaam in het rond.

"Wat is er aan de hand?" vroeg Ifness.

Fabrache gaf geen antwoord. Hij wees naar de spleet die toegang gaf tot een kaal dal. "Hier hebben de zwarte bollen de schotelschepen ontdekt, hier heeft het gevecht plaatsgevonden." Hij ging rechtop staan in zijn stijgbeugels en liet zijn ogen over de heuvels waren en spiedde de hemel af.

"U hebt een voorgevoel," zei Etzwane zacht.

Zenuwachtig trok Fabrache aan zijn baard. "In dit dal is iets indrukwekkends voorgevallen, de lucht zindert er nog van. Maar is er niet nog iets?" Kribbig draaide hij zijn magere lijf om in het zadel en liet zijn blik van de ene kant naar de andere dwalen. "Er rust een drukkend gevoel op mij."

Etzwane tuurde het dal af. Links en rechts waren beendroge waterlopen, diep uitgesleten in de zandsteen, het bovenste deel witviolet in het schroeiende licht van de zonnen, de diepe schaduwen aan de onderkant een bijna zwart flesgroen. Een steelse beweging trok zijn aandacht: op nog geen dertig meter van hen af zat een grote ahulf in elkaar gedoken na te denken of hij hun nu wel of niet met een steen zou gooien. Etzwane zei: "Misschien voelt u de blik van de ahulf daar wel."

Fabrache draaide zich met een ruk om, geërgerd dat Etzwane het wezen eerder had gezien dan hij. De ahulf, een blauwzwarte ram van een soort dat Etzwane niet kende, schudde onrustig met zijn oorfibers en begon weg te lopen. Fabrache riep het aan in dadu en de ahulf bleef staan. Weer riep Fabrache wat en met de dartele springerige loop die de hogere ahulfs kenmerkt kwam het wezen de helling afgesprongen. Beleefd scheidde het een vleug 'kuddegeestgeur' uit* en kwam schuchter op hen toegelopen. Fabrache steeg af en gebaarde Ifness en Etzwane hetzelfde te doen. Hij gooide een brok koude graankoek naar de ahulf en zei weer wat in dadu. De ahulf gaf een lang en opgewonden antwoord.

"De ahulf heeft de strijd gezien," zei Fabrache. "Hij heeft me uitgelegd wat er is gebeurd. Twee koperen schotelschepen zijn aan het eind van het dal geland en daar bijna een week gebleven. Er zijn wezens uitgekomen met een niet-menselijke geur die wat hebben rondgelopen. Ze waren tweebenig. De ahulf heeft niet opgelet hoe ze er uitzagen. De hele week hebben ze niets gedaan en ze kwamen alleen bij zonsopgang en zonsondergang naar buiten. Drie dagen geleden, rond het midden van de dag, verschenen er opeens vier zwarte bollen, anderhalve kilometer boven de grond. De schotels werden volkomen verrast. De zwarte bollen schoten bliksemstralen af die de schotels deden ontploffen en verdwenen toen even plotseling als ze gekomen waren. De ahulfs hebben de beide verwoeste schepen in het oog gehouden, maar aarzelden dichtbij te komen. Gisteren viel een groot schotelschip uit de hemel. Na een uur rondgezweefd te hebben lichtte het de schotel die

---

* De hogere ahulfs produceren vier verschillende geuren: 'kuddegeest', 'vijandigheid', en twee gevoelens die de mens niet kent. De ontelbare soorten lagere ahulfs kennen maar twee geuren, die andere ahulfs aantrekken of wijzen op vijandige gevoelens. Af en toe lijkt de intelligentie van de ahulf wel wat op die van de mens, maar deze ogenschijnlijke overeenkomst is misleidend en pogingen om de ahulfs als rationeel denkende wezens te behandelen lopen steeds op mislukkingen uit. De ahulf kan bij voorbeeld niet begrijpen dat iemand zich aan een ander kan verhuren om werk te doen, hoe zorgvuldig hem dat ook wordt uitgelegd.

het minst beschadigd was op en verdween ermee. Brokstukken van het tweede schip liggen nog in het dal."

"Interessant nieuws," mompelde Ifness. "Werp het wezen nog een graankoek toe. Ik ben zeer geïnteresseerd in een onderzoek van de brokstukken."

Fabrache krabde aan zijn kin op de plek waar de eerste haren van zijn baard zaten. "Ik moet bekennen dat ik net als de ahulf schroom om de vallei te betreden. Er hangt een sinistere sfeer, en ik voel er weinig voor om erachter te komen of een en ander gefundeerd is of niet."

"U hoeft u niet te verontschuldigen," zei Ifness. "U staat niet voor niets bekend als de Fortuinlijke Overlevende. Bent u bereid hier op ons te wachten, samen met de ahulf?"

"Dat zal ik doen," zei Fabrache.

Ifness en Etzwane reden het dal in. Een kleine twee kilometer reden ze voort, terwijl links en rechts rotspunten en uitsteeksels oprezen. De bodem van het dal werd wat breder, en op het zanderige vlakke stuk vonden ze het wrak van het tweede schip. De buitenhuid was op tien plaatsen gescheurd en opengereten, en een groot stuk van de romp was verdwenen. Uit de gaten hingen repen metaal en er was ook een stroperige vloeistof uitgelopen. De bovenkant was uiteengerukt en de brokstukken lagen wijd en zijd verspreid; op de grond eronder lagen sporen wit, groen en geel poeder.

Ifness siste van ergernis. Hij haalde bruusk zijn camera tevoorschijn en fotografeerde het wrak. "Ik had niets beters verwacht dan dit, maar ik had wel op iets beters gehoopt. Wat een trofee zou het zijn geweest als het schip bestudeerd had kunnen worden! Een geheel nieuwe kosmologie om met de onze te vergelijken! Wat een tragedie om het in deze staat aan te treffen!"

Etzwane was een beetje verbaasd door Ifness' heftige woorden: de ander liet zelden zijn gevoelens zo de vrije loop. Ze gingen wat dichter naar het ruimteschip toe. Het straalde een eigenaardige, droevige majesteit uit, een vreemd soort betovering. Ifness steeg af, raapte een stuk metaal op, woog het in zijn hand en gooide het weer op de grond. Hij liep naar de romp, tuurde naar binnen en schudde geërgerd het hoofd. "Alles wat belangwekkend zou kunnen zijn is verdampt, verpletterd of gesmolten. Hier worden we niets wijzer van."

"Hebt u gezien dat er een stuk is losgescheurd? Kijk eens daar, in die geul, daar is het terechtgekomen."

Ifness keek in de richting die Etzwane aanwees. "Het schip is eerst aangevallen met een straal die het deed exploderen, en toen weer getroffen, met zo veel energie dat delen ervan gesmolten zijn." Hij liep op de geul af, waarin een driehoekig stuk van het schip was beland, op vijftig meter van de rest van de romp. De buitenhuid was gedeukt en verwrongen, maar als door een wonder niet opengescheurd.

De twee klauterden over de stenen tot ze op het gedeukte metaal konden overstappen dat als een grote bronzen prop in de smalle opening van de geul zat geklemd. Ifness begon aan de rand van een los stuk metaal te trekken. Etzwane hielp hem en samen wisten ze de huid zover weg te buigen dat er een gat ontstond. Een smerige stank steeg uit het binnenste op, anders dan elke lucht die Etzwane ooit geroken had... Opeens verstijfde hij en hield zijn hand op. "Luister."

Onder hen hoorden ze een zacht krassend geluid dat twee of drie tellen aanhield.

"Er schijnt nog iets in leven te zijn." Etzwane tuurde in het donkere binnenste. Het vooruitzicht naar binnen te moeten kruipen trok hem maar weinig aan.

Ifness had daar duidelijk geen last van. Uit zijn tas haalde hij een voorwerp dat Etzwane nog nooit had gezien: een doorzichtige kubus met een inhoud van ongeveer een kubieke centimeter. Plotseling straalde de kubus een fel licht uit. Ifness richtte de lichtbundel op het duistere binnenste van het wrak. Anderhalve meter onder hen lag een gebroken bank schuin over de vloer van wat een voorraadkamer leek te zijn: een aantal voorwerpen was van rekken afgeslingerd en lag nu op een hoop aan de andere kant. Ifness liet zich op de bank zakken en sprong op de vloer. Etzwane liet nog een keer verlangend zijn blik over het dal gaan en voegde zich toen bij hem. Ifness stond naar op een hoop gesmeten voorwerpen te kijken. Hij wees. "Daar, een lijk." Etzwane ging op een plek staan waar hij kon zien waar de ander het over had. Het dode wezen lag op zijn rug, tegen de wand gedrukt. "Een mensachtig wezen met twee benen," zei Ifness. "Duidelijk geen mens, ondanks het feit dat het twee benen, twee armen en een hoofd heeft. Het ruikt zelfs anders dan een menselijk lijk."

"Nog erger," mompelde Etzwane. Hij boog zich voorover om naar het dode ding te kijken. Het droeg geen kleding, alleen een paar riemen die drie buidels op hun plaats hielden, twee op beide heupen en een aan de achterkant van het hoofd. De huid was purperzwart, perkamentachtig, en leek zo hard als oud leer te zijn. Op het hoofd zat een rij evenwijdige beenrichels, die begonnen bij een beschermende ring rond het ene oog en doorliepen tot de achterkant van de schedel. Onderaan de nek was een mondachtige opening te zien. Pluimen aaneengeklit borstelig haar dienden het wezen wellicht tot gehoororganen.

Ifness zag iets dat aan Etzwane's aandacht was ontsnapt. Hij greep een lange holle buis, deed toen snel een stap naar voren en stootte toe. In de schaduwen achter de rug van het dode wezen bewoog zich opeens iets, maar Ifness was te vlug en de buis boorde zich in een klein donker iets. Ifness duwde het lijk wat van de wand en sloeg weer in op het kleine wezen met zes poten dat in de buidel boven de schouders van het lijk had gezeten.

"Een asutra?" vroeg Etzwane.

Ifness maakte een snelle beweging met zijn hoofd. "Ja. Een asutra en zijn gastheer."

Weer keek Etzwane naar het tweebenige wezen. "Het lijkt wel wat op een Roguskhoi. Kijk eens naar de harde huid, de vorm van het hoofd, en de handen en voeten."

"De overeenkomst is mij niet ontgaan," zei Ifness. "Misschien is het wel een parallel ontwikkeld wezen, of de basisvorm waaruit de Roguskhoi zijn afgeleid." Zijn stem klonk toonloos en zijn ogen schoten snel heen en weer. Etzwane had hem nog nooit zo waakzaam gezien. "Stil nu," zei Ifness.

Met lange, geruisloze stappen liep hij naar het schot en liet zijn lamp door een opening schijnen.

Ze keken in een zeven meter lange, vrij hoge ruimte met verwrongen en verbogen schotten. Aan de andere kant stroomde door openingen in de bovenkant een zwak daglicht naar binnen.

Steels klom Ifness erin en liep naar de andere kant. In een hand hield hij de lichtkubus, in de andere een energiepistool.

De ruimte aan het eind van de gang was leeg. Etzwane kon zich geen voorstelling maken waarvoor het vertrek diende. Een bank liep langs drie van de vier wanden, met kastjes erop waar voorwerpen van glas en metaal in zaten die Etzwane niet thuis kon brengen. De buitenhuid en een wand waren verpletterd tegen de verbrijzelde rots die de vierde wand vormde. Ifness keek als een magere grijze havik overal om zich heen. Hij boog zijn hoofd om beter te kunnen luisteren. Etzwane volgde zijn voorbeeld. De lucht was zwaar en stil. Zacht vroeg hij: "Wat is dit voor een vertrek?"

Ifness schudde kort het hoofd. "Op ruimteschepen van de Aardewerelden zien de dingen er heel anders uit. Hier begrijp ik niets van."

"Kijk daar eens." Etzwane wees. "Nog meer asutra." Een glazen bak aan het eind van de bank was gevuld met een donkere vloeistof waar een stuk of veertig zwarte, ellipsoïde wezens in dreven als zwarte olijven. Eronder, maar half zichtbaar in de voedende vloeistof, hingen stille armen.

Ifness liep naar de bak toe om hem beter te kunnen bekijken. Aan een van de kanten liep er een buis in, en vanuit de buis liepen draden naar de asutra. "Ze maken een cataleptische indruk," zei Ifness. "Misschien nemen ze wel energie tot zich, of informatie, of amusement." Hij dacht een ogenblik na, en zei toen: "We kunnen hier niets meer doen. De zaak is zo groot geworden dat wij alleen hem niet meer aankunnen. Het is zelfs overweldigend wat er gebeurd is." Hij zweeg en keek het vertrek rond. "Er bevindt zich hier genoeg om tienduizend analytici bezig te houden, om het Instituut versteld te doen staan. We gaan onmiddellijk terug op weg naar Shillinsk. In de boot kan ik contact opnemen met Dasconetta en via hem een schip laten komen om het wrak in veiligheid te brengen."

"Iets aan boord hier is nog in leven," zei Etzwane. "We kunnen het hier niet achterlaten om te sterven." Als om zijn woorden kracht bij te zetten hoorden ze een krassend geluid vanachter de in elkaar gedrukte wand aan de achterkant van het vertrek.

"Een riskante affaire," mompelde Ifness. "Als zich nu eens twintig Roguskhoi op ons stortten? Maar aan de andere kant kunnen wij misschien iets te weten komen van een gastheer die niet door een asutra wordt beheerst. Goed dan, laten we maar eens kijken. Maar voorzichtig en kalm aan! We moeten op onze hoede zijn."

Hij liep naar de plek waar de wand tegen de rots was gedrukt. In het midden en aan de onderkant waren er nog onregelmatige openingen tussen de rots en het bronzen metaal, waar lucht doorheen kon. Etzwane tuurde door het gat in het midden. Een ogenblik lang zag hij niets, toen schoot er opeens een rond voorwerp ter grootte van een munt voor dat parelmoerroze en groen glansde. Etzwane deed geschokt een stap naar achter. Hij wist zich weer in bedwang te krijgen en zei gedempt: "Het is een van de gastheer-dingen. Ik keek in het oog."

Ifness maakte een kort geluid. "Al leeft het, het is ook sterfelijk, en er is geen reden om in paniek te raken."

Etzwane slikte een woedend antwoord in, pakte een metalen staaf en ging de rots te lijf. Ifness hield zich afzijdig met een raadselachtige uitdrukking op zijn gezicht.

De rots, verbrijzeld door de klap waarmee het schip in de geul terecht was gekomen, liet met hele brokken tegelijk los. Etzwane werkte als een dolleman voort, alsof hij zijn eigen aandacht wilde afleiden. Het gat in het midden werd steeds groter. Etzwane lette er niet op en bleef er woest op losmeppen. Ifness hief zijn hand op. "Genoeg." Hij deed een stap naar voren en knipte zijn lamp aan. In het gat stond een duistere gestalte. "Kom hierheen," zei Ifness en gebaarde met zijn hand in het licht.

Eerst bleef alles stil. Toen hees het wezen zich langzaam, maar zonder aarzelen door het gat. Net als het lijk was het ongekleed, op het harnas na en de drie buidels, in een waarvan een asutra zat. "Ga het wezen voor naar buiten. Ik zal het duidelijk maken dat het u moet volgen," zei Ifness.

Etzwane draaide zich om. Ifness deed een stap naar voren, raakte de arm van het wezen aan en wees.

Gehoorzaam liep het achter Etzwane aan, de lange ruimte uit en het vertrek in waar ze van buitenaf in waren geklommen.

Etzwane klom op de bank en stak zijn hoofd naar buiten. Nooit had de lucht zo fris en zoet geleken. En in de hemel boven hem zweefde een groot schotelschip, dat langzaam ronddraaide. De drie zonnen blonken in drie verschillende kleuren op de koper-bronzen huid. Het schip hing anderhalve kilometer van de grond. Nog eens anderhalve kilometer hoger hingen vier kleinere schepen.

Ontsteld staarde Etzwane naar de hemel. Het grote schotelschip daalde langzaam naar beneden. Hij riep naar Ifness wat hij had gezien.

"Opschieten," zei Ifness. "Help het wezen om naar boven te klimmen, maar zorg ervoor dat u zijn harnas niet loslaat."

Etzwane klauterde naar buiten en bleef daar staan wachten. Onder hem kwam het purperzwarte hoofd naar boven, met de beenrichels over de schedel. Toen het hoofd en vervolgens de schouders met de buidel waarin de asutra zat. In een plotselinge opwelling greep Etzwane de buidel beet en trok hem los van het zwarte lichaam. Een zenuwbundel kwam strak te staan, het wezen slaakte een hese hijgende kreet, liet de rand van het gat los en zou achterover zijn gevallen als Etzwane niet zijn arm om de pezige nek had geslagen. Met zijn andere hand trok hij zijn dolk en hakte de zenuwbundel door. Worstelend en kronkelend kwam de asutra uit de buidel kruipen. Etzwane gooide het wezen tegen de huid van het schip, hees toen de gastheer omhoog. Ifness kwam er vlak achteraan. "Wat is dit voor opschudding?"

"Ik heb de asutra losgetrokken. Daar gaat hij. Houd de gastheer vast dan maak ik de asutra dood."

Ifness gehoorzaamde, al verscheen er een geërgerde frons op zijn voorhoofd. Het zwarte gastheer-wezen probeerde zich los te rukken en achter Etzwane aan te gaan, maar Ifness hield het harnas stevig vast. Etzwane rende het voortkruipende zwarte schepsel achterna. Hij raapte een steen op, hief die hoog boven zijn hoofd en liet hem met kracht neerkomen op het zwarte lichaam.

Ondertussen had Ifness het opeens lusteloze gastheer-wezen achter een serie rotsen gemanœuvreerd, zodat het het langzaam dalende ruimteschip niet kon zien. Etzwane voegde zich bij hen. Hij voerde de lopers met zich mee.

IJzig vroeg Ifness: "Waarom hebt u de asutra gedood? U hebt ons nu slechts een lege huls gelaten. Het is nauwelijks de moeite van het meenemen waard."

Droog zei Etzwane: "Ik begrijp dit heel goed. Verder heb ik het dalende schip gezien, en men heeft mij verteld dat de asutra telepathisch met elkaar communiceren. Ik hoopte ons op deze wijze een betere ontsnappingskans te geven."

Ifness gromde. "Dat de asutra telepathische vermogens hebben, is

nooit aangetoond." Hij keek de smalle kloof door. "Het lijkt me mogelijk om hierlangs naar boven te komen. Maar we zullen ons moeten
haasten. Het is mogelijk dat Fabrache er weinig voor voelt om urenlang
op ons te wachten."

Hoofdstuk VI

De kloof, smal, bochtig en bezaaid met rotsblokken, maakte rijden onmogelijk. Etzwane ging voorop met de lopers. Daarna kwam het zwarte wezen, met vreemde bewegingen van zijn buitenaardse spieren. Helemaal achteraan liep Ifness, koel en bedaard.

Toen ze eenmaal achter een rij rotsen waren, bogen ze af naar het zuiden en kwamen zo weer bij de plek waar ze Fabrache hadden achtergelaten. Hij zat op zijn gemak tegen een rots geleund vanwaar hij de vallei kon overzien, waar nu geen ruimteschepen meer te bekennen waren, in brokstukken of functionerend. Hij schoot met een kreet van schrik overeind, want ze waren geruisloos vanaf opzij op hem toe komen lopen. Ifness hield zijn hand op en maande zo Fabrache tot rust en kalmte. "Zoals u ziet," zei hij, "hebben we een overlevende van de slag te pakken weten te krijgen. Hebt u nooit een dergelijk wezen gezien?"

"Nog nooit!" zei Fabrache beslist. "En het doet me weinig genoegen dat ik het nu zie. Waar gaat u zoiets verkopen? Wie zou er nu iets dergelijks willen kopen?"

Ifness grinnikte, iets wat hij bijna nooit deed. "Het is waardevol als curiositeit, ook al is het nergens voor te gebruiken. Ik twijfel niet dat het wezen ons uiteindelijk winst zal opleveren. Maar wat is er daarginds in het dal voorgevallen?"

Fabrache staarde hem verwonderd aan. "Wat? Hebt u de gebeurtenissen dan niet van nabij gevolgd?"

"We hebben ons schuilgehouden achter de heuvel," legde Ifness uit. "Als we waren gebleven om te kijken wat er gebeurde dan had men ons wellicht gezien, en het valt niet te voorspellen wat er dan zou zijn gebeurd."

"Natuurlijk, natuurlijk, dat is duidelijk genoeg. Welnu, de rest van de zaak gaat mijn begrip te boven. Een groot schip daalde naar beneden en greep het wrak beet en tilde het omhoog alsof het een koek was." "Hebben ze één stuk opgehesen?" vroeg Ifness. "Of twee?"

"Twee. Het schip daalde een tweede keer en ik dacht: ach! wat een droevig einde voor mijn mede-slavenjagers! En nu, terwijl ik zit na te denken over het opmerkelijke leven dat ik heb mogen leiden, komt u op mij afgeslopen en treft mij in gedachten verzonken aan. O!" Fabrache schudde in somber zelfverwijt het hoofd. "Als u Hozman Zeerkeel was geweest dan was mijn leven als vrij man nu voorbij. Wat staat ons te doen?"

"We zullen zo snel mogelijk naar Shagfe terugkeren. Maar giet eerst een kop vol water. Dit wezen is een aantal dagen lang opgesloten geweest."

Fabrache deed wat hem gevraagd werd, met een treurige glimlach, alsof hij nadacht over de vreemde streken van het noodlot waarvan hij voortdurend het slachtoffer werd. Zonder aarzeling goot het wezen de inhoud van de kop in zijn keel, en deed hetzelfde met nog drie koppen. Ifness bood het toen een koek van vlees in gelei aan, maar dat sloeg het na enige aarzeling af. Toen gedroogd fruit en dat liet het weer in zijn keel vallen. Daarna bood Ifness het geplette graan aan waarvan Fabrache zijn brood maakte, zout, en steenvet, maar het wezen weigerde van deze drie dingen te eten.

De voorraden werden opnieuw verdeeld, en het zwarte wezen werd op de pakloper gezet, die bokte en rilde toen hij de vreemde geur rook en met stijve poten en wijd opengesperde neusgaten achter de lopers van Fabrache, Ifness en Etzwane aanliep.

Ze reden het dal van de Vurush uit, dezelfde weg volgend die ze gekomen waren en de kilometers vergleden in de middag. Het zwarte wezen zat onaandoenlijk in het zadel. Het gaf geen blijk van belangstelling voor het landschap; het verroerde zich zelfs nauwelijks. "Denkt u dat het in een toestand van schok verkeert?" vroeg Etzwane aan Ifness. "Of van smart of doodsangst? Of is het maar half-intelligent?"

"Op dit ogenblik hebben we nog niet genoeg gegevens om iets met zekerheid te zeggen. Te zijner tijd hoop ik heel veel te weten te komen."

"Misschien zou het als tolk tussen mensen en asutra dienst kunnen doen."

Ifness fronste zijn voorhoofd ten teken dat die gedachte nog niet bij hem was opgekomen. "Dat is natuurlijk een mogelijkheid." Hij keek naar Fabrache, die zijn loper tot staan had gebracht. "Wat is er aan de hand?"

Fabrache wees naar het westen, waar de hellingen van de Orgai omlaag liepen naar de vlakte. "Een troep ruiters, zes tot acht man sterk."

Ifness ging rechtop in het zadel staan en tuurde naar de plek die Fabrache aanwees. "Ze komen onze richting uitgereden, en snel ook."

"Wat snelheid betreft moeten we hun voorbeeld maar volgen," zei Fabrache. "In dit land kan men er niet van uitgaan dat vreemdelingen je goedgezind zijn." Hij zette zijn loper in galop en de anderen deden hetzelfde. Etzwane legde de karwats over het rijdier waarop het donkere wezen zat.

In galop volgden ze de loop van het dal terwijl Ifness geërgerd zijn voorhoofd fronste. Het buitenaardse wezen reed stijf rechtop terwijl hij de naar achter krullende hoorns van zijn rijdier stevig beethield. Etzwane dacht dat ze de eerste drie kilometer hun voorsprong vergrootten, toen nog drie kilometer gelijk bleven, en daarna langzaam terrein begonnen te verliezen aan de hen achtervolgende ruiters. Met zijn lange lichaam op groteske wijze diep voorovergebogen, zijn baard wapperend over zijn schouder, zette Fabrache zijn loper tot de uiterste krachtsinspanning aan. Hij schreeuwde Ifness en Etzwane toe: "Het is Hozman Zeerkeel en zijn bende slavenjagers! Rijd als uw vrijheid u lief is! Rijd als uw leven u lief is!"

De lopers werden moe. Keer op keer vielen ze struikelend terug in een schokkende draf wat Fabrache tot paniekerige maatregelen aanzette. De lopers van hun achtervolgers kregen eveneens met vermoeidheid te kampen en ook zij waren gedwongen snelheid te minderen. De zonnen hingen laag aan de westelijke hemel en wierpen drie strepen op het water van de Vurush. Fabrache schatte de afstand tussen hen en de steeds nader komende achtervolgers en keek toen hoe hoog de zonnen stonden. Hij slaakte een kreet van wanhoop. "Voor het donker is, zijn wij tot slaaf gemaakt, en dan zullen we achter Hozmans geheim komen."

Ifness wees voor zich. "Daar, op de oever, een wagenkamp."

Fabrache tuurde in de aangewezen richting en gaf een schorre kreet van hoop. "We komen er wel op tijd en dan vragen we om bescherming. We hebben geluk, tenzij het kannibalen zijn."

Een paar minuten later riep hij: "Het zijn de Alula, ik herken hun wagens. Het is een gastvrij volk; we zijn veilig."

Op een vlak stuk grond bij de rivier waren vijftig wagens met kromme tweeënhalve meter hoge wielen in een carré opgesteld. De wielen en de neergelaten zijstukken van de wagens vormden een stevige afscheiding met maar één opening, naar de rivier. De slavenhalers, nu driehonderd meter achter hun hoestende en struikelende lopers, gaven de achtervolging op en bogen af naar de rivier.

Met Fabrache voorop reden ze om de wanden van het carré heen en hielden stil voor de opening. Vier mannen sprongen naar voren in een ineengedoken, wijdbeense dreigende houding. Ze droegen buizen van repen zwart chumpaleer, helmen van zwart leer en waren gewapend met kruisbogen. "Als u bij die troep ruiters daar behoort, gaat dan heen. Wij wensen niets met u van doen."

Fabrache sprong van zijn loper af en stapte naar voren. "Doe uw wapens weg! Wij zijn reizigers uit de Orgai, zojuist ontsnapt aan Hozman Zeerkeel. Wij vragen om bescherming voor deze nacht."

"Alles goed en wel, maar dat eenogige demonische wezen daar? We hebben de geruchten gehoord: het is een Rode Duivel!"

"Zeker niet! De Rode Duivels zijn allemaal dood, gesneuveld in een slag die kort geleden heeft plaatsgevonden. Dit is de enige overlevende uit een verwoest ruimteschip."

"Dood het dan ook maar. Waarom zouden wij zorgen voor vijanden van buiten deze wereld?"

Afgemeten en op de toon die aristocraten vaak bezigen zei Ifness: "De zaak ligt ingewikkelder dan u denkt. Ik ben van plan de taal van dit wezen te leren, als het tenminste in staat is te spreken. Deze kennis zal ons van pas komen bij het vernietigen van onze vijanden."

"Dit is een zaak voor Karazan. Blijf staan waar u staat: wij zijn een achterdochtig volk."

Een ogenblik later kwam een reusachtige man op hen toelopen. Hij was een hoofd groter dan Fabrache. Zijn gezicht was niet veel minder indrukwekkend dan de rest van zijn gestalte: scherpe ogen schitterden onder een breed voorhoofd, een korte baard bedekte zijn wangen en zijn kin. Hij had een seconde nodig om zich van de toestand op de hoogte te stellen, en keek toen met een verachtelijke blik in zijn ogen naar de vier wachters. "Waar ligt de moeilijkheid? Sinds wanneer zijn de Alula bang voor drie mannen en een monster? Laat hen binnen." Met een woeste blik in zijn ogen keek hij naar de oever van de rivier waar Hozman Zeerkeel en zijn bende waren afgestegen om hun lopers te laten uitrusten en liep toen terug naar waar hij vandaan was gekomen. De krijgers lieten hun kruisbogen zakken en deden een stap naar links en naar rechts om ze te laten passeren. "Treed binnen. Zet uw lopers op stal. Leg u te slapen waar u maar wilt, behalve naast onze getrouwde vrouwen."

"Wij zijn u zeer dankbaar," zei Fabrache. "Let wel, dat is Hozman Zeerkeel daarginds bij de rivier, de ervaren slavenjager. Laat niemand buiten het kamp of hij zal nimmer worden teruggezien."

Etzwane was geïntrigeerd door het kamp en door een aantal elementen van de barbaarse pracht die, dat geloofde iedereen in Shant tenminste, karakteristiek was voor alle stammen van Caraz. De groene, roze en felrode tenten waren geborduurd met geweldige ontploffende sterren en stralencirkels. De bewerkte tentstokken waren wel tweeënhalve meter hoog en er waren afbeeldingen op aangebracht van vier verschillende fetisjen: gevleugelde schorpioenen, wiskwezels, ijsvogels en pelikanen van het Niormeer. De mannen in het kamp waren gekleed in broeken van geklopt ahulfleer, glanzende zwarte laarzen en geborduurde vesten over losse witte blouses. Getrouwde vrouwen omwikkelden het hoofd met purperen en groene sjaals en hun lange rokken hadden vele kleuren; de meisjes daarentegen liepen rond in broeken en laarzen, net als de mannen. Voor elke tent stond een ketel te pruttelen boven een vuur en het hele kamp was doordrongen van de geur van kruiderij en vlees. Voor de ceremoniële wagen zaten de kampoudsten met een fles aquavit die ze aan elkaar doorgaven. Vlak naast hen zaten vier andere mannen, allemaal met een snoer gouden kralen om de hals, een onsamenhangend soort muziek te maken op snaarinstrumenten.

Niemand besteedde aan de nieuwkomers meer aandacht dan een terloopse blik. Ze begaven zich naar het stuk dat hun was aangewezen en legden daar hun dekens neer. Fabrache durfde niet naar de rivier te gaan om mosselen te zoeken of rivierkreeftjes te vangen, en hij bereidde een karige maaltijd van pap en gedroogd vlees. Het zwarte wezen dronk wat water en stopte zonder veel enthousiasme een hoeveelheid pap in zijn mond. De kinderen van het kamp begonnen naar de plek te lopen waar zij hun bed hadden opgemaakt. Andere kinderen voegden zich bij hen, ook oudere, en nadat ze een paar minuten hadden staan kijken vroeg er een: "Is het wezen tam?"

"Het lijkt er wel op," zei Etzwane. "Het is in een ruimteschip naar Durdane gekomen, dus beschaafd is het zeker."

"Is het uw slaaf?" vroeg een ander kind.

"Niet precies. We hebben het gered uit het wrak van een ruimteschip, en nu willen we het leren spreken."

"Kan het magische wonderen doen?"

"Voor zover ik weet niet."

"Kan het dansen?" vroeg een van de meisjes. "Leid het naar de plek waar muziek gespeeld wordt, dan kunnen we kijken naar zijn eigenaardige bewegingen."

"Het wezen danst niet en speelt ook geen muziek," zei Etzwane.

"Wat een vervelend beest."

Een vrouw kwam op de kinderen toelopen om ze te bestraffen, en daarna werd het groepje met rust gelaten.

"Hoe wilt u het wezen hier zien te houden? Moeten we vannacht de wacht houden?"

"Ik geloof niet dat dat nodig is," zei Ifness. "Misschien beschouwt het zich dan wel als een gevangene en probeert het te ontsnappen. Het weet dat wij zorgdragen voor voedsel en veiligheid en ik geloof dat het uit zichzelf wel bij ons blijft. Maar we zullen het toch op onopvallende wijze in de gaten houden."

Ifness probeerde nu op de meest elementaire wijze met het wezen te communiceren door eerst een kiezelsteentje neer te leggen, daarna twee en vervolgens drie, terwijl hij zei: "Eén...twee...drie..." waarna hij het wezen gebaarde hetzelfde te doen, maar vergeefs. Vervolgens probeerde hij het met de hemel, waar de sterren nu fel flonkerden. Met een vragende uitdrukking op zijn gezicht wees Ifness naar verschillende sterrenbeelden, en pakte zelfs de harde vinger van het wezen beet en wees ermee naar de hemel. "Het is of bijzonder intelligent of bijzonder dom," bromde Ifness. "Maar als de asutra het nog zou sturen dan zouden we niets meer te weten zijn gekomen dan nu. We hebben geen reden tot klagen."

Uit de richting van het vuur in het midden van het kamp klonk onstuimige muziek. Etzwane liep erheen om naar het dansen te kijken. De jonge mannen en vrouwen stelden zich op in rijen, zwaaiden in het rond, sprongen heen en weer en op en neer, tolden om elkaar heen, en alles met een uitbundig vuur. Etzwane vond de muziek niet erg ingewikkeld, zelfs wat naïef, maar even stevig en rechttoe rechtaan als het dansen. Een aantal van de meisjes was heel knap, dacht hij, en ze leken geen van allen erg beschroomd. Hij speelde met het idee om mee te doen en nam zelfs een ongebruikt instrument ter hand. Het zag er bizar uit en leek niet in het minst op de instrumenten waaraan hij gewend was. Hij sloeg de snaren aan, maar de banden zaten op vreemde plaatsen en het instrument was op een vreemde manier gestemd. Etzwane twijfelde eraan of hij het wel zou kunnen bespelen. Hij sloeg een paar akkoorden aan met de grepen die hij anders ook gebruikte. Het resultaat klonk vreemd, maar niet onaangenaam. Een meisje liep op hem toe, met een glimlach om haar mond. "Speelt u muziek?"

"Ja, maar dit instrument is mij niet bekend."

"Wat is uw volk en uw fetisj?"

"Ik ben een man uit Shant. Ik ben als Chiliet geboren in Kanton Bastern."

Onzeker schudde het meisje haar hoofd. "Die landen moeten wel ver weg liggen. Ik heb deze namen nog nooit gehoord. Bent u een slavenhaler?"

"Nee. Mijn vriend en ik zijn de vreemde ruimteschepen komen bekijken."

"Dat is interessant nieuws."

Het meisje was knap, levendig en fraai geproportioneerd, en Etzwane vond dat ze in een opgewekte stemming verkeerde. Plotseling voelde hij de neiging om te gaan spelen, en boog zich over het instrument om erachter te komen hoe het werkte. Hij stemde de snaren anders en ontdekte dat hij door de in Shant niet vaak gebruikte Kudarische toonaard te hanteren, het instrument naar zijn hand kon zetten. Voorzichtig speelde hij een paar stukjes mee en probeerde de muziek van de anderen te volgen, met redelijk succes.

"Kom," zei het meisje. Ze bracht hem naar waar de andere musici zaten en gaf hem de leren buidel waar ze allemaal uit dronken. Etzwane nam voorzichtig een slok en de scherpe drank maakte dat hij in de lach schoot en met open mond uitademde. "Lach nog een keer!" gelastte het meisje. "Musici mogen nooit somber zijn, ook niet als ze tragisch gestemd zijn. In hun ogen moeten gekleurde lichtjes te zien zijn."

Een van de musici keek eerst het meisje en daarna Etzwane met een norse blik aan. Etzwane besloot tactvol te zijn. Hij speelde een paar voorzichtige akkoorden en voegde zich met groeiend zelfvertrouwen in de harmonie van de anderen. Het thema was eenvoudig en werd steeds weer herhaald, maar elke keer met een kleine verandering: een toon werd even aangehouden, een klein stukje werd wat sneller gespeeld, hier en daar een ander accent. De musici schenen met elkaar te wedijveren wie om beurten de subtielste verandering kon aanbrengen, en ondertussen werd de muziek steeds intenser en pakkender en de dansers tolden in het rond, zwaaiden met hun armen, schopten en stampten in het licht van het vuur... Etzwane begon zich af te vragen wanneer de muziek zou ophouden, en hoe. De anderen zouden het sein daartoe wel kennen en proberen hem in de val te laten lopen zodat hij een figuur zou slaan wanneer hij alleen verder speelde: een heel oude grap om een vreemdeling te foppen. Ze zouden allemaal weten wanneer de melodie moest eindigen; ze zouden elkaar even aankijken, een elleboog optillen, sissen, terloops gaan verzitten... Het sein werd gegeven, Etzwane voelde het. En zoals hij had verwacht, zwegen de andere instrumenten. Op hetzelfde ogenblik begon hij aan een variatie in een andere toonsoort, een stuwend thema, nog opzwepender dan het eerste, en de een na de ander voegden de instrumenten van de rest van de musici, sommigen grijnzend, anderen met een zure uitdrukking van teleurstelling op hun gezicht, zich weer bij het zijne. Etzwane lachte en boog zich over het instrument dat hij nu helemaal kende, en begon loopjes en trillers te spelen. Ten slotte liep de muziek dan toch ten einde. Het meisje kwam naast Etzwane zitten en reikte hem de leren buidel met drank aan. Etzwane nam een slok, en zei: "Hoe heet u?"

"Mijn naam is Rune de Wilgentak van het fetisj Pelikaan. Wie bent u?"

"Ik heet Gastel Etzwane. In Shant kennen we geen clans of fetisjen, alleen ons kanton. En vroeger de kleuren van onze halsband, maar die dragen we nu niet meer."

"Andere landen kennen andere gewoonten," stemde het meisje in. "Soms zijn de verschillen verbazingwekkend. Aan de andere kant van de Orgai, langs de Botgarsk wonen de Shada, die een meisje de oren afsnijden als ze iets tegen een man zegt. Is dat ook in Shant gebruikelijk?"

"Zeker niet," zei Etzwane. "Is het meisjes van de Alula toegestaan met vreemden te praten?"

"Inderdaad, wij doen wat wij willen in deze, en waarom ook niet?" Ze boog haar hoofd en keek Etzwane vrijmoedig onderzoekend aan. "Uw ras is magerder en heftiger dan het onze. U hebt wat wij de blik van een *aersk** noemen."

De vleiende opmerking deed Etzwane genoegen. Het meisje was blijkbaar wat eigenzinnig van aard en wilde haar gezichtskring uitbreiden door te flirten met een jonge man van buiten het gebied dat ze kende. Etzwane, hoewel op zijn hoede, was niet ongenegen haar daarin tegemoet te komen. Hij vroeg: "Die musicus daar, is dat niet uw verloofde?"

"Galgar de Wiskwezel? Lijk ik dan op het soort meisje dat zich in de omgeving van een man als Galgar ophoudt?"

"Natuurlijk niet. En verder heb ik gemerkt dat hij slecht maat weet te houden, wat wijst op een niet volmaakte persoonlijkheid."

"U bent verbazingwekkend opmerkzaam," zei Rune de Wilgentak. Ze schoof wat dichter naar hem toe. Etzwane rook de boombalsem waarmee ze zich had geparfumeerd. Zacht zei ze: "Vindt u mijn kap leuk?"

"Ja, natuurlijk," zei Etzwane, verwonderd over de wat inconsequente opmerking. "Maar hij valt bijna van uw hoofd."

Ifness was bij het vuur gaan zitten. Hij wenkte Etzwane om naar hem toe te komen, en deze gehoorzaamde om te horen wat hij te zeggen had. "Voorzichtigheid is geboden," zei Ifness met vermanend opgeheven vinger.

"Dat hoeft u me niet te zeggen. Ik ben meer dan voorzichtig; ik kijk naar alle kanten tegelijk."

---

* *Aersk*: onvertaalbaar. Bij benadering: een onbevreesd edelman uit het hooggebergte, die in de eerste plaats ruimte, zonlicht en stormen nodig heeft.

"Juist, heel juist. Maar bedenk dat wij in het kamp van de Alula gehoorzaamheid zijn verschuldigd aan hun wetten. Fabrache heeft me verteld dat de Alula-vrouwen op vrij eenvoudige wijze een huwelijksband tot stand kunnen brengen. Ziet u dat een aantal jonge meisjes hun kap scheef op het hoofd draagt? Als een man de kap afneemt of zelfs als hij hem rechtzet, dan wordt dat beschouwd als een aanraking van haar intieme kledij, en als ze protesteert, moet hij met haar trouwen."

In het licht van het langzaam uitgaande vuur keek Etzwane naar Rune de Wilgentak. "De kappen staan vervaarlijk scheef. Een interessant gebruik." Langzaam liep hij naar het meisje terug. Ze vroeg: "Wat heeft die eigenaardige heer u verteld?"

Etzwane zocht naar een antwoord. "Hij merkte mijn belangstelling voor u op en heeft me gewaarschuwd mijzelf niet te compromitteren of u te beledigen door uw kleding aan te raken."

Rune de Wilgentak glimlachte en wierp Ifness een minachtende blik toe. "Wat een oude pedant! Maar hij hoeft niet bang te zijn! Mijn drie beste vriendinnen gaan vanavond naar de rivier waar ze een afspraak hebben met hun minnaars en ik heb erin toegestemd met hen mee te gaan, al heb ik geen minnaar en zal ik verdrietig en eenzaam zijn."

"Ik raad u aan op een andere nacht naar de rivier te wandelen," zei Ifness. "Hozman Zeerkeel zwerft in de omgeving rond, en hij is de meest beruchte slavenjager van heel Caraz."

"Pff. Hebt u het over het geboefte dat u bijna tot in het kamp heeft achtervolgd? Die zijn naar het noorden gereden en nergens meer te zien. Ze zouden het nooit wagen om de Alula lastig te vallen."

Etzwane schudde weifelend zijn hoofd. "Als u eenzaam bent, kom dan achter de wagen waar ik mijn dekens heb neergelegd met mij praten."

Rune de Wilgentak deed een stap naar achteren en keek hem met hoog opgetrokken wenkbrauwen aan. "Ik ben niet geïnteresseerd in uw onbehouwen voorstellen. En dan te bedenken dat ik u *aersk* vond." Ze zette haar kap stevig midden op haar hoofd en stapte weg. Etzwane haalde spijtig zijn schouders op en ging na enige tijd tussen zijn dekens liggen. Een poos keek hij nog naar het vreemde wezen dat roerloos in de schaduwen zat; alleen de omtrek van het lichaam en het zwakke schijnsel van het ene oog waren te zien.

Etzwane voelde er eigenlijk niet zo veel voor om met het wezen zo vlakbij te gaan slapen. Per slot van rekening wisten ze niets af van zijn gewoonten. Maar na enige tijd doezelde hij toch weg. Even later schrok hij met een ruk wakker, maar het wezen zat nog steeds onbeweeglijk op dezelfde plaats, en Etzwane viel weer in slaap.

Een uur voor zonsopgang werd hij gewekt door een gebrul van wilde woede. Hij sprong overeind en zag een aantal Alula-krijgers hun wagens uitstormen. Ze wisselden over en weer een paar zinnen uit, toen stormden ze allemaal naar hun lopers, en even later hoorde Etzwane wegstervend hoefgeklop.

Fabrache was gaan vragen wat er aan de hand was. Hij kwam met somber schuddend hoofd terug. "Precies datgene is gebeurd waartegen ik ze gisteren heb gewaarschuwd en wat ze niet wilden geloven. Afgelopen nacht gingen vier meisjes wandelen langs de rivier. Ze zijn geen van vieren teruggekeerd. Hozman Zeerkeel is ongetwijfeld de schuldige. De Alula zijn er vergeefs op uit gegaan, want als Hozman eenmaal iemand heeft geroofd wordt hij nooit meer teruggezien."

Onverrichterzake en in een neerslachtige stemming keerden de Alula terug naar het kamp. Ze hadden vruchteloos naar sporen gezocht, en ahulfs hadden ze niet. Aan het hoofd van de zoekers reed de reusachtige Karazan. Hij slingerde zich uit het zadel en beende over het open stuk in het midden van het kamp naar waar Ifness stond. "Zeg mij waar wij de slavenhaler kunnen vinden, zodat wij ons vlees en bloed kunnen bevrijden of hem met onze blote handen uiteen kunnen scheuren."

Ifness wees naar Fabrache. "Mijn vriend hier, ook een slavenhaler, kan u veel gedetailleerder en grondiger inlichtingen verschaffen dan ik."

Fabrache trok peinzend aan zijn baard. "Ik weet niets van Hozman Zeerkeel af, noch zijn ras, noch zijn clan, noch zijn fetisj. Ik kan u maar twee dingen vertellen. In de eerste plaats komt hij vaak in Shagfe om de slaven op te kopen die daar door andere slavenhalers bijeen worden gebracht, en in de tweede plaats wordt niemand die in zijn klauwen terechtkomt ooit weergezien."

"Dat zullen we nog weleens zien," zei Karazan. "Waar ligt Shagfe?"

"Een dag rijden naar het oosten."

"We gaan onmiddellijk op weg naar Shagfe! Leid de lopers voor!"

"Wij zijn zelf op weg naar Shagfe," zei Ifness. "We zullen er samen met u heenrijden."

"Haast u," zei de Alula. "Onze tocht zal u weinig gelegenheid bieden om in het zadel te dromen of het landschap te bewonderen."

Achttien lopers draafden over de Wilde Woestenij. De ruiters zaten in elkaar gedoken in het zadel, hun capes wapperden over hun schouders. Shagfe kwam in de verte in zicht: een grijs-zwarte veeg tegen de violet-grijze achtergrond van heuvels en het lichte waas dat over alles lag.

Rond zonsondergang draafden ze Shagfe in en hielden in een grote stofwolk voor de herberg stil.

Baba keek door het gat van de deur en zijn lichte wenkbrauwen gingen omhoog toen hij het zwarte wezen zag. De Alula stegen af en traden binnen. Ifness, Fabrache, Etzwane en het zwijgende wezen liepen achter hen aan.

Op de banken langs de wand hingen de Kash-Blauwwormen, dronken en in een norse stemming. Toen ze zagen dat de nieuw-aangekomen Alula waren, van een stam waarmee ze op voet van oorlog verkeerden, deinsden ze terug en begonnen druk onder elkaar te mompelen. "Mijn vrienden hier hebben iets te regelen met Hozman Zeerkeel," zei Ifness. "Hebt u hem vandaag gezien?"

Knorrig zei Baba: "Het is een van mijn principes om nooit met anderen over mijn klanten te praten. Ik ga niet..."

Karazan stapte naar voren. Hoog boven Baba uittorenend grauwde hij: "Geef antwoord."

"Ik heb Hozman sinds vanochtend vroeg niet gezien," bromde Baba.

"Aha! Zo, vroeg in de ochtend dus?"

"Jawel. Met deze twee handen heb ik hem zijn gruwel geserveerd, terwijl de zonnen over de horizon klauterden."

"Hoe is dit mogelijk?" wilde Karazan op dreigende toon weten. "Bij zonsondergang is hij gezien in de streek waar de Vurush van de Orgai afkomt. In het holst van de nacht heeft hij nog activiteiten ontplooid. Hoe kan hij dan bij zonsopgang hier hebben ontbeten?"

De herbergier dacht na. "Op een goede Angos-loper zou het net te doen zijn."

"En waar reed hij vanochtend dan op?"

"Op een gewone Jerzy."

"Misschien heeft hij van loper gewisseld," suggereerde Ifness.

De Alula snoof. Hij draaide zich om naar Fabrache. "Bent u er zeker van dat het Hozman was die u in de Orgaibergen achtervolgde?"

"Daar ben ik heel zeker van. Heb ik Hozman Zeerkeel dan niet vele malen gezien, met zijn bende en alleen?"

Achter hun rug zei een stem: "Ik hoor mijn naam noemen. In gunstige zin, mag ik hopen?"

Allen draaiden zich om. Hozman Zeerkeel stond in de deuropening. Hij kwam naar voren, een bleke man van normaal postuur met een streng gezicht. Een zwarte mantel verhulde zijn kleding, en ze zagen alleen een bruine doek die om zijn hals was gewikkeld.

"Afgelopen nacht hebt u aan de oever van de Vurush vier leden van onze stam geroofd," zei de Alula. "We willen dat u ze aan ons teruggeeft. De Alula zijn niet voor de slavenhokken en we zullen dat aan alle slavenhalers van Caraz duidelijk maken."

Hozman Zeerkeel lachte en ontkrachtte de beschuldiging met een gemak dat wees op een rijke ervaring in dit soort affaires. "Bent u niet wat overhaast? U beschuldigt mij zonder grond."

Karazan deed langzaam een stap naar voren. "Hozman, bereid u voor op…"

De waard drong zich tussen hen in. "Niet in de herberg! Dat is de eerste wet van Shagfe!"

De Alula duwde hem met een krachtige armbeweging weg. "Waar zijn onze stamgenoten?"

"Kom nu toch," zei Hozman ongeduldig. "U kunt mij er toch niet altijd op aankijken als er iemand in Mirkil verdwijnt? Aan de oever van de Vurush, in de heuvels van de Orgai? Afgelopen nacht? Een al te grote afstand voor iemand die in Shagfe heeft ontbeten."

"Het is niet onmogelijk om de afstand binnen deze tijd af te leggen."

Glimlachend schudde Hozman zijn hoofd. "Als ik lopers bezat die zo snel waren en zo veel uithoudingsvermogen hadden, zou ik dan in slaven handelen? Ik zou lopers gaan fokken en daarmee mijn fortuin maken. En wat uw stamgenoten betreft: in de Orgai leven veel chumpa's, het is mogelijk dat u de tragische waarheid in die richting moet zoeken."

Karazan, bleek van woede en frustratie, zweeg, niet in staat om een gat te vinden in Hozmans verdediging. Hozmans ogen vielen op het zwarte wezen in de schaduw van de deur. Hij deed abrupt een stap naar voren met een ingespannen, verraste blik in zijn ogen. "Wat doet die Ka hier? Is het dan uw bondgenoot geworden?"

Kalm zei Ifness: "Ik heb het gevangengenomen aan de voet van Thrie Orgai, vlak bij de plek waar we elkaar tegenkwamen, gisterenmiddag."

Hozman draaide zich om, maar zijn ogen dwaalden terug naar het wezen dat hij een 'Ka' had genoemd. Vlot en schertsend zei hij: "Weer een stem, weer een beschuldiging! Als woorden messen waren dan zou de arme Hozman nu in honderd stukken op de vloer liggen te kronkelen."

"En dat zal hij ook," zei Karazan dreigend, "tenzij hij de vier Alula-meisjes teruggeeft die hij heeft gestolen."

Hozman dacht na, terwijl zijn ogen berekenend van Ifness naar de Ka gleden. "Een aantal chumpa's werkt voor mij," zei hij honingzoet. "Misschien hebben zij uw Alula-meisjes wel. Als dat het geval is, wilt u dan vier tegen twee ruilen?"

"Hoe bedoelt u dat, 'vier tegen twee'?" gromde Karazan.

"In ruil voor de vier meisjes wil ik deze man met het witte haar hebben, en de Ka."

"Ik spreek mijn veto uit over dit voorstel van u," zei Ifness meteen. "U moet met een beter aanbod komen."

"Goed dan, de Ka alleen. Denk toch eens na! Een woest wezen van een andere planeet in ruil voor vier fraaie jonge vrouwen!"

"Een opmerkelijk aanbod," zei Ifness. "Waarom wilt u dit wezen zo graag hebben?"

"Ik heb altijd klanten voor dit soort curiosa." Hozman deed beleefd een stap opzij om twee nieuwe gasten de gelagkamer te laten betreden. Het waren twee Kash-Blauwwormen, dronken en in een kwaadaardige stemming. De voorste gaf Hozman een ruwe duw. "Achteruit, reptiel! Je hebt armoede en schande over ons allen gebracht, moet je me nu nog de toegang versperren ook?"

Hozman deed nog een stap achteruit, terwijl hij zijn lippen krulde in een minachtende glimlach. De Kash-Blauwworm bleef staan en stak zijn hoofd naar voren. "Durf je me nog te bespotten ook? Maak ik een belachelijke indruk?"

Baba sprong naar voren. "Niet vechten hier, nooit in de gelagkamer!"

De Kash haalde uit en sloeg Hozman tegen de grond, waarop Baba een knuppel tevoorschijn haalde en tot ieders verrassing daar zo goed mee om bleek te kunnen gaan dat de Kash vloekend en struikelend de herberg uitvluchtte. Ifness bukte zich beleefd om Hozman weer overeind te helpen. Hij keek naar Etzwane. "Uw mes, om een gezwel te verwijderen."

Etzwane sprong naar voren. Ifness trok de bruine doek om Hozmans hals weg. Etzwane sneed de riemen van het tuig door, terwijl Hozman lag te schoppen en om zich heen sloeg. De herbergier staarde verbaasd naar wat er gebeurde, niet bij machte om zijn knuppel te gebruiken. Met zijn neus van weerzin opgetrokken haalde Ifness de asutra tevoorschijn, een plat ding met vage bruine en okergele strepen. Etzwane sneed de zenuwbundel door en Hozman slaakte de meest huiveringwekkende kreet die ooit in de herberg in Shagfe was gehoord.

Een harde, sterke gedaante wrong zich tussen Ifness en Etzwane in: de Ka. Etzwane hief zijn mes op, klaar om toe te stoten, maar de Ka was er al vandoor met de asutra en had de binnenplaats bereikt. Ifness rende achter het wezen aan met Etzwane op zijn hielen. Ze zagen een macaber schouwspel, niet duidelijk te onderscheiden vanwege de stofwolken. De Ka stond met lange klauwen die uit zijn voeten staken op de asutra te stampen en scheurde die volkomen aan stukken.

Ifness stopte zijn energiepistool weg en bleef met een grimmige uitdrukking op zijn gezicht staan kijken. Verbaasd zei Etzwane: "De Ka haat de asutra meer dan wij."

"Een opmerkelijke gebeurtenis," stemde Ifness in.

In de gelagkamer klonk nieuw tumult en het geluid van klappen. Met zijn handen tegen zijn hoofd geklemd, rende Hozman wanhopig de binnenplaats op met de Alula achter zich aan. Ifness schoot ongewoon snel naar voren en gebaarde de Alula de achtervolging te staken. "Begrijpt u er dan helemaal niets van? Als u deze man vermoordt, komen we niets te weten."

"Wat moeten we nog te weten komen?" brulde Karazan. "Hij heeft onze dochters als slavinnen verkocht en hij zegt ook dat we ze nooit terug zullen zien."

"Waarom zouden we niet proberen erachter te komen hoe een en ander zich precies heeft toegedragen?" Ifness draaide zich om naar waar Etzwane Hozman het vluchten belette. "U hebt ons veel te vertellen."

"Wat kan ik u vertellen?" zei Hozman. "Waarom zou ik de moeite nemen? Ze scheuren me toch aan stukken als de kannibalen die ze zijn."

"Toch ben ik nieuwsgierig. U mag vertellen wat u weet."

"Het is een droom," mompelde Hozman. "Ik reed door de lucht als een grijze geest, ik sprak met monsters, ik ben een mens die tegelijkertijd leeft en dood is."

"Ten eerste," zei Ifness, "waar zijn de meisjes die u afgelopen nacht hebt gestolen?"

In een onbeheerst gebaar gooide Hozman zijn armen omhoog, iets wat zou kunnen wijzen op een zekere stoornis in zijn denkproces. "Voorbij de hemel! Ze zijn voorgoed verdwenen. Niemand komt ooit terug als de sloep met zijn buit is verdwenen."

"Ah! ik begrijp het. Ze zijn weggevoerd met een luchtvoertuig."

"U kunt beter zeggen dat ze zijn weggevoerd van de planeet Durdane."

"En wanneer komt de sloep voor een nieuwe lading?"

Hozman keek steels naar opzij, zijn mond sluw samengetrokken. Scherp zei Ifness: "Geen getreuzel! De Alula staan te popelen om u te martelen, en we moeten hun geen ongemak bezorgen."

Hozman lachte rauw. "Wat kan het mij schelen om te worden gemarteld? Ik moet door pijn sterven, dat is mij gezegd door mijn oom die een tovenaar was. Dood me maar op elke manier die u goeddunkt, ik heb geen voorkeur."

"Hoelang draagt u al een asutra?"

"Zo lang dat ik mijn oude leven al ben vergeten. Hoelang? Tien jaar, twintig jaar. Ze kwamen mijn tent binnen, twee mannen in zwarte gewaden. Het waren geen mannen van Caraz, het waren geen mannen uit Durdane. Ik stond angstig op om ze te woord te staan, en ze bevestigden de mentor aan mij." Met trillende vingers tastte Hozman langs zijn nek. Hij keek zijdelings naar de Alula, die aandachtig stonden te luisteren met hun handen om het gevest van hun kromzwaarden.

"Waar zijn de vier meisjes die u van ons hebt gestolen?" vroeg Karazan.

"Die zijn naar een wereld hier ver vandaan gevoerd. Wilt u weten hoe het met ze is afgelopen? Ik kan het u niet zeggen. De mentor heeft mij daarover niets verteld."

Ifness gebaarde naar Karazan en zei vriendelijk: "Was de mentor in staat met u te communiceren?"

Hozmans ogen staarden in de verte zonder wat te zien, en de woorden kwamen in een stortvloed over zijn lippen. "Het is een toestand die onmogelijk met woorden te beschrijven valt. Toen ik het wezen voor het eerst ontdekte, werd ik gek van weerzin, maar slechts voor een ogenblik. Het wezen deed iets wat ik een genotstruc noem, en ik vloeide opeens over van vreugde. Het sombere Balchmoeras scheen vol verrukkelijke geuren te zijn, en ik was als herboren. Op dat ogenblik was er niets wat ik niet kon doen!" Hozman wierp zijn armen ten hemel. "Die stemming hield een paar minuten aan, toen kwamen de mannen in het zwart terug en maakten me duidelijk waaruit mijn werk zou bestaan. Ik gehoorzaamde, want ik leerde al heel gauw de straf voor ongehoorzaamheid kennen. De mentor kon belonen met genot of straffen met pijn. Hij kende de taal der mensen, maar kon niet spreken, alleen in sissende en fluitende geluiden. Deze taal ben ik nooit meester geworden. Maar ik kon iets hardop zeggen en vragen of deze handelwijze in overeenstemming was met wat hij wenste. De mentor werd mijn ziel, kwam mij nader te staan dan handen of voeten, omdat zijn zenuwen naar mijn zenuwen voerden. Hij besteedde aandacht aan mijn welzijn en heeft me nooit gedwongen om in regen of kou te werken. En ik heb ook nooit honger geleden, want mijn werk werd beloond met baren goed goud en koper en af en toe staal."

"En waaruit bestond uw taak?" vroeg Ifness.

Weer kwam er een stortvloed van woorden uit Hozmans mond, alsof ze daar al lang opgesloten hadden gezeten, en hij onder steeds grotere druk was komen te staan. "Mijn werk was eenvoudig. Ik kocht goede slaven op, zoveel ik er maar kon krijgen. Als slavenhaler heb ik over heel Caraz rondgezworven, van de Azuur-rivier in het oosten tot de geweldige Dulgov in het westen en in het zuiden helemaal tot Mont Thruska toe. Duizenden slaven heb ik de ruimte ingestuurd!"

"Hoe deed u dat?"

" 's Nachts, als er niemand in de buurt was, en de mentor me kon waarschuwen als er gevaar dreigde, riep ik de kleine sloep naar de grond en liet mijn slaven instappen. Eerst zorgde ik altijd dat ze in een gelukzalige halve verdoving verkeerden. Soms waren het er maar een of twee, bij andere gelegenheden wel twaalf of nog meer. Als ik dat wenste, vervoerde de sloep mij naar waar ik wilde zijn, snel in de nacht, zoals dit keer van de Orgai naar Shagfe."

"En waar heeft de sloep de slaven heengebracht?"

Hozman wees naar boven. "Hoog aan de hemel hangt een voorraadschip waar de slaven worden verzameld. Als het schip vol is, vliegt het naar de wereld van de mentor, die ergens tussen de windingen van Histhorbo de Slang ligt. Dit alles ben ik te weten gekomen toen ik op een heldere nacht met veel sterren mijn mentor een groot aantal vragen stelde die met ja of nee werden beantwoord. Waarom hadden de mentors zo veel slaven nodig? Omdat de wezens die ze tot dan toe hadden gebruikt, niet voldeden en ongehoorzaam waren, en omdat ze bang waren voor een verschrikkelijke vijand, ergens tussen de sterren." Hozman zweeg. De Alula waren dicht om hem heen gaan staan en bekeken hem nu niet meer met haat, maar met ontzag voor de onbegrijpelijke beproevingen die hij had ondergaan.

Zo terloops mogelijk vroeg Ifness: "En hoe zorgt u ervoor dat de sloep naar beneden komt?"

Hozman likte zijn lippen af en keek uit over de vlakte. Zacht zei Ifness: "De asutra die uw brein zo'n genot bezorgde zult u nooit meer op uw schouders dragen. U bent nu een met de rest van ons, en wij beschouwen de asutra als onze vijanden."

Nors zei Hozman: "In mijn buidel heb ik een kastje met een knop erop. Als ik de sloep wil oproepen ga ik in het duister naar buiten en druk op de knop en houd hem ingedrukt tot de sloep neerdaalt."

"En wie bedient de sloep?"

"Hij heeft een mysterieuze eigen wil."

"Geef mij dat kastje met de knop."

Langzaam haalde Hozman het kastje tevoorschijn. Ifness stak het bij zich. Na een blik en een hoofdbeweging van Ifness doorzocht Etzwane Hozmans buidel en ook zijn kleding, maar vond alleen drie kleine staven koper en een prachtige stalen dolk met een handvat van bewerkt wit glas.

Hozman keek hen met een ironische blik aan. "En wat gaat u nu met mij doen?"

Ifness keek naar Karazan, die zijn hoofd schudde. "Dit is geen man op wie wij wraak kunnen nemen. Het is een ledenpop, een marionet aan touwtjes."

"U hebt een juiste beslissing genomen," zei Ifness. "In dit land van slavenhalers is Hozmans enige vergrijp dat hij wat al te voortvarend te werk is gegaan."

"Maar wat nu?" zei Karazan. "Wij hebben onze dochters nog niet terug. Deze man moet de sloep naar beneden roepen, dan houden wij hem hier vast tot ze worden losgelaten."

"Er is niemand aan boord van de sloep met wie u kunt onderhandelen," zei Hozman. Plotseling voegde hij daaraan toe: "U zou met de sloep mee kunnen gaan om zelf uw zaak naar voren te brengen."

Karazan maakte een zacht geluid en keek omhoog naar de paarse avondhemel: een kolos in een witte blouse en een zwarte broek. Etzwane keek ook omhoog en dacht aan Rune de Wilgentak, daar ergens tussen de kruipende asutra...

"Bent u ooit in het voorraadschip geweest?" vroeg Ifness.

"Zeker niet," zei Hozman. "Daar was ik veel te bang voor. Af en toe kwamen een dwergachtig grijs wezen en zijn mentor naar beneden. Vaak heb ik urenlang in het donker gestaan terwijl de twee mentors tegen elkaar sisten. Dan wist ik dat het voorraadschip geheel was gevuld en dat er een tijdlang geen slaven nodig waren."

"Wanneer is de mentor voor het laatst naar beneden gekomen?"

"Een tijd geleden. Ik weet het me niet precies meer te herinneren."

Ifness dacht na. Karazan drong zijn grote gestalte naar voren. "Ik heb besloten wat wij zullen doen. We roepen de sloep op en gaan ermee naar boven om onze vijanden te vernietigen en onze stamgenoten te bevrijden. We hoeven maar te wachten tot het donker is."

"Dat is een voor de hand liggende tactiek," zei Ifness. "Als u in uw opzet slaagt, wint u er misschien waardevolle dingen mee, niet in de laatste plaats het schip. Maar er zijn ook problemen aan verbonden, in het bijzonder de terugkeer naar het oppervlak van Durdane. Misschien weet u zich wel meester te maken van het schip en ontdekt u daarna dat u niet meer terug kunt. Een riskante onderneming. Ik raad u aan er niet aan te beginnen."

Karazan maakte een moedeloos geluid en tuurde weer de hemel af, alsof hij daar een manier hoopte te vinden om toch bij het schip te komen. Hozman zag zijn kans schoon om ongezien te verdwijnen. Hij sloop om de herberg heen naar zijn loper en ontdekte dat een Blauwworm zijn zadeltassen aan het doorzoeken was. Hozman slaakte een woordeloze kreet van woede en sprong op de harige rug van de rover. Een tweede Blauwworm, aan de andere kant van de loper, sloeg Hozman met de vuist in het gezicht en deze struikelde achteruit, tegen de muur van de herberg aan. De Blauwwormen gingen door met hun verachtelijk werk. De Alula's keken vol weerzin toe, half van zins om er een eind aan te maken, maar Karazan riep ze weg. "Laat die jakhalzen maar doen wat ze willen; hun bezigheden gaan ons niet aan."

"Noemt u ons jakhalzen?" vloog een van de Kash op. "Dat is een beledigende benaming!"

"Alleen voor een wezen dat geen jakhals is," zei Karazan verveeld. "U hoeft er geen aanstoot aan te nemen."

De Kash, numeriek ver in de minderheid, voelden er weinig voor om het op een gevecht aan te laten komen en wijdden zich weer aan de zadeltassen. Karazan wendde zich af en schudde met zijn vuist naar de hemel.

Etzwane, rusteloos en met bezwaard gemoed, sprak Ifness aan. "Stel nu eens dat we het schip in handen weten te krijgen. Zou u het dan niet aan de grond kunnen zetten?"

"Het is bijna zeker dat ik daartoe niet in staat zou zijn. En volmaakt zeker dat ik het niet ga proberen."

Koud en vijandig keek Etzwane de ander aan. "We moeten iets doen. Honderd, misschien wel tweehonderd mensen hangen daar te wachten tot de asutra hen meenemen naar een vreemd oord, en wij zijn de enigen die hen kunnen helpen."

Ifness lachte. "U hebt in ieder geval van mijn mogelijkheden een overdreven voorstelling. Ik vermoed dat u in de ban bent geraakt van flirtende blikken en dat u nu een galant waagstuk wilt uithalen, zonder aandacht voor de moeilijkheden die dat met zich meebrengt."

Etzwane slikte een eerste stortvloed van woorden in, vooral omdat

Ifness' opmerking raak genoeg was om hem van zijn stuk te brengen. En waarom zou hij per slot van rekening ook opeens onbaatzuchtigheid verwachten van Ifness? Vanaf de eerste keer dat ze elkaar hadden ontmoet, had Ifness steeds geweigerd aan iets anders aandacht te besteden dan aan zijn eigen grote belangen. Voor de zoveelste keer keek Etzwane hem met koude antipathie aan. Hun relatie, toch al nooit erg intiem, was in een nieuwe, nog koelere fase gekomen. Maar kalm zei hij: "Zou u in Shillinsk geen contact kunnen opnemen met Dasconetta en hem verzoeken een schip van de Aarde naar Durdane te sturen voor een bijzonder urgente kwestie?"

"Dat zou ik kunnen doen," zei Ifness. "En Dasconetta zou dat bevel heel goed kunnen geven en op die manier eer en prestige naar zich toetrekken die ergens anders thuishoren."

"Hoelang zou het duren voor zo'n schip in Shagfe zou kunnen zijn?"

"Dat kan ik u niet met zekerheid zeggen."

"Binnen een dag? Drie dagen? Twee weken? Een maand?"

"Er spelen een aantal factoren mee. Onder gunstige omstandigheden zou een schip hier binnen twee weken kunnen zijn."

Karazan, die van het hele gesprek niets had begrepen behalve de tijdsduur, zei: "Misschien is het voorraadschip dan wel verdwenen, met de mensen erin, op weg naar afschuwelijke gebeurtenissen op een verre, koude wereld."

"Het is een tragische zaak," zei Ifness instemmend. "Maar ik kan u geen raad geven."

"En als we nu eens het volgende deden?" zei Etzwane. "U begeeft u zo snel u kunt naar Shillinsk en eist daar dat Dasconetta u hulp stuurt. Ik laat de sloep komen en ga met de Alula mee naar boven om het voorraadschip te veroveren. Als we het schip kunnen besturen keren we terug naar Durdane, als dat niet lukt, wachten we tot u komt."

Ifness dacht een ogenblik na voor hij antwoord gaf. "Er zit een zekere dolzinnige logica achter uw plan, en het is mogelijk dat u in uw opzet slaagt. Ik weet een manier om Dasconetta's inmenging te ondervangen, daarmee is een van mijn bezwaren uit de weg geruimd. Maar u zult te maken krijgen met een onbekende situatie, veel zaken zijn in het geheel niet zeker."

"Dat besef ik," zei Etzwane. "Maar de Alula gaan in ieder geval naar boven en hier —" hij klopte op een buidel aan zijn riem waar het energiepistool in zat "— is een wapen dat hun een goede kans op succes geeft. Hoe kan ik me dan nog afzijdig houden?"

Ifness haalde zijn schouders op. "Zelf kan ik mij deze donquichotterieën en extravagante ondernemingen niet permitteren. Ik zou al lang de dood hebben gevonden. Maar als u een buitenaards ruimteschip op Durdane kunt laten landen, of weet te bereiken dat het om de planeet blijft draaien tot ik terugkeer, dan zal ik vol lof zijn voor uw onbaatzuchtige bravoure. Ik wijs er echter met nadruk op dat ik wel zoveel mogelijk rekening zal houden met uw belangen, maar dat ik niets kan garanderen, en ik dring er dan ook ten sterkste bij u op aan om hierbeneden te blijven."

Etzwane lachte bitter. "Dat begrijp ik heel goed. Maar het leven van een aantal mensen staat op het spel, of we nu naar boven gaan of niet. U moest maar meteen op weg gaan naar Shillinsk. Snelheid is van het allergrootste belang."

Ifness fronste zijn voorhoofd. "Vanavond nog? Het is een hele afstand. Maar Baba's herberg heeft weinig te bieden. Ik ben het met u eens, snelheid is geboden. Goed dan, de Ka en ik gaan meteen op weg naar Shillinsk. Fabrache zal ons tot gids zijn."

Hoofdstuk VII

De zonnen waren al drie uur achter de kammen van de Orgai in de verte verdwenen, en de laatste resten van hun purperen gloed waren vergleden in het duister. Op de vlakte stonden achttien Alula-krijgers, met Etzwane en Hozman.

"Dit is de plek waar ik altijd sta," zei Hozman, en dit is het ogenblik waarop ik de sloep meestal oproep. Ik handel als volgt: eerst druk ik op de knop. Na twintig minuten kijk ik of ik een groen lichtje aan de hemel zie. Dan laat ik de knop los en de sloep landt. Mijn slaven staan in een rij achter elkaar. Ze zijn verdoofd en gehoorzaam, maar zich niet bewust van wat er gebeurt, zoals mensen in een droom. Ik loop naar voren, terwijl ik de slaven naar een deuropening stuur waar een lichtblauw schijnsel uitkomt. Als een mentor met de sloep is meegekomen verschijnt hij in de deuropening en dan moet ik wachten terwijl de mentors met elkaar spreken. Als de slaven binnen zijn en het gesprek ten einde is, sluit ik de deur en de sloep stijgt op. Meer kan ik u niet vertellen."

"Uitstekend. Druk nu de knop in."

Hozman gehoorzaamde. "Hoe vaak heb ik dit niet gedaan," mompelde hij. "En altijd heb ik me afgevraagd waar ze heengingen en wat voor leven ze leidden. En als de sloep was vertrokken keek ik altijd omhoog naar de hemel en dacht na over de sterren. Maar dat is voorbij, voorbij. Ik zal met uw lopers naar Shagfe gaan en ze verkopen aan Baba, en dan zal ik teruggaan naar het land waar ik ben geboren en daar beroepsziener worden. Ga in een rij staan, dicht bij elkaar. U moet een doffe, in elkaar gezakte indruk proberen te maken."

De groep ging in een rij achter elkaar staan en wachtte. De nacht was stil. Acht kilometer naar het noorden lag Shagfe, maar het licht van de vuren en olielampen was te zwak om op deze afstand te zien. Langzaam gleden de minuten voorbij. Etzwane had nog nooit een gebeurtenis meegemaakt waarbij de tijd zo lang scheen te duren. Elke seconde rekte zich elastisch uit en gleed met tegenzin het verleden in.

Hozman hief zijn hand op. "Het groene lichtje. De sloep komt naar beneden. Ik laat de knop nu los. Wees op uw hoede, maar uw houding moet slap en willoos zijn; maak geen plotselinge bewegingen."

Boven zich hoorden ze een zacht gezoef en een aangehouden zoemtoon. Een duister iets gleed langs de sterren en kwam zestig meter verder zacht neer. "Kom mee," mompelde Hozman. "In de rij, vlak achter elkaar. Daar kruipt de mentor. U moet snel zijn, maar niet overhaast."

Etzwane hield stil bij de ingang. Een blauwe gloed wees hem waar hij naar binnen moest. Op een smalle lat, naast een rij gekleurde lichtjes, lag een asutra. Een ogenblik lang keken de asutra en Etzwane elkaar aan, toen besefte de asutra het gevaar waarin hij verkeerde en schoof sissend naar een nauwe spleet. Etzwane haalde uit met zijn mes en hakte het wezen in tweeën. Vol walging veegde hij de kronkelende stukken op de vloer, waar ze werden verpletterd onder de laarzen van de Alula.

Hozman uitte een mekkerende lach, die niet helemaal normaal klonk. "Ik ben nog niet vrij van de invloed van het ding. Ik kon zijn emotie voelen: het was dol van woede."

Karazan drong naar binnen en het plafond kwam bijna tot zijn hoofd. "Kom mee, laten we doen waarvoor we zijn gekomen nu ons bloed nog gloeit! Gastel Etzwane, begrijpt u hoe deze draaiknoppen, staafjes en knipperende spooklampjes werken?"

"Nee."

"Stap in, dan gaan we doen wat moet."

Etzwane stapte als laatste naar binnen. Hij aarzelde, in de stellige zekerheid dat wat ze van plan waren krankzinnig was, en volkomen roekeloos. "Alleen op basis van deze overweging kunnen we verwachten in onze opzet te slagen," zei hij hol tegen zichzelf. Hij keek nog een keer om en betrapte Hozman op een vreemd levendige, gretige gelaatsuitdrukking, alsof hij zich in moest houden om het niet uit te schreeuwen van vreugde.

Dit is zijn wraak, dacht Etzwane somber, op ons en op de asutra. Hij zal er nu op uit gaan om wraak te nemen op heel Durdane voor het afschuwelijke leven dat hij heeft geleid. Het zou het beste zijn als ik hem nu meteen doodde. Hij bleef in de deuropening staan. Buiten, op de grond, stond Hozman vol verwachting te kijken tot hij naar binnen zou stappen. Binnenin begonnen de Alula last te krijgen van engtevrees en mompelden onder elkaar. Etzwane gaf gevolg aan een plotselinge impuls, sprong weer op de grond en rukte aan Hozmans arm, die hij achter zijn rug verborgen hield. In zijn hand had Hozman een witte lap. Langzaam gleed Etzwane's blik naar boven, tot hij Hozman recht aankeek. De ander liet zijn tong over zijn lippen glijden, en zijn wenkbrauwen gingen aan de buitenkant naar beneden.

"Zo," zei Etzwane. "U wou dus een teken geven en ons zo in de ondergang storten, samen met alle andere mensen op het schip."

"Nee, nee," stotterde Hozman. "Dit is mijn zakdoek. Een gewoonte, niet meer. Ik veeg er mijn handpalmen mee af als ze klam zijn."

"Het is heel begrijpelijk dat het zweet u in de handen staat," zei Etzwane.

Karazan sprong de sloep uit en beende met grote passen op hen toe. Hij begreep meteen wat er aan de hand was en staarde Hozman met een verschrikkelijke blik in zijn ogen aan. "Voor deze daad kunt u geen mentor de schuld geven, geen beroep doen op een kwade macht die u ertoe dwong." Hij trok zijn geweldige kromzwaard. "Hozman, op uw knieën en buig uw hoofd, want uw tijd is gekomen."

"Eén ogenblik," zei Etzwane. "Hoe gaat het sluiten van de deur in zijn werk?"

"Daar moet u zelf maar achter zien te komen," zei Hozman. Hij deed een poging ervandoor te gaan, maar Karazan kreeg hem bij de rand van zijn cape te pakken.

Hozman begon op hysterische, huilerige toon om genade te smeken. "Dit is niet volgens de afspraak! En ik kan u ook dingen vertellen die u het leven kunnen redden, maar tenzij u garant staat voor mijn vrijheid zult u nimmer horen wat ik te zeggen heb. U mag me nu doden, en als u dan slavenarbeid verricht op een wereld hier ver vandaan, denk dan aan deze lach van mij." Hij gooide zijn hoofd achterover en slaakte een langgerekte spottende kreet. "En dan zult u weten dat ik als een gelukkig mens stierf, want ik heb mijn vijanden in het verderf gestort!"

"We willen uw ellendige leven helemaal niet," zei Etzwane. "We hopen dit waagstuk zelf levend door te komen, en uw verraad is ons ernstigste gevaar."

"Ik zal niet meer proberen verraad te plegen! Ik ruil mijn leven en mijn vrijheid tegen uw leven en vrijheid!"

"Neem hem mee naar binnen," zei Etzwane. "Als we dit overleven, behoudt ook hij het leven en als we hier terug zijn krijgt hij een pak ransel."

"Nee, nee, nee!" gilde Hozman. Karazan bracht hem met een klap tot zwijgen.

"Ik had de adder liever gedood," zei hij. "Vooruit, naar binnen." Ruw duwde hij Hozman de sloep in. Etzwane tuurde naar de deur en ontdekte dat er aan de binnenkant een klamp zat. Hij vroeg: "Wat nu? Trek ik de deur dicht en vergrendel ik die dan?"

"Dat is alles," zei Hozman nors. "De sloep verlaat het oppervlak van Durdane zonder dat u daar wat aan hoeft te doen."

"Bereid u dan voor; we staan op het punt te vertrekken."

Etzwane sloot de deur. Bijna op hetzelfde ogenblik schoot de vloer onder hun voeten omhoog. De Alula slaakten kreten van ontsteltenis, Hozman jammerde. Een tijdlang gingen ze steeds sneller, toen nam de druk af. Het blauwe licht maakte gezichten onherkenbaar en scheen een nieuwe dimensie in ieders ziel naar boven te brengen. Etzwane keek naar de Alula en voelde zich nederig naast hun moed. Hij wist waartoe Ifness in staat was, maar zij niet. Hij vroeg aan Hozman: "Wat is dat voor kennis waarmee u ons het leven gaat redden?"

"Niets specifieks," zei Hozman. "Het betreft de manier waarop u zich dient te gedragen en wat u moet doen om te vermijden dat u meteen wordt ontmaskerd."

"Goed, wat moeten we dan doen?"

"U moet op deze manier lopen, met uw armen slap naast het lichaam, een lege, passieve uitdrukking in uw ogen, en uw benen slap, alsof ze het gewicht van uw lichaam ternauwernood kunnen dragen." Hozman stond er slap en futiel bij, met lange hopeloze groeven in zijn gezicht.

Een kwartier bleef de snelheid gelijk, toen werd hij minder.

Zenuwachtig zei Hozman: "Ik weet niets van hoe het aan boord zal zijn, maar u moet snel en hard toeslaan, en het element van verrassing ten volle uitbuiten."

"Rijden de asutra op de schouders van hun gastheren?"

"Ik neem aan van wel."

"Vecht, en vecht goed," zei Etzwane. "Voor uw eigen bestwil."

Hozman antwoordde niet. Enkele ogenblikken later raakte de sloep een vast voorwerp en gleed een houder in, met een kleine schok die aangaf dat ze hun einddoel hadden bereikt. De mannen spanden hun spieren. De deur ging open. Ze keken in een lege gang, net breed genoeg voor een man. Uit een paneel klonk een stem. "Treed binnen in de hal. Doe al uw kleren uit. U zult worden gereinigd met een verfrissende vloeistof."

"Doe net alsof u te zwaar verdoofd bent om te begrijpen wat er wordt gezegd," zei Hozman met gedempte stem.

Langzaam liep Etzwane de sloep uit en de gang in. Traag begaf hij zich naar de andere kant waar een deur hem de doorgang versperde. De Alula kwamen achter hem aan, Hozman slofte ergens tussen hen in. Weer hoorden ze de stem: "Doe alle kleren uit. U moet uw kleren uitdoen."

Etzwane maakte een halfslachtig gebaar als wilde hij doen wat hem werd gezegd, liet toen zijn armen weer zakken, alsof hij vermoeid was en zocht steun tegen de wand. Uit de luidspreker kwam een zacht gesis en een gemompel van ergernis. Uit het plafond kwamen stralen bijtende vloeistof, en ze werden tot op hun huid nat. De stralen hielden op en de deur aan het eind van de gang ging open. Etzwane wankelde erdoor, een groot rond vertrek in. Zes tweebenige wezens met een kikvorsachtig uiterlijk, een grijze, bobbelige huid en een gedrongen bouw stonden hem op te wachten. Uit de platte koppen staken vijf ogen die er uitzagen als bollen melkglas. De voeten waren grijsgroene spierkwabben. Een asutra zat vlak achter hun nek. Etzwane hoefde de Alula geen teken te geven om in actie te komen. Opgekropte energie kwam tot een felle uitbarsting, ze stortten zich naar voren en vijf tellen later lagen de grijze wezens badend in grijsgroen bloed op de grond en waren de asutra verpletterd en in stukken gehakt. Etzwane keek gespannen het vertrek rond, zijn neusvleugels wijd opengesperd, het energiepistool klaar voor gebruik. Snel en geruisloos rende hij naar het eind van het vertrek, waar twee nauwe gangen elk een verschillende kant op gingen. Hij luisterde, maar hoorde alleen een zacht zoemen dat telkens sterker werd en dan weer afzwakte. De helft van de Alula met Karazan voorop, liep de linkse gang in; Etzwane nam de rechtergang met de andere helft van de Alula achter zich aan. De smalle en lage gangen waren kennelijk berekend op asutra; Etzwane vroeg zich af hoe het Karazan verging in deze benauwende omgeving. Hij kwam bij een smalle trap. Boven zich zag hij sterren schitteren. Zo snel mogelijk klom hij naar boven, een vertrek in van waaruit het schip blijkbaar werd bediend. Een lage bank liep rond de cabine. Aan een kant stonden een stuk of tien kleine doorzichtige bakken met gekleurde vloeistoffen. Een ander deel van het vertrek werd in beslag genomen door een lage tafel met apparatuur erop. Etzwane vermoedde dat daarmee het schip werd bestuurd. Op een zachte bank naast de apparatuur lagen drie asutra. Toen Etzwane het vertrek binnenkwam deinsden ze sissend van schrik achteruit tegen het transparante materiaal van de koepel. Eén haalde een klein zwart apparaat tevoorschijn waaruit een straal lila vuur spoot. Etzwane had zich al plat op de grond laten vallen en de straal trof de Alula achter hem. Etzwane durfde zijn energiepistool niet te gebruiken uit vrees de wand van de koepel te doorboren. Hij dook naar voren. Een van de asutra kroop een nauwe gang in, niet meer dan dertig centimeter in het vierkant. Etzwane verpletterde de tweede met het lemmet van zijn zwaard. Sissend en fluitend deinsde de derde achteruit naar de bedieningsorganen toe. Etzwane greep hem beet en gooide hem in het midden van het vertrek, waar de Alula hem onder hun voeten verpletterden.

De man die door de straal was getroffen lag door het dak van de lage koepel naar de sterren te staren. Hij was stervende en er was niets wat ze voor hem konden doen. Etzwane beval twee mannen om op wacht te blijven staan. Agressief staarden ze hem aan, duidelijk niet bereid zonder meer zijn bevelen op te volgen. Etzwane schonk geen aandacht aan hun verzet. "Wees voorzichtig, ga niet ergens staan waar een asutra op u kan schieten vanuit die kleine opening daar. Blokkeer die opening indien dat mogelijk is. Let goed op!" Hij liep het vertrek uit en ging achter Karazan aan.

Een ladder voerde naar een ruim in het midden van het schip en daar lagen de gevangen bewoners van Caraz, verdoofd en roerloos, op schappen die uit de muur staken als de spaken van een wiel. Karazan had een van de gedrongen grijze wezens gedood die in het ruim werkten. Twee andere stonden in een onderworpen houding tegen een van de wanden. Geen van drieën droeg een asutra. Een totaal van tweehonderd mannen, vrouwen en kinderen lag opgestapeld als blokken hout, en Karazan stond in het midden, terwijl hij met gefronst voorhoofd onzeker van de grijze wezens naar de gevangenen keek. Hij wist niet wat te doen, misschien wel voor het eerst in zijn leven.

"Deze mensen zijn er niet zo slecht aan toe dat we hen wakker moeten maken," zei Etzwane. "Laat hen maar slapen. Een andere kwestie is dringender. De asutra hebben kleine gangen, en er is er minstens een gevlucht. We moeten het schip doorzoeken, en daarbij de grootst mogelijke voorzichtigheid in acht nemen, want ze hebben energiewapens, en er is al een krijger dood. We kunnen de zaak het beste aanpakken door de gangen een voor een af te sluiten, tot we erachter komen hoe het schip in elkaar zit."

"Het is kleiner dan ik had verwacht," zei Karazan. "Niet een erg comfortabele ruimte om een tijd in door te brengen."

"De asutra hebben geprobeerd zo dicht mogelijk bij hun eigen schaal te blijven toen ze dit schip bouwden. Als we geluk hebben zijn we binnenkort weer terug op Durdane. Tot dan kunnen we alleen maar wachten en hopen dat de asutra niet om assistentie kunnen vragen."

Karazan knipperde met zijn ogen. "Hoe zouden ze dat dan kunnen doen?"

"De hoogontwikkelde rassen praten door de lege ruimte, waarbij ze gebruik maken van de kracht van de bliksem."

"Belachelijk," mompelde Karazan, terwijl hij het vertrek rondkeek. "Waarom, om maar eens iets te noemen, zouden ze zoveel moeite doen om slaven te verwerven? Ze hebben de pad-achtige wezens, de zwarte monsters waar u er een van hebt gevangen, de rode duivels, en wie weet hoeveel andere dienaren."

"Niets staat met enige zekerheid vast waar het de asutra betreft," zei Etzwane. "De ene gissing is net zo veel waard als de andere. Misschien heeft elke gastheersoort een bepaalde functie. Misschien vinden ze het gewoon prettig om over een aantal verschillende gastheren te beschikken."

"Hoe dan ook," gromde Karazan, "we moeten ze uit hun schuilhoeken zien te halen." Hij gaf zijn mannen aanwijzingen en stuurde ze er in paren op uit. Zelf was hij te log om te helpen, zei hij, en in plaats daarvan nam hij de grijze wezens mee naar de observatiekoepel en probeerde ze zover te krijgen dat ze het schip op Durdane lieten landen, maar zonder succes. Etzwane ging de sloep bekijken, die nog steeds in de houder zat geklemd maar kon geen manier ontdekken om hem te bedienen. Daarna ging hij op zoek naar voedsel en water, dat hij aantrof in vaten en tanks onder het slavenruim. De lucht in het schip was vers, dus er was ergens een automatische luchtreiniger aan het werk, en Etzwane hoopte dat als er zich nog asutra ergens schuilhielden, ze niet op de gedachte zouden komen om de overvallers door verstikking om te brengen. Wat zou hij doen als hij in eenzelfde positie verkeerde? Als hij wist dat er een ander schip onderweg was van de planeet waar hij thuishoorde om dit schip af te lossen zou hij niets doen, maar het probleem van buitenaf laten oplossen. Twee aan twee kwamen de Alula rapport uitbrengen. Ze hadden ontdekt waar de aandrijving zat, de energiegeneratoren en het luchtzuiveringssysteem. Ze hadden een asutra op de nek van zijn gastheer verrast en gedood, maar verder waren ze er geen tegengekomen. Op twaalf plaatsen hadden ze asutra-gangen afgesloten. Etzwane had verder niets zinvols te doen, daarom verkende hij het schip langzaam en grondig in een poging om te weten te komen waar de asutra hun toevlucht hadden gezocht. De Alula, die zich nu met een zekere mate van zelfvertrouwen door het schip bewogen, hielpen hem.

Urenlang bestudeerden ze het schip en schatten afmeting en inhoud van alle kamers. Ten slotte kwamen ze tot de slotsom dat de asutra naar een ruimte waren gevlucht die recht onder de observatiekoepel lag, en dat die ruimte ongeveer drie vierkante meter groot en een meter dertig hoog was. Etzwane en Karazan bekeken de buitenkant ervan om te zien of ze zich toegang konden verschaffen. De wanden waren naadloos en van een materiaal dat Etzwane niet kende. Het was in ieder geval geen glas of metaal. Deze ruimte, dacht Etzwane, moest het verblijf van de asutra zijn. Hij vroeg zich af hoelang ze in leven konden blijven zonder voedsel, maar er kon natuurlijk voedsel aanwezig zijn in het vertrek zelf.

Een nieuwe dag brak aan. Durdane was een grote zwart-purperen schijf, omringd door sterren, met een felrode gloed in het oosten. Eerst schoot de blauwe zon Ezletta over de horizon, toen roze Sasetta en ten slotte witte Zael, en het oppervlak van Durdane baadde in licht.

Het schip hing boven Caraz op een afstand die Etzwane op driehonderd kilometer schatte. Onder hen lag Shagfe, maar de nederzetting was natuurlijk veel te klein om te zien. Van noord naar zuid stroomden de rivieren van Caraz, enorme zilver-paarse slangen op verkreukeld velours. Ver naar het zuidwesten lagen het Niormeer en een serie kleine meren. Etzwane piekerde over de krachten die het voorraadschip op zijn plaats hielden, en hoelang het zou duren voor ze te pletter zouden slaan op het oppervlak van Durdane als de asutra de stroom afsneden. Hij kneep vol afgrijzen zijn ogen dicht toen hij eraan dacht hoe de laatste paar seconden zouden zijn. Maar de asutra hadden niets te winnen bij de vernietiging van hun schip. Peinzend dacht hij aan de merkwaardige overeenkomsten tussen wezens die toch zo van elkaar verschilden als mens, asutra, Roguskhoi en Ka. Alle vier hadden voedsel, drinken en onderdak nodig, alle vier gebruikten ze licht om zich bij te oriënteren. En om te communiceren maakten ze allemaal gebruik van geluid, en niet van licht of lichamelijk contact of geur om eenvoudige, overal geldende redenen. Geluid plantte zich door de lucht voort en kon zelfs een hele ruimte vullen, geluid kon met een uiterst geringe krachtsinspanning worden voortgebracht, geluid was tot in het oneindige flexibel. Telepathie? Een talent waar de mens soms wat aan had en soms ook niet, maar dat door andere wezens misschien wel veel meer werd gebruikt. Het zou bepaald irrationeel zijn om te denken dat alleen de mens de beschikking had over een zo belangrijke gave. Het bestuderen en vergelijken van verschillende levensvormen moest wel een fascinerende bezigheid zijn, dacht Etzwane. Hij tuurde de hemel naar alle kanten af. Alles was diepzwart, en overal schitterden sterren. Het was nog veel te vroeg om naar Ifness en een schip van de Aarde uit te zien. Maar niet te vroeg om bezorgd te kijken of er soms een ruimteschip van de asutra in aantocht was. Het voorraadschip zelf was een gedrongen cilinder met om de zeven meter een dikke kegel die eindigde in een stervormig iets van wit metaal. De huid, zag hij, was niet koperkleurig, zoals bij de schepen die hij eerder had gezien, maar glanzend grijszwart, waarop olieachtige vegen donkerrood, blauw en groen te zien waren. Weer liep Etzwane naar de bedieningsorganen en keek er ingespannen naar. Ze werkten ongetwijfeld op een manier die te vergelijken viel met de apparatuur aan boord van een schip van de Aarde, en hij vermoedde dat als Ifness daartoe de kans had gekregen hij wel achter de werking van die vreemde kleine vingers en knoppen en bakken met grijze gelei zou zijn gekomen. Karazan kwam naar boven geklommen. De engtevrees had hem prikkelbaar en lichtgeraakt gemaakt, en hij kwam alleen tot rust in de observatiekoepel waar hij in de lege ruimte kon kijken. "Ik kan de wand niet kapot krijgen. Onze messen en knuppels zijn niet op dit werk berekend, en ik kan er niet achter komen hoe het gereedschap van de asutra werkt."

"Ik zie niet hoe ze ons zouden kunnen bedreigen," zei Etzwane nadenkend, "vooropgesteld dat alle gangen voor ze gesloten worden gehouden. Als ze wanhopig worden, zouden ze zich met hun energiepistolen misschien een weg naar buiten kunnen banen en dan ons aanvallen. Als ze ons aan de grond zouden zetten, kunnen ze gaan waarheen ze willen, ondanks de wens van Ifness om een ruimteschip in handen te krijgen. Dat kan hij later altijd nog eens proberen."

"Ik ben het in alle opzichten met u eens," zei Karazan. "Ik heb er niets mee op om hier zo midden in de lucht te hangen als een vogel in een kooitje. Als we ervoor konden zorgen dat ze ons begrepen, dan zouden we ongetwijfeld tot een overeenkomst kunnen komen. Waarom proberen we het niet nog een keer met de padmannen? We hebben toch niets beters te doen."

Ze klommen de ladder af naar het slavenruim, waar de padmannen apathisch ineen zaten gedoken. Etzwane nam er een mee naar de observatiekoepel, gebaarde naar het instrumentenpaneel en vervolgens naar het oppervlak van Durdane om het wezen duidelijk te maken dat hij wilde dat het het ruimteschip aan de grond zette, maar zonder resultaat: het grijze ding stond naar alle kanten tegelijk te kijken, terwijl de voelhoorns rond de ademspleten op en neer gingen ten teken van een emotie, maar naar de aard ervan konden ze slechts raden.

Etzwane probeerde ten slotte het wezen naar de apparaten toe te duwen, maar het verkrampte en uit klieren langs de ruggenwervel kwam een stinkend slijm. Etzwane staakte zijn pogingen.

Hij dacht een halfuur na en ging toen naar de dichtgestopte asutra-gang en haalde voorzichtig de zakken graankoeken weg waarmee die was afgesloten. Hij siste en floot op de meest verzoenende manier die hij kon bedenken. Maar toen hij luisterde hoorde hij geen geluid, geen enkele reactie. Weer probeerde hij het, weer zonder resultaat. Etzwane zette de zakken terug, geïrriteerd en teleurgesteld. De asutra, met een intelligentie die minstens gelijkwaardig was aan die van de mens, hadden moeten beseffen dat hij hun een wapenstilstand aanbood.

Etzwane liep terug naar de observatiekoepel en keek naar Durdane, dat nu helemaal door de zonnen was verlicht. Het Niormeer was verdwenen onder een wolkendek. Ook de grond recht onder hen was niet meer te zien. De weigering van de asutra om te reageren, suggereerde dat het hun onmogelijk was een compromis te sluiten of met de overvallers samen te werken. Het wezen scheen geen genade te verwachten, en het was zeker dat ook de overvallers daar niet op hoefden te rekenen. Etzwane dacht aan de Roguskhoi en de gruweldaden die ze in Shant hadden begaan. Tot nu toe had men steeds aangenomen dat de Roguskhoi een experimenteel wapen waren dat was bedoeld om te worden ingezet tegen de werelden van de Aarde, maar nu leek het er veel op dat de asutra het tegen de wezens in de zwarte bollen wilden gebruiken. Met gefronst voorhoofd keek hij naar Durdane onder hem. De toestand werd al met al steeds raadselachtiger en met zichzelf in tegenspraak. Hij somde de vragen waarop hij het antwoord schuldig moest blijven nog eens op. Waarom deden de asutra zoveel moeite voor menselijke slaven, als de Ka even handig, sterk en beweeglijk waren? Waarom had de Ka de asutra van Hozman met zoveel vertoon van emotie gedood? Hoe konden de asutra de Roguskhoi met enige kans op succes hopen in te zetten tegen een technisch hoogontwikkeld ras? En nog iets: waarom was de asutra van de Ka in het kapotte ruimteschip niet ontsnapt? Dat zou toch heel gemakkelijk zijn geweest. Raadselachtige zaken! Die te zijner tijd al dan niet zouden worden opgehelderd.

De dag kroop voorbij. De mannen aten wat van het gedroogde vlees dat ze hadden meegenomen en proefden voorzichtig van de graankoeken van de asutra, die een wat flauwe, maar niet onprettige smaak bleken te hebben. Hoe eerder Ifness met zijn reddingsschip kwam hoe beter. Ifness zou komen, daar was Etzwane zeker van. Er was nog nooit iets mislukt wat de ander had ondernomen; Ifness was een te trots man om mislukkingen te kunnen verdragen. Etzwane ging naar het slavenruim en liep langs de bleke, stille gezichten tot hij Rune de Wilgentak vond. Een paar minuten bleef hij naar haar rustige gezicht kijken. Hij raakte haar nek aan om naar de hartslag te voelen, maar het bonzen van zijn eigen hart bracht hem in verwarring. Het zou heel aangenaam zijn om zij aan zij met Rune over de vlakten van Caraz te rijden. Langzaam, bijna met tegenzin, draaide hij zich om. Hij liep rond in het schip en bewonderde het nauwgezette vakmanschap waarmee het was gemaakt, en het doelmatige ontwerp. Wat was het een wonder, zo'n ruimteschip dat denkende wezens moeiteloos over enorme afstanden kon vervoeren!

Etzwane ging weer terug naar de koepel en staarde gefascineerd maar hulpeloos naar de stuurorganen. De zonnen gingen onder, en het duister van de nacht verhulde de wereld onder hen.

De nacht ging voorbij en de volgende dag was Hozman Zeerkeel dood, met zijn gezicht naar beneden op de vloer achter de schappen waar de slaven op lagen, een koord strak om zijn nek en zijn tong uit zijn mond. Karazan mompelde afkeurend, maar maakte geen aanstalten om uit te zoeken wie Hozman had vermoord. Hozmans dood leek een bijna onbeduidende gebeurtenis. In het schip heerste een stemming van twijfel en onzekerheid. Het vuur van de overwinning was verdwenen en de Alula waren gedemoraliseerd geraakt. Weer floot Etzwane voor de opening van de nauwe gang, maar dat leverde even weinig op als de vorige keer. Hij begon zich af te vragen of alle asutra soms dood waren. Hij had er een de gang zien inschieten, maar daarna was er een asutra gedood die op de nek van een van de padwezens zat. Misschien was dat wel dezelfde.

De dag gleed voorbij, toen nog een en nog een. Elke dag was het wolkenpatroon boven Durdane anders, maar verder zagen ze steeds hetzelfde. Etzwane verzekerde de Alula dat juist het feit dat er niets gebeurde een goed voorteken was, maar Karazan gromde: "Ik kan uw redenering niet volgen. Als Ifness nu eens is vermoord tussen Shagfe en

Shillinsk? Of stel eens dat hij geen kans gezien heeft zich met zijn collega's in verbinding te stellen. Of ga er eens van uit dat ze niet naar hem hebben willen luisteren. Wat dan? Ons wachten hier zou niet anders aanvoelen dan nu, en er zou geen sprake zijn van een gunstig voorteken."

Etzwane probeerde Karazan duidelijk te maken wat voor eigenaardig, koppig karakter Ifness had, maar de Alula maakte een ongeduldig gebaar. "Hij is een mens, en niets is zeker."

Op dit ogenblik slaakten de uitkijkposten die dag en nacht in de observatiekoepel wachthielden een kreet. "Er beweegt een ruimteschip door de hemel!"

Etzwane sprong op. Het hart bonkte hem in de keel. Het was te vroeg, veel te vroeg, om Ifness te kunnen verwachten. Hij tuurde door de koepel naar de plek die de uitkijk aanwees.

Hoog boven het voorraadschip gleed een bronzen schotelschip loom langs de hemel. Het licht van de zonnen weerkaatste van de huid.

"Het is een asutraschip," zei Etzwane.

Wat bedrukt zei Karazan: "Er staat ons maar een ding te doen, en dat is vechten. Eens te meer is het element van verrassing aan onze kant, want ze kunnen er geen vermoeden van hebben dat het schip in handen van hun vijanden is."

Etzwane keek naar het instrumentenpaneel. Lichtjes knipperden en flikkerden, maar hij had er geen idee van wat dat betekende. Maar als het schotelschip nu aan het proberen was om contact op te nemen met het voorraadschip en geen antwoord kreeg, zou het hen wel met de nodige behoedzaamheid aanpakken. Aan het element van verrassing zouden ze niet zo veel hebben als Karazan hoopte.

De bronzen schotel vloog in een bocht naar het noorden, schoot toen schuin naar beneden en bleef op een kilometer afstand stil in de lucht hangen. Toen lichtte hij opeens groen op en verdween. De hemel was leeg.

Uit tien monden klonk het gesis van ontsnappende adem. "Wat is dit nu weer?" vroeg Karazan aan de omstanders. "Ik ben niet de geschikte man voor dit soort werk; ik heb niets op met raadselachtige zaken."

Etzwane schudde het hoofd. "Ik kan alleen maar zeggen dat ik liever zie dat het schip er niet is dan dat het vlak naast ons hangt."

"Het heeft zich gerealiseerd dat wij hier zijn en is nu van plan ons onverhoeds te overvallen," gromde Karazan. "Wij zullen klaar staan voor het gevecht."

De rest van de dag verdrong iedereen zich in de observatiekoepel, behalve de mannen die eropuit werden gestuurd om in het schip patrouille te lopen. De bronzen schotel liet zich niet meer zien, en na enige tijd ontspande de groep zich en werd de toestand weer als voor de verschijning van het schotelschip.

Vier dagen kropen voorbij. De Alula werden nors en zwijgzaam en de patrouilles werden slordig en lusteloos uitgevoerd. Etzwane klaagde erover bij Karazan die iets onverstaanbaars terug mompelde.

"Als de discipline verslechtert, komen we in moeilijkheden," zei Etzwane. "We moeten het moreel op peil zien te houden. Per slot van rekening wist iedereen wat hem te wachten stond toen hij opsteeg van Durdane."

Karazan gaf geen antwoord, maar korte tijd later riep hij zijn mannen bij elkaar en gaf hun een aantal aanwijzingen. "Wij zijn Alula," zei hij. "We staan bekend om onze moed. Deze reputatie moeten wij eer aandoen. Op het ogenblik hebben wij alleen maar te lijden van verveling en van het feit dat we met velen in een kleine ruimte moeten verblijven. We zouden er ook veel erger aan toe kunnen zijn."

Somber en zwijgend hoorden de Alula zijn woorden aan en verrichten daarna hun taken met wat meer oplettendheid.

Laat in de middag gebeurde er iets wat de toestand ingrijpend veranderde. Toen Etzwane naar het oosten keek, de wijde moerbeigrijze verte in, zag hij opeens een zwarte bol roerloos aan de hemel hangen, op een afstand die onmogelijk viel te schatten. Tien minuten bleef hij naar de bol kijken die zich niet bewoog. In een plotselinge opwelling keek hij naar het instrumentenpaneel en zag daar allerlei lichtjes knipperen en van kleur veranderen. Karazan kwam het vertrek binnen en Etzwane wees hem de zwarte bol aan. Hoopvol vroeg Karazan: "Zou dat het schip van de Aarde kunnen zijn om ons terug te brengen naar de grond?"

"Nog niet. Ifness zei dat het op zijn minst twee weken zou duren en die tijd is nog niet om."

"Wat voor schip hangt daar dan? Een tweede asutraschip?"

"Ik heb u verteld van de slag bij Thrie Orgai," zei Etzwane. "Ik veronderstel dat dit een schip is van de vijanden van de asutra, het ras waarvan wij niets weten."

"Daar het schip nu op ons afkomt, zal het mysterie spoedig worden opgehelderd," zei Karazan.

Het zwarte schip schoot in een wijde bocht om het voorraadschip heen, minderde op een kilometer afstand vaart en bleef daar hangen. Op precies dezelfde plek als waar het was verdwenen, verscheen stil en dreigend het bronzen schotelschip. Een ogenblik lang deed het niets; toen vuurde het opeens twee projectielen af. Als in een reflex schoot de zwarte bol tegenprojectielen af en midden tussen de twee schepen werd het licht van de zonnen weggevaagd door een stille uitbarsting van licht. Etzwane en Karazan zouden onder normale omstandigheden zijn verblind, maar het materiaal van de koepel dempte de felle lichtgloed.

De bronzen schotel had vier energiestralen op de zwarte bol afgevuurd, en de bol gloeide opeens rood op en barstte open: blijkbaar had de verdediging de vier stralen niet kunnen verwerken. Het beantwoordde de aanval met een geweldige purperen vlam die een ogenblik lang als een brandende toorts over het schotelschip speelde, toen begon de vlam te flakkeren en ten slotte verdween hij helemaal. De zwarte bol tolde als een dode vis om. De schotel vuurde nog een projectiel af, dat het gat trof dat door de vier stralen was gemaakt. De bol ontplofte en Etzwane zag in een flits zwarte dingen wegspatten van een kern van materie in lichterlaaie; tussen de wegvliegende stukken dacht hij ook lichamen te zien, wentelend, met armen en benen op groteske wijze uitgespreid. Een paar stukken van de zwarte bol troffen ratelend en galmend het voorraadschip en deden het van boven tot onder trillen.

Weer was de hemel leeg. Van de zwarte bol was niets meer te zien, en de bronzen schotel was verdwenen.

Hol zei Etzwane: "Het schotelschip ligt in hinderlaag. Het voorraadschip is lokaas. De asutra weten dat we hier zijn, zijn ervan overtuigd dat wij hun vijanden zijn en wachten tot onze schepen komen opdagen."

Met hernieuwde interesse zochten Etzwane en Karazan de hemel af. Een eenvoudige kwestie, het redden van vier meisjes uit de klauwen van Hozman Zeerkeel, had zich ontwikkeld tot iets wat geen van allen had kunnen voorzien. Etzwane had er niet op gerekend betrokken te worden bij een ruimteoorlog. Karazan en de Alula hadden niet begrepen onder wat voor psychologische druk ze zouden komen te staan.

De hemel bleef leeg en de zonnen zonken weg achter een miljoen helrode veerwolkjes. De nacht viel bijna meteen daarna: de avondschemering was slechts als een melancholiek licht waas te zien dat over het oppervlak van Durdane gleed.

Die nacht werd er tot Etzwane's ongenoegen minder intensief patrouille gelopen. Hij deed zijn beklag bij Karazan en wees erop dat de toestand niet anders was geworden dan voor het incident, maar Karazan reageerde op zijn woorden met een geïrriteerde zwaai van zijn grote arm en verbande zo Etzwane en zijn miezerige probleempjes de vergetelheid in. Karazan en de Alula waren gedemoraliseerd, zei Etzwane woedend tegen zichzelf, zo gedemoraliseerd dat ze een aanval, gevangenschap, slavernij, wat dan ook met open armen zouden hebben verwelkomd omdat hun dat een tastbare tegenstander zou hebben gegeven. Het had geen zin meer om ze heftig toe te spreken, bedacht Etzwane somber; ze luisterden niet meer.

De nacht ging voorbij en de volgende dag en nog meer nachten en dagen. De Alula zaten ineengedoken in de observatiekoepel, ze staarden nietsziend omhoog naar de hemel. Het tijdstip waarop Ifness zou kunnen arriveren was aangebroken, maar niemand geloofde meer in Ifness of in het schip van de Aarde; de enige werkelijkheid bestond uit een kooi tussen hemel en aarde en het lege panorama.

Etzwane had wel tien manieren bedacht om Ifness te waarschuwen als hij inderdaad op zou komen dagen en had ze stuk voor stuk verworpen, of liever gezegd, geen bleek bruikbaar te zijn. Na verloop van tijd raakte hij de tel van de dagen kwijt. De aanwezigheid van de andere mannen was al geruime tijd een kwelling, maar apathie won het van vijandigheid, en de mannen verdroegen elkaar in een sfeer van wederzijdse onuitgesproken weerzin.

Toen ging het wachten anders aanvoelen, en ze kregen een gevoel of er elk ogenblik iets kon gebeuren. De mannen mompelden onder elkaar, duidelijk slecht op hun gemak, en tuurden de hemel af. Etzwane kon het wit van hun ogen zien. Iedereen wist dat er iets stond te gebeuren. En dat was ook zo: het bronzen schotelschip verscheen voor de derde keer.

De mannen aan boord van het voorraadschip maakten zachte kreunende geluiden van wanhoop in hun keel. Wild spiedde Etzwane voor het laatst de hemel af, terwijl hij de schepen van de Aarde bijna dwong om te verschijnen. Waar was Ifness?

Maar op het bronzen schip na was de hemel leeg. Het gleed in een boog om het voorraadschip heen, hield toen even stil en kwam langzaam dichterbij. Plotseling was het een enorme massa die de sterren onzichtbaar maakte. De twee ruimteschepen raakten elkaar; het voorraadschip beefde en schudde heen en weer. Van de plaats waar de toegangsdeur zat kwam een snorrend geluid. Karazan keek Etzwane aan. "U hebt uw energiewapen. Gaat u tegen ze vechten?"

Somber schudde Etzwane het hoofd. "Dood heeft niemand wat aan ons, wijzelf nog wel het minst."

"Dus we gaan ons overgeven," zei Karazan honend. "Ze zullen ons wegvoeren en tot slaaf maken."

"Dat is ons voorland," zei Etzwane. "Het is beter dan de dood. Onze enige hoop is dat de werelden van de Aarde nu weten hoe de zaak ligt en maatregelen zullen nemen om ons te hulp te komen."

Karazan lachte spottend. Hij balde zijn geweldige vuist, maar bleef nog even besluiteloos staan. Van beneden kwamen geluiden die erop wezen dat men het voorraadschip binnendrong. "Verzet je niet," zei Karazan tegen zijn krijgers. "Onze strijdmacht is minder sterk dan wij wel hadden gewild. Nu moeten wij de straf voor onze zwakheid ondergaan."

Twee zwarte Ka renden de koepel in, elk met een asutra tussen zijn schouders. De Ka negeerden de mensen, duwden ze alleen maar weg en liepen daarna op de instrumenten toe. Een van hen bediende vlot en zeker het paneel met knoppen en schakelaars. Diep in het schip kwam zoemend een machine tot leven. Het panorama buiten de koepel werd vaag, daarna donker, en ze konden niets meer zien. Een derde Ka verscheen in de ingang van de koepel. Het wezen maakte gebaren die erop neerkwamen dat de Alula en Etzwane weg moesten gaan. Nors slofte Karazan naar de uitgang, boog het hoofd en klauterde de ladder naar het slavenverblijf af. Etzwane volgde hem, en de rest kwam achter hem aan.

Hoofdstuk VIII

De Alula zaten in de gangen tussen de rekken met slaven op de grond gehurkt. De Ka gingen op in hun werk, elk met een asutra als een bloedzuiger tussen zijn schouders, en besteedden geen aandacht aan hen.

Het voorraadschip hing niet langer stil. De mannen voelden geen trilling, geen heftige bewegingen, maar dat ze bewogen wisten ze zeker, alsof de verschuivende inframaterie langs een gevoelig deel van hun brein schuurde. Zwijgend zaten de mannen ineengedoken, ieder met zijn eigen sombere gedachten. De Ka negeerden iedereen.

De tijd ging voorbij, maar het was onmogelijk na te gaan hoe snel. Eerst hadden onzekerheid en gespannen zenuwen ervoor gezorgd dat de uren voortkropen, nu zorgde een sombere neerslachtigheid voor hetzelfde effect.

Etzwane's enige hoop was dat Ifness niet was vermoord op de Vlakte der Blauwe Bloemen, en dat zijn ijdelheid hem ertoe zou brengen hen te hulp te komen. De Alula hadden niets om op te hopen en keken apathisch voor zich uit. Etzwane tuurde naar de plek waar Rune de Wilgentak lag. Hij kon het silhouet van haar wang en jukbeen zien en een plotselinge warmte doorstroomde hem. Om in haar ogen een dappere indruk te maken had hij zijn vrijheid op het spel gezet en verloren. Zo zou de sarcastische Ifness er ongetwijfeld over oordelen. Maar was dat oordeel terecht? Etzwane slaakte een droevige zucht. Zijn motieven waren complex geweest; hij wist zelf niet wat hem precies had bezield.

Karazan kwam moeizaam overeind. Tien seconden bleef hij roerloos staan, toen strekte hij zijn grote armen en boog ze een paar keer zodat de spierbundels golfden. Etzwane begon ongerust te worden: Karazans gezicht droeg een vreemd kalme, geconcentreerde uitdrukking. De Alula keken toe, geïnteresseerd maar onverschillig. Etzwane sprong overeind en slaakte een scherpe kreet. Karazan gaf geen teken dat hij hem had gehoord. Etzwane schudde hem bij zijn schouder en langzaam draaide de ander zijn hoofd om. Etzwane zag geen uitdrukking in de wijd open grijze ogen.

De andere Alula stonden op. Een van hen mompelde tegen Etzwane: "Laat hem begaan. Hij heeft doodsverlangen."

Een tweede zei: "Het is gevaarlijk om mensen lastig te vallen als ze in deze toestand zijn. En per slot van rekening is dit misschien nog wel de beste manier."

"Nee!" riep Etzwane. "Dode mensen zijn niemand tot nut. Karazan!" Hij schudde de massieve schouders heen en weer. "Luister naar me! Hoor je wat ik zeg? Als je ooit nog het Niormeer terug wilt zien, luister dan!"

Hij dacht even iets te zien bewegen in de grijze ogen. "Onze toestand is niet helemaal hopeloos! Ifness is in leven en hij zal ons vinden."

"Gelooft u dit werkelijk?" vroeg een van de andere Alula angstig.

"Als u Ifness kende, zou u daar geen ogenblik aan twijfelen! De man kan het niet verdragen om een nederlaag te lijden."

"Misschien is dat wel zo," zei de Alula, "maar wat hebben we daaraan als wij ons op een verre ster bevinden, en niet weten hoe wij nog naar onze wereld terug kunnen keren?"

Uit Karazans keel kwam een hees geluid en toen woorden. "Hoe kan hij ons vinden?"

"Dat weet ik niet," gaf Etzwane toe. "Maar ik zal de hoop nooit opgeven."

Met trillende stem zei Karazan: "Het is dwaasheid van hoop te spreken. U hebt mij om niets van mijn voornemen weerhouden."

"Als u een dapper man bent, blijft u hoop koesteren," zei Etzwane. " 'Doodsverlangen' is een gemakzuchtige uitweg."

Karazan antwoordde niet. Hij ging weer zitten, strekte zich even later languit op de vloer en viel in slaap. De andere Alula zaten tegen elkaar te mompelen terwijl ze Etzwane koel aankeken, alsof zijn inmenging bij Karazans 'doodsverlangen' niet naar hun zin was. Etzwane ging naar de plek waar hij meestal zat en viel even later in slaap.

✳

De Alula waren onvriendelijk geworden. Ze negeerden Etzwane en spraken met zo hoge stem dat hij hen niet meer kon horen. Karazan deed niet mee aan hun vijandige gedrag, maar bleef alleen in een hoekje zitten, terwijl hij een met ijzer verzwaard riempje om zijn vinger liet draaien.

De volgende keer dat Etzwane in slaap viel, werd hij met een schok wakker en zag drie Alula over hem heen staan: Zwarte Hulanik, Fairo de Knappe, Ganim Doorntak. Ganim Doorntak had een stuk koord in zijn hand. Etzwane ging overeind zitten met zijn energiepistool onder handbereik. Met uitdrukkingsloze gezichten liepen de Alula weg.

Etzwane dacht even na en liep toen naar Karazan. "Een paar mannen van u stonden op het punt mij te vermoorden."

Karazan knikte zwaar en speelde met zijn riempje.

"Waarom deden ze dat?"

Eerst leek het of Karazan geen antwoord zou geven. Toen, wat moeizaam bijna, zei hij: "Niet om een bepaalde reden. Ze willen iemand vermoorden en hebben daarvoor u uitgezocht. Het is een soort spelletje."

"Ik voel er niets voor om eraan mee te doen," zei Etzwane scherp. "Laat hen maar met iemand uit hun eigen groep spelen. Gelast hen mij met rust te laten."

Lethargisch haalde Karazan zijn schouders op. "Dat maakt weinig verschil."

"Voor u niet. Voor mij maakt het heel veel verschil."

Karazan haalde zijn schouders op en speelde met zijn riempje. Etzwane liep weg en dacht over de toestand na. Zolang hij wakker bleef, bleef hij in leven. Als hij in slaap viel zou hij sterven. Misschien niet de eerste keer of zelfs de tweede keer. Ze zouden met hem spelen, proberen hem geestelijk te breken. Waarom? Nergens om. Een spel, het boosaardige vermaak van een barbarenstam. Wreedheid? Etzwane was een buitenstaander, een niet-Alula met niet meer status dan een chumpa die was gevangen om te worden gesard en gekweld.

Er waren een paar mogelijkheden. Hij zou zijn kwelgeesten dood kunnen schieten en zo aan de ergernis voor eens en altijd een einde maken. Maar als oplossing liet dit te wensen over. Zelfs als de asutra het wapen niet van hem afpakten zou het spel op een veel kwaadaardiger manier worden voortgezet en zou iedereen wachten tot hij sliep. De beste verdediging lag in de aanval, dacht Etzwane. Hij stond op en liep naar de andere kant van de kamer, alsof hij op weg ging naar de latrine. Zijn ogen vielen op het roerloze lichaam van Rune de Wilgentak. Ze leek minder aantrekkelijk dan tevoren, maar per slot van rekening was ze ook een Alula, een barbaar, en niet beter dan haar stamgenoten. Etzwane liep het vertrek in waar de zakken graankoeken en de water-vaten lagen opgeslagen. In de deuropening hield hij stil en keek de groep Alula aan. Schuins keken ze terug. Met een grimmige lach haalde Etzwane een kist voedsel tevoorschijn en ging zitten. De Alula keken oplettend toe. Weer stond Etzwane op. Hij haalde een graankoek en een beker water. Hij ging weer zitten en at en dronk. Hij zag dat een paar Alula hun lippen aflikten. Alsof ze allemaal aan dezelfde impuls gehoor gaven draaide iedereen zich opeens om en legde zich wat al te opvallend te slapen.

Karazan keek ernstig toe. Zijn voorhoofd was gefronst. Etzwane negeerde hem. Als Karazan nu eens eten en drinken wilde hebben? Etzwane wist nog niet zeker wat hij dan zou doen. Waarschijnlijk zou hij Karazan wel geven wat hij nodig had.

Bij nader inzien schoof hij wat naar achteren, de schaduwen in, waar hij minder kans liep te worden getroffen door een werpmes: het voor de hand liggende antwoord van de Alula. Weer wat later, nog steeds niet tevreden, stapelde hij een paar kisten op elkaar tot een barricade van waarachter hij wel naar de anderen kon kijken maar zij niet naar hem.

Hij begon zich loom en slaperig te voelen. Zijn oogleden vielen neer. Hij werd met een schok wakker en zag dat een van de Alula op hem afsloop.

"Nog twee passen en je bent dood," zei Etzwane.

De Alula bleef met een ruk staan. "Waarom ontzegt u mij nu water? Ik heb niet meegedaan met u te sarren."

"U hebt ook niets gedaan om de drie mannen die dat wel deden tegen te houden. Verhonger en verdorst maar samen met hen, tot ze dood zijn."

"Dat is niet eerlijk! U houdt geen rekening met onze gebruiken."

"Integendeel. Maar nu sar ik. Als Fairo de Knappe, Ganim Doorntak en Zwarte Hulanik dood zijn, mag u drinken."

Langzaam liep de Alula weg. "Dit is een kwalijke zaak," zei Karazan plechtig.

"U had dit kunnen voorkomen," zei Etzwane, "maar verkoos niets te doen."

Karazan kwam overeind en keek woest naar de voorraadkamer; een ogenblik lang leek hij de oude. Toen liet hij zijn schouders hangen. "Dat is zo. Ik heb geen bevelen uitgevaardigd. Waarom zouden wij ons ook zorgen maken over een dode als wij allemaal ten dode zijn opgeschreven?"

"Ik maak me toevallig zorgen over mijn dood," zei Etzwane. "En nu sar ík, en mijn slachtoffers zijn Fairo, Ganim en Hulanik."

Karazan keek naar de drie mannen die Etzwane had genoemd, en elk oog in het vertrek volgde zijn blik. De drie mannen maakten uitdagende grimassen en loerden woest om zich heen.

Op verzoenende toon zei Karazan: "Laat ons deze kwestie vergeten. Dit is niet nodig en niet redelijk."

"Waarom hebt u dat niet gezegd toen ze achter mij aanzaten?" snauwde Etzwane woedend. "Als deze drie dood zijn, krijgt u eten en drinken."

Weer ging Karazan op de plek zitten waar hij daarvoor gezeten had. De tijd kroop voorbij. Eerst was er een groot vertoon van solidariteit met de drie, maar toen vormden zich andere groepjes die fluisterend van gedachten wisselden. De drie zaten op enige afstand van de rest van de groep weggedoken tussen de rekken en hun glazen messen flitsten in de schaduwen.

Weer doezelde Etzwane weg. Hij werd wakker, zich er intens van bewust dat er ergens gevaar dreigde. Het vertrek was stil. Etzwane kwam op zijn knieën overeind en schoof verder de schaduwen in. Verderop zaten de Alula te kijken. Iemand was naar de wand geslopen en gleed nu centimeter voor centimeter naar de voorraadkamer, zonder dat Etzwane hem kon zien. Wie?

Karazan zat niet langer tegen de wand.

Een verlammend gebrul, en een reusachtige gestalte tekende zich in de deuropening af. Etzwane haalde de trekker over, meer omdat hij volkomen werd verrast dan omdat hij het wilde. Hij zag een stervormig verblindend licht toen de vlam een groot gezicht trof. De man die zich op hem wilde storten was onmiddellijk dood. Zijn lijk sloeg tegen de wand en klapte achterover.

Langzaam kwam Etzwane de voorraadkamer uit. Het grote vertrek was gevangen in schrik. Hij staarde naar het lijk op de grond, terwijl hij zich afvroeg wat Karazan van plan was geweest, want de ander was niet gewapend. Karazan was op hem altijd overgekomen als een man met een groot hart: eenvoudig, recht door zee, vriendelijk. Karazan had iets beters verdiend dan dit verwrongen wanhoopsbestaan. Hij keek de stille, witte gezichten een voor een aan. "U draagt hiervoor de verantwoording. U hebt kwaadwilligheid getolereerd en nu is uw grote leider dood."

De Alula wisselden steels van positie, keken elkaar heimelijk even aan. Toen gebeurde het. Zó snel dat de geest het niet kon bevatten veranderde de geschokte verdoving in wilde, gillende actie. Etzwane wankelde naar achteren tot hij tegen de wand stond. Alula sprongen door de lucht, er werd toegestoken en opengereten en er gebeurden gruwelijke dingen en een ogenblik later was het allemaal voorbij. Op het dek lagen Fairo, Ganim Doorntak en Zwarte Hulanik te baden in hun bloed. Naast hen lagen twee anderen.

"Snel, voor de asutra hier komen," zei Etzwane. "Sleep de lijken tussen de rekken. Maak ruimte op de planken."

Lijken lagen nu naast levende lichamen. Etzwane scheurde een zak meel open en strooide dat over het bloed. Vijf minuten na het gevecht was het slavenruim weer rustig, zij het wat minder vol dan ervoor. Een paar minuten later kwamen drie Ka met asutra tussen hun schouders het ruim door, maar ze bleven niet staan.

De Alula, hun honger en dorst nu bevredigd en hun emoties uitgeleefd, raakten in een toestand van inertie, meer een doffe vergetelheid dan slaap. Etzwane wantrouwde nog steeds hun onvoorspelbare temperament, maar hij kwam tot de conclusie dat als hij nu waakzaam bleef, dat alleen nieuwe vijandige gevoelens kon losmaken. Hij viel in een diepe slaap nadat hij eerst bij wijze van voorzorg het energiepistool aan een lus van zijn buidel had geknoopt.

Zijn slaap werd door niets of niemand verstoord. Toen hij eindelijk wakker werd besefte hij met een schok dat het ruimteschip was geland.

Hoofdstuk IX

De lucht in het ruim leek oud en duizend keer opnieuw gebruikt. De blauwe verlichting was zwakker geworden en deprimerender dan ooit. Boven hen klonken voetstappen en flarden van de golvende, nasale, kwakende taal van de Ka. Etzwane stond op en liep naar de deur om beter te kunnen luisteren. Ook de Alula kwamen overeind en bleven onzeker naar de deur staan kijken. Ze zagen er nu heel wat anders uit dan de koene krijgers die Etzwane een eeuw geleden bij de bocht in de Vurush had ontmoet.

Een knarsend gesis, een paar pallen werden weggeslagen, een stuk van de wand gleed weg en een stroom grijs licht viel het ruim in en vaagde de blauwe gloed weg.

Etzwane worstelde zich langs de Alula heen naar een plek waar hij naar buiten kon kijken. Ontsteld en geschokt dook hij achteruit, niet bij machte een betekenis te ontdekken in de wirwar van vreemde vormen en kleuren. Weer keek hij naar buiten, nu door toegeknepen ogen, zette zijn beeldvormend vermogen in tegen de hem onbekende dingen die hij zag, en gedeelten van het landschap begonnen langzaam duidelijk te worden. Hij zag steile kegelvormige heuvels, begroeid met een weelderige zwarte, donkergroene en bruine vegetatie. Daarboven en ook verder hing een zware grijze laag wolken, met daaronder losse zwarte wolken en de grauwe strepen van regenbuien. Het onderste gedeelte van de hellingen was bebouwd met rijen huizen van verschillende grootte, gebouwd van ruwe blokken van een oesterwit materiaal. Aan de voet van de heuvel waren de huizen volgens wat ingewikkelder patronen naast elkaar gezet. De meeste waren gebouwd van de witte blokken, maar er schenen er ook een paar van reusachtige stukken zwarte lavasteen te zijn. Tussen de huizen en eromheen liepen wegen waarin een groot aantal bochten was aangebracht, maar wat daarvan de bedoeling was, was onduidelijk. Een aantal was geëffend en breed, zodat er voertuigen over konden rijden: op kooien lijkende sleepkarren, huifkarren die wel wat weghadden van kevers met hun vleugels omhoog, en kleinere reptielachtige voertuigen die een paar centimeter boven de grond voortschoten. Hier en daar stonden palen met enorme zwarte vierkanten. Er was echter niets op te lezen en het was niet te zien waarvoor ze dienden. Etzwane vroeg zich af of de ogen van de Ka en de asutra soms kleuren zagen die hij niet kon onderscheiden. Ze stonden aan de rand van een vlak geplaveid stuk grond met een hek van geweven brons eromheen. Etzwane die instinctief en automatisch de kleuren van zijn omgeving in zich opnam en interpreteerde, zag niets wat erop wees dat er doelbewust van verschillende kleuren gebruik was gemaakt, zoals in Shant, waar elke kleur een symbolische betekenis had. Ergens in de chaos van grootte, vorm en afmeting moest een symboliek besloten liggen, dacht hij: een technische beschaving kon niet bestaan als men abstracte ideeën niet beheerste.

De nederzetting werd bewoond door Ka, van wie minstens de helft een asutra tussen zijn schouders droeg. Grijze padachtige wezens waren nergens te zien, en mensen ook niet.

Op een na. Een lange, magere gestalte in een vormeloze mantel van ruige stof klom het ruim in. Stijf grijs haar lag als een schep hooi op het gegroefde grijze gezicht, de kin was lang en onbehaard. Etzwane zag dat het een vrouw was, al kwam haar sekse in haar uiterlijk en gedrag niet tot uitdrukking. Met luide, licht hijgende stem riep ze: "Laat de personen die op dit ogenblik wakker zijn mij naar de grond volgen! Snel, vlot en zonder dralen! Dit is het eerste wat u dient te weten: wacht niet met gehoorzamen tot het bevel een tweede keer moet worden gegeven." De vrouw sprak in een dialect dat maar met moeite verstaanbaar was; ze maakte een bittere, wilde, grimmige indruk. Ze liep de loopplank af die was uitgelegd. Voorzichtig ging Etzwane achter haar aan, maar al te blij dat hij het weerzinwekkende slavenverblijf met zijn herinneringen achter zich kon laten.

De groep verzamelde zich op het geplaveide stuk onder het grote zwarte voorraadschip. Op een omloop boven hen stonden vier Ka, tegen de hemel afstekend als zwarte standbeelden. Alle vier droegen een asutra. De vrouw leidde de gevangenen naar de ingang van een omheinde corridor. "Wacht hier. Ik ga de slapenden wakker maken."

Een uur ging voorbij. De mannen stonden somber en zwijgend tegen het hek geleund. Etzwane klampte zich vast aan de flard hoop die hij dankzij Ifness nog steeds koesterde en wist nog wat gedeprimeerde belangstelling op te brengen voor zijn omgeving. Het langzaam voorbijglijden van de tijd deed de omstandigheden waarin ze verkeerden niet minder vreemd lijken. Van verschillende kanten klonk het gesmoorde fluitende geluid van de Ka, vermengd met het gesis van het verkeer op de weg vlak naast het hek. Etzwane keek naar de voorbijrollende wagens. Ze hadden acht wielen en bestonden vaak uit een aantal segmenten. Wie bestuurde ze? Hij zag geen bok of cabine voor een wagenvoerder, alleen een kleine koepel met een klein donker ding erin: een asutra. De vrouw kwam het voorraadschip uitlopen, gevolgd door de nog half-verdoofde mensen die op de schappen hadden gelegen. Ze wankelden en struikelden herhaaldelijk en keken bang en verward om zich heen. Etzwane zag Srenka en even later ook Gulshe; de ex-desperado's sloften even ellendig voort als de anderen. Gulshe's ogen gleden langs Etzwane heen, maar hij gaf geen teken dat hij hem herkende. Ergens achteraan liep Rune de Wilgentak en ook zij keek zonder belangstelling langs Etzwane.

"Halt!" riep de vrouw aan het hoofd van de stoet met haar harde, ruwe stem. "Hier blijven we wachten op de omnibus. Luister nu naar wat ik u te zeggen heb. Uw oude leven is voorbij, onherroepelijk voorbij. Dit is de wereld Kahei en u bent als pasgeboren kinderen met een nieuw leven voor zich. Het leven hier is niet al te kwaad, behalve wanneer ze u gebruiken voor proeven, en dan is het de dood. Maar wie heeft het eeuwige leven? Verder zult u geen honger of dorst lijden of het zonder onderdak moeten stellen, en het leven is draaglijk. De mannen en de behendigste vrouwen zullen worden opgeleid om te vechten in de oorlog, en het is zinloos om u erop te beroepen dat u geen deelgenoot bent in deze strijd. Zo liggen de feiten, en u moet doen wat er van u wordt verlangd.

"Verspil niets aan smart, dat is de gemakkelijke manier en de futiele manier. Als u wilt paren moet u daartoe een verzoek indienen bij een bemiddelaar, dan zal u een geschikte partner worden toegewezen.

"Insubordinatie, lijntrekken, ledigheid, vechten en onbehoorlijk gedrag zijn alle verboden. Er bestaan geen straffen van verschillende gestrengheid, in alle gevallen is de straf absoluut. De omnibus is gearriveerd. Ga langs de trap naar boven en begeef u naar het voorste gedeelte."

Tussen de opeengepakte massa op de omnibus kon Etzwane maar weinig zien van het gebied waar ze doorheen reden. Een tijdlang liep de weg evenwijdig met de heuvels, toen boog hij af over een vlakte. Af en toe zag hij scherp afgetekend tegen de hemel een paar logge grijze torens. De grond was bedekt met een fluwelige laag mos, hier donkerrood, daar donkergroen of violet-zwart.

De omnibus hield stil en de slaven liepen een betonnen plein op dat aan drie kanten was omgeven door gebouwen van oesterwitte blokken. Naar het noorden zagen ze lage heuvels, overheerst door een grote piek van verrot basalt. Naar het oosten lag een enorm zwart moeras, dat zich aan de horizon bij het grauw van de hemel voegde. Vlakbij, aan de rand van het plein, lag een bronzen schotelschip met alle deuren open. De ladders stonden op het beton. Etzwane dacht dat hij het schip herkende als dat waarmee de hoofdmannen van de Roguskhoi uit het dal van de Engh in Palasedra waren geëvacueerd.

De slaven werden naar een barak gebracht. Op weg daarheen kwamen ze langs een aantal lange smalle hokken die smerig stonken. In een aantal hokken bevonden zich mensachtige wezens van verschillend uiterlijk, maar allemaal wanstaltig. Etzwane zag twaalf Roguskhoi, een tweede groep leek meer op de Ka. In een hok zaten een stuk of zes spichtige wezens met Ka-lichamen en een groteske imitatie van een menselijk hoofd. Achter de hokken lag een lang, laag gebouw. Etzwane vermoedde dat dat het laboratorium was waar deze gedrochten werden gecreëerd. Na jaren van gissen had hij ontdekt waar de Roguskhoi vandaan kwamen.

De mannelijke en vrouwelijke gevangenen werden van elkaar gescheiden en daarna in pelotons van acht personen onderverdeeld. Elk peloton kreeg een korporaal toegewezen uit de gevangenen die bij hun aankomst al aanwezig waren. Etzwane's groep kreeg een oude man, tenger en mager, gegroefd als de bast van een oude boom, maar toch gespierd en beweeglijk, niets dan ellebogen en scherpe knieën.

"Mijn naam is Polovits," zei de oude man. "De eerste les die u moet leren, en goed ook, is gehoorzaamheid, onmiddellijke, absolute gehoorzaamheid, omdat u geen tweede kans krijgt. De meesters weten wat zij willen. Zij straffen niet, zij vernietigen. Er is een oorlog gaande: ze vechten tegen een sterke vijand en zijn niet geneigd genade voor recht te laten gelden. Ik breng het u nogmaals in gedachten: volg elk bevel onmiddellijk en tot de letter op, of u leeft niet lang genoeg meer om een tweede bevel te krijgen. In de eerstvolgende paar dagen zult u zien dat mijn woorden op waarheid berusten. In de eerste maand vermindert de groep gewoonlijk met een derde. Als u hecht aan het leven, gehoorzaam dan alle bevelen zonder een ogenblik aarzelen.

"De regels van het kamp zijn niet gecompliceerd. U mag niet vechten. Bij geschillen doe ik uitspraak, en tegen mijn beslissing is geen beroep mogelijk. U mag niet zingen, schreeuwen of fluiten. U mag uw seksuele verlangens niet bevredigen zonder daartoe eerst toestemming te hebben gevraagd. U moet netjes zijn. Wanorde is niet toegestaan. Er zijn twee manieren om vooruit te komen. De eerste is ijver. Een toegewijd man wordt korporaal. De tweede is communicatie. Als u het Grote Lied leert, wint u waardevolle privileges, want maar weinigen kunnen met de Ka zingen. Het is niet gemakkelijk, dat zullen diegenen die het proberen wel merken, maar in het voorste gelid vechten is erger."

"Ik heb een vraag," zei Etzwane. "Tegen wie moeten wij vechten?"

"Stel geen loze vragen," snauwde Polovits. "Het is een nutteloze gewoonte en wijst op instabiliteit. Kijk naar mij! Ik heb nog nooit een vraag gesteld en ik ben lange jaren op Kahei in leven gebleven. Tijdens de tweede slaventochten ben ik als kind uit de Shauzade-streek geroofd. Ik heb de Rode Krijgers gemaakt zien worden, en het was een harde tijd. Hoevelen van ons zijn nu nog in leven? Ik zou hun namen binnen luttele ogenblikken kunnen opnoemen. Waarom zijn wij in leven gebleven?" Polovits keek hen een voor een scherp aan. "Waarom wilden wij in leven blijven?" Polovits' eigen gezicht keek op een sombere manier triomfantelijk. "Omdat wij mensen zijn! Het lot heeft ons dit ene leven te leven gegeven, en wij gebruiken het zo goed wij kunnen! Ik raad u aan hetzelfde te doen: doe uw best. Dat is het enige wat telt."

"U hebt mij gewaarschuwd tegen loze vragen," zei Etzwane. "Ik heb een vraag die niet loos is. Kunnen wij een beloning van enigerlei aard verwachten? Kunnen we erop hopen Durdane terug te zien als vrije mensen?"

Polovits' stem werd hees. "Uw beloning bestaat uit de gelegenheid uw leven verder te leven! En hoop, wat is hoop? Op Durdane is er geen hoop, de dood komt voor allen, en de dood komt ook hier. En vrijheid? U kunt er hier en nu over beschikken. Ziedaar, de heuvels, ze zijn leeg. Ga op dit ogenblik heen en wees vrij! Niemand zal u tegenhouden. Maar voor u gaat, luister goed! Het enige voedsel bestaat uit gras en kruiden. De kruiden en het gras zullen u doen opzwellen. Het enige water is nevel. U zult vergeefs om water roepen. De vrijheid is aan u."

Etzwane vroeg verder niets. Polovits sloeg zijn mantel om zijn magere schouders. "Nu zullen wij eten. Dan beginnen we met de training."

Voor de maaltijd ging het peloton aan een lange trog staan waarin een lauwe brij zat, met stukken koude groente en gekruide balletjes. Na de maaltijd liet Polovits de mannen wat oefeningen doen en ging hen toen voor naar een van de lage, op reptielen lijkende voertuigen.

"Ons is de 'steelse aanval' toegewezen. Dit zijn de voertuigen waarvan wij daarbij gebruik moeten maken. Ze bewegen zich voort door middel van vibrerende kussens en kunnen een hoge snelheid bereiken. Ieder lid van het peloton krijgt zijn eigen voertuig en hij moet het met grote zorg onderhouden. Het is een gevaarlijk en waardevol wapen."

"Ik wil een vraag stellen," zei Etzwane, "maar ik weet niet zeker of u het een 'loze vraag' zult vinden of niet. Ik wil niet worden gedood omdat ik gewoon blijk gaf van nieuwsgierigheid."

Polovits keek hem strak en onbewogen aan. "Nieuwsgierigheid is een futiele gewoonte."

Etzwane zei verder niets meer. Polovits knikte kort en ging verder met de reptielwagen. "De bestuurder ligt plat op zijn buik, met zijn armen voor zich. Hij kijkt omlaag naar een zoeker die hem een bruikbaar beeld van zijn omgeving verschaft. Met armen en benen bestuurt hij de wagen, met zijn kin vuurt hij zijn torpedo's af of bedient hij zijn vuurstraal."

Polovits liet zien hoe de bedieningsorganen werkten en ging toen met zijn peloton naar een aantal imitatiewagens. Drie uur lang oefenden ze met de simulators, toen mochten ze even rusten, en daarna kregen ze twee uur lang onderricht in onderhoudstechniek.

De hemel werd donkerder, met het vallen van de schemering kwam ook wat regen. In het sombere grauwe schijnsel marcheerde het peloton naar de barakken terug. Het avondmaal bestond uit een trog flauwe zoete soep die door de mannen met mokken werd uitgeschept. Toen zei Polovits: "Wie onder u wil er het Grote Lied leren?"

"Waar gaat het om?" vroeg Etzwane.

Polovits vond blijkbaar dat Etzwane's vraag gerechtvaardigd was, want hij zei: "Het Grote Lied verhaalt de geschiedenis van Kahei door gebruikmaking van symbolische geluiden en opeenvolgingen van geluiden. De Ka communiceren via gezongen thema's die inhaken op het Grote Lied, en u moet hetzelfde doen, door middel van een dubbelfluit. De taal is logisch, flexibel en expressief, maar moeilijk te leren."

"Ik wil het Grote Lied leren," zei Etzwane.

Polovits grijnsde wrang. "Ik dacht wel dat u dat zou zeggen." En Etzwane kwam tot de conclusie dat hij Polovits niet mocht. Het zou dus nodig worden om nog meer te doen alsof. Hij zou moeten kruipen, nederig alles doen wat hem werd bevolen, zich met ogenschijnlijke ijver op de training storten.

Polovits scheen door te hebben waar Etzwane's gedachten heengingen en maakte een cryptische opmerking. "In beide gevallen zal ik tevreden zijn."

Een tijdlang leidden ze een rustig bestaan. De zon, of zonnen, liet zich nooit zien, en de grauwe lucht maakte iedereen neerslachtig en bracht het hele kamp in een naargeestige, lethargische stemming. Elke dag werd besteed aan lichamelijke oefeningen, simulatietrainingen met de reptielwagens, en werkuren, waarin ze het voedsel klaarmaakten, erts sorteerden, of moerashout in gelijkmatige stukken zaagden en die dan polijstten. Er werd veel aandacht besteed aan orde en netheid. Werkploegen hielden de barakken schoon en raapten in en rond het kamp alles op wat niet op de grond thuishoorde. Etzwane vroeg zich af of dat sterke aandringen op netheid een afspiegeling was van het karakter van de asutra of van de Ka. Waarschijnlijk de Ka, zei hij tegen

zichzelf; het was niet waarschijnlijk dat de asutra in de persoonlijkheid van de Ka meer wijzigingen aanbrachten dan in die van Sajarano
van Sershan, van Jurjin, van Jerd Finnerack of van Hozman Zeerkeel.
De asutra bepaalde wat er werd gedaan en hield het gedrag van zijn
gastheer in de gaten, maar verder scheen hij zich niet te bemoeien met
diens leven.

Overal zag hij asutra. Ongeveer de helft van de Ka droeg er een,
mechanische apparatuur werd bediend door asutra, en Polovits sprak
vol ontzag over ruimteschepen die door asutra werden bestuurd.
Etzwane vond de laatste twee werkzaamheden wat nederig voor asutra,
maar bedacht toen dat dat er waarschijnlijk op wees dat de asutra waren
onderverdeeld in categorieën en kasten, net als de Ka, de mens, de
ahulf en de chumpa.

Aan het eind van de dag was een uur beschikbaar voor persoonlijke
hygiëne, seksuele activiteit, die plaats mocht vinden op de vloer van
een schuur tussen de barakken van de mannen en die van de vrouwen,
en ontspanning in het algemeen. De avondregen, die steeds viel kort
nadat het licht uit de hemel was verdwenen, maakte hieraan een eind,
en de slaven gingen naar hun barakken waar ze zich op hopen gedroogd
mos te slapen legden. Zoals Polovits al had gezegd was er niets wat de
slaven ervan weerhield de heuvels in te vluchten, geen bewakers en
geen hekken. Etzwane hoorde dat heel af en toe een slaaf inderdaad de
vrijheid verkoos boven het leven in het kamp. Soms werd de vluchteling
nooit meer teruggezien, maar heel vaak kwam hij na drie of vier dagen
honger en dorst terug en was hij blij de sleur weer te kunnen opvatten.
Volgens een van de geruchten was Polovits zelf een keer de heuvels
ingevlucht en was hij na zijn terugkeer de ijverigste slaaf van de hele
groep geworden.

Etzwane zag twee mannen gedood worden. De eerste, een gezette
man, hield niet van de gymnastiekoefeningen en dacht zijn korporaal
te slim af te zijn. De tweede man was Srenka, die op een dag dol werd.
In beide gevallen werden ze door een Ka met een energiestraal gedood.

Het Grote Lied van de Ka was voor Etzwane een bezigheid die hij
met liefde verrichtte. De docent was Kretzel, een kleine oude vrouw
met een gezicht dat schuilging tussen honderd rimpels en plooien.
Haar geheugen was fantastisch, en ze was meegaand van aard en altijd

bereid Etzwane bezig te houden met geruchten en anekdotes. Om hem het Lied te leren gebruikte ze een mechanisme dat de raspende, knorrende en golvende klanken van het Lied in zijn klassieke vorm reproduceerde. Kretzel dupliceerde vervolgens de tonen met haar dubbele fluit en vertaalde de betekenis in woorden. Ze maakte duidelijk dat het Grote Lied alleen maar in bijkomstig opzicht muziek was, dat het in essentie werd gebruikt als semantisch referentiekader voor het onderlinge contact en de gedachtewereld van de Ka.

Het Lied bestond uit veertienduizend canto's. Elk canto bestond uit negenendertig tot zevenenveertig frasen.

"Wat u zult leren," zei Kretzel, "is de eenvoudige Eerste Stijl. De Tweede maakt gebruik van boventonen, trillers en echo's. De Derde gebruikt harmonie-inversie en ook frase-inversie om bepaalde punten te benadrukken. De Vierde combineert de Tweede met uitbouwende frasen en variaties. De Vijfde zet niet uiteen, maar suggereert meer. Ik ken alleen maar de Eerste Stijl, en niet eens diepgaand. De Ka gebruiken verder afkortingen, sleutelwoorden, toespelingen, dubbele en driedubbele thema's. Het is een subtiele taal."

Kretzel was veel minder streng dan Polovits. Ze vertelde alles wat ze wist zonder opzettelijk iets achter te houden. Gebruikten de asutra het Lied? Begrepen ze het? Kretzel bewoog onverschillig met haar schouders heen en weer. "Waarom zou u zich daarom bekommeren? U zult nooit met de dingen spreken. Maar ze kennen het Lied. Ze weten alles, en ze hebben een groot aantal veranderingen over Kahei gebracht."

Aangemoedigd door de babbelzucht van de oude vrouw ging Etzwane door met vragen. "Hoelang zijn ze al hier? Waar zijn ze vandaan gekomen?"

"Dit alles wordt duidelijk gemaakt in de laatste zevenhonderd canto's, die verslag doen van de tragedie die Kahei heeft getroffen. Dit land hier, de Noordelijke Woestenij, is het toneel geweest van een groot aantal verschrikkelijke veldslagen. Maar nu moeten we aan het werk, anders zullen de Ka ons verdenken van ledigheid."

Etzwane maakte voor zichzelf een dubbele fluit, en zodra hij over zijn weerzin voor de muzikale intervallen van de Ka heen was, die hij onnatuurlijk vond en niet passend in de melodie, speelde hij het eerste canto van het Grote Lied met een vaardigheid die de oude vrouw verbaasd deed staan. "Uw behendigheid is opmerkelijk. Maar u moet wel nauwkeurig spelen. Ja, mijn oude oren horen nog scherp. U hebt de neiging om de frasen te ornamenteren en ze om te buigen tot de dingen die u bekend zijn. Volkomen onjuist. Zo wordt het Grote Lied onzin!"

Seksuele activiteit tussen de slaven werd aangemoedigd, maar twee slaven mochten geen permanente verbintenis aangaan. Etzwane zag af en toe Rune de Wilgentak, aan de andere kant van het plein waar de vrouwen hun eigen oefeningen deden, en op een dag liep hij tijdens de 'vrije oefeningen' naar de plek waar ze stond. Ze was wat van haar zorgeloosheid en nonchalante gratie kwijt. Zonder veel vriendelijkheid keek ze hem aan, en Etzwane zag dat ze hem niet herkende.

"Ik ben Gastel Etzwane," zei hij tegen haar. "Herinnert u zich nog het kamp naast de Vurush waar ik muziek heb gespeeld en u mij hebt uitgedaagd uw kap van uw hoofd te slaan?"

Rune's gezicht veranderde niet van uitdrukking. "Wat wilt u?"

"Seksuele activiteit is niet verboden. Als u er iets voor voelt zal ik mijn korporaal aanspreken en hem verzoeken om..."

Ze onderbrak hem met een gebaar. "Ik voel er niets voor. Denkt u soms dat ik een kind ter wereld wil brengen in deze sombere grijze hel? Zie uw gerief maar te vinden bij een van de oude vrouwen en breng niet nog een vervloekte ziel tot leven."

Etzwane protesteerde, maakte de ene tegenwerping na de andere, maar Rune's gezicht werd steeds harder. Ten slotte draaide ze zich om en liep weg. Een beetje droevig gestemd ging Etzwane verder met zijn lichamelijke oefeningen.

De dagen sleepten zich voort met een traagheid die Etzwane om gek te worden vond. Hij schatte dat ze tussen de vier en de vijf uur langer waren dan de dagen van Shant, een feit dat zijn biologisch ritme in de war stuurde en hem nu eens in een sombere, dan weer in een nerveuze, snel geïrriteerde stemming bracht. Hij leerde de eerste twaalf canto's van het Grote Lied, zowel de melodie als de daarmee verbonden associaties. Hij begon te oefenen op een grondvorm van communicatie door frasen te selecteren en achter elkaar te spelen. Zijn vaardigheid op de dubbele fluit werd voor een groot deel tenietgedaan door een bijna niet te beheersen neiging om noten en frasen te spelen alsof het persoonlijke muziek was, hier het tempo te vertragen, daar te versnellen, fraaie noten in te voegen, trillers te spelen, totdat de oude Kretzel geërgerd haar handen ophief. "Zo hoort het te klinken," zei ze, en demonstreerde. "Niet meer en niet minder! Het is het in muziekfrasen vervatte verhaal van een vergeefs zoeken naar rivierkreeftjes langs de oever van de Oceaanpoel tijdens de ochtendregen. U brengt er andere elementen uit andere canto's in, en het resultaat is een mengelmoes, een wirwar van gedachten. Elke noot moet precies goed zijn, niet te hard en niet te zacht aangeblazen! Anders zingt u absurditeiten!"

Etzwane beheerste zijn vingers en speelde de thema's precies zoals Kretzel had aangegeven. "Goed!" zei ze. "Nu gaan we verder naar het volgende canto, waar proto-Ka, de Hiana, de moddervlakten oversteken en zich ergeren aan het gezoem van de insecten."

Kretzels gezelschap was Etzwane veel liever dan de knorrige op- en aanmerkingen van Polovits, en hij zou alle uren dat hij wakker was hebben besteed aan het oefenen van het Grote Lied als ze dat had goedgevonden. "Een zo grote ijver dient nergens toe," zei Kretzel. "Ik ken de canto's, ik kan de zwarten toezingen in haperende Eerste Stijl. Dit is alles wat ik u kan leren. Als u honderd jaar te leven had, zou u de Tweede Stijl kunnen beginnen te spelen, maar het juiste gevoel zou u nooit leren beheersen, want u bent geen Ka. En dan zijn er nog de Derde Stijl, de Vierde, de Vijfde, de convergerende en divergerende harmonische tonen, de anti-akkoorden, de punten, de sistonen, de verbindingstekens. Het leven is te kort, waarom zou u zoveel moeite doen?"

Toch besloot Etzwane zijn uiterste best te doen, ook al omdat hij niets beters te doen had. Elke dag begon hij Polovits afschuwelijker te vinden, en zijn enige ontsnappingsmogelijkheid was Kretzel. Of vrijheid in de heuvels. Volgens Polovits was er in de wildernis daar voedsel noch water te vinden, en Kretzels woorden kwamen op hetzelfde neer. Zijn enige hoop om Polovits te ontwijken lag in het Grote Lied. En Ifness? Die naam kwam maar zelden meer bij Etzwane op. Zijn oude leven was aan het vervagen, elke dag werd het minder sterk en verloor het aan detail. Vroeg of laat zou Ifness opdagen. Dat zei hij tegen zichzelf, maar elke dag werd het een abstractere gedachte.

❋

Op een middag kreeg Kretzel genoeg van het Lied. Terwijl ze klaagde dat haar tandvlees zeer deed, gooide ze de fluit op een plank. "Laat hen me maar doden; wat voor verschil zal het maken? Ik ben te oud om te vechten, ik ken het Lied, dus ze brengen me niet om, en het kan me niet schelen; mijn gebeente zal de grond van Durdane nooit kennen. U bent jong, u hoopt nog. Langzaam maar zeker zal die hoop verdwijnen en zal er niets overblijven dan het naakte feit van het leven alleen. Dan zult u de alles te boven gaande waarde van het leven zelf ontdekken. We hebben vele ontberingen doorstaan, we hebben wrede tijden gekend. Toen ik jong was, fokten ze hun koperen krijgers en trainden ze om te paren met menselijke vrouwen. Het is mij nooit ter ore gekomen waarvoor."

"Dat weet ik heel goed," zei Etzwane. "De Roguskhoi zijn naar Durdane gebracht. Ze hebben grote verwoestingen aangericht in Shant en grote delen van Caraz. Is dat niet vreemd? Ze richten de bevolking van Durdane te gronde, terwijl ze ons tegelijkertijd gevangen nemen om als krijgers te gebruiken tegen hun vijand."

"Weer een experiment, niet meer dan dat," zei Kretzel wijs. "De Rode Krijgers hebben gefaald, nu proberen ze een nieuw wapen uit voor hun oorlog." Ze keek over haar schouder. "Pak uw fluit en speel het Lied. Polovits staat te kijken of u niet laks bent. Pas op voor Polovits, hij schept er genoegen in te doden." Ze pakte haar eigen fluit. "O, mijn arme pijnlijke tandvlees! Dit is het negentiende canto. De Sah en Aianu maken gebruik van rahovezels om er touw van te maken en graven met zwarthouten stokken naar koraalnoten. U hoort de schema's voor zowel zwarthout als ruw hout, ruw krassend aangegeven, zoals algemeen gebruikelijk. Maar u moet die triller met uw pink nauwkeurig aangeven, anders wordt het schema 'een bezoek aan een plek vanwaar het moeras in de verte te zien is', uit Canto 9635."

Etzwane speelde op zijn fluit, terwijl hij Polovits vanuit zijn ooghoeken in de gaten hield. Polovits bleef staan om te luisteren, keek Etzwane even scherp aan en vervolgde zijn schreden.

Later op de dag, tijdens de oefeningen, kreeg Polovits plotseling een aanval van woede. "Vooruit, energiek! Hebt u dan zo'n hekel aan inspanning dat u niet eens met uw hand op de grond kunt komen? Wees maar niet bang, ik houd u scherp in het oog, en uw leven is zo broos als de vleugel van een mot. Waarom staat u daar nu als een paal zo stijf rechtop?"

"Ik wacht op nieuwe bevelen, korporaal Polovits."

"Uw soort is het allervenijnigst, steeds klaar met een glad antwoord, dat net niet brutaal is! Houd u niet bezig met dromen over roem, mijn jonge Liedspelende virtuoos, u zult het zwaarste wat er kan gebeuren niet ontkomen! Daar verzeker ik u van! Vooruit, honderd hoge sprongen ten bate van uw goede gezondheid. Lenig en hoog, en de hielen goed naar boven!"

Kalm en ernstig gehoorzaamde Etzwane naar zijn beste vermogen. Polovits keek grimmig en oplettend toe, maar had er niets op aan te merken. Ten slotte draaide hij zich om en liep weg. Met een flauwe glimlach op zijn gezicht liep Etzwane terug naar het vertrek dat Kretzel als oefenruimte gebruikte, oefende de negentien canto's die hij al kende en leerde de melodie van Canto Twintig en Canto Eenentwintig door middel van de reproduceermachine. Te zijner tijd zou hij de semantische betekenis wel te weten komen.

Etzwane gedroeg zich zo voorzichtig mogelijk, maar Polovits liet geen gelegenheid ongebruikt om hem het leven zuur te maken. Etzwane's geduld raakte op en hij besloot handelend op te treden. Op de een of andere manier kwam Polovits erachter dat Etzwane iets van plan was en hij bracht zijn hoekige oude gezicht tot vlak bij dat van Etzwane. "Twaalf mannen hebben geprobeerd het van mij te winnen, en raad eens waar ze nu zijn? In het grote gat. Ik ken handigheidjes waar u nog nooit van hebt gehoord! Ik wacht nu alleen nog op een daad van insubordinatie, dan zult u de dwaasheid van een trotse houding op deze droevige wereld Kahei leren kennen."

Etzwane had geen keus: hij moest huichelen. Beleefd zei hij: "Het spijt mij als ik uw ergernis heb opgewekt. Mijn enige verlangen is niet op te vallen. Het is uiteraard onnodig om op te merken dat ik hier niet uit eigen vrije keus ben."

"U verspilt mijn tijd met uw scherpzinnigheden," snauwde Polovits. "Ik ben niet van plan er nog langer naar te luisteren!" Hij beende weg en Etzwane ging verder met het Lied.

Kretzel informeerde waarom hij zo weinig enthousiast speelde, en

Etzwane legde uit dat Polovits op het punt stond hem het leven te benemen. Kretzel lachte schril en hinnikend. "Die gemelijke kleine vleermuis! Hij is nog minder waard dan het gerommel in de darmen van een ahulf! Hij zal u niet de dood laten vinden, omdat hij te bang is voor een leugen. Denkt u dat de Ka gek zijn? Kom, ik zal u Canto 2023 leren, waar de stavensnijders een stenenroller doden omdat hij hun mos had beschadigd. Dan hoeft u alleen maar de elfde frase te spelen als Polovits u met een vinger aan wil raken. Nog beter! Zeg tegen de oude man dat u oefent op het Canto van Open Onderzoek en dat u zijn gedrag laks acht. Aan het werk. Polovits is van minder gewicht dan een onsmakelijke lucht."

"Gastel Etzwane," zei Polovits tijdens de ochtendgymnastiek, "u beweegt zich voort met de gratie en de snelheid van een zwangere botskop. Ik kan uw kniebuigingen niet accepteren als volwaardige oefeningen. Heeft uw welbekende muzikale virtuositeit uw aandacht doen verslappen? Komaan, geef antwoord. Ik beschouw uw zwijgen als een daad van brutaliteit. Hoelang zal ik uw ergerlijk gedrag nog moeten dulden?"

"Niet lang meer," zei Etzwane. "Daarginds loopt een Monitor; laat hem hierheen komen. Toevallig heb ik mijn fluit bij me. Ik zal het Canto van Open Onderzoek spelen, en dan zal er gerechtigheid worden gedaan."

Polovits' ogen leken schenen rood op te vlammen. Langzaam ging zijn mond open en klapte toen opeens dicht. Hij draaide zich om en leek op het punt te staan de Ka aan te roepen. Alsof hem dat grote moeite kostte wist hij zich in te houden. "En wat dan? Dan neemt hij u en de helft van deze ploeg kreupele idioten mee naar het gat, en op welke wijze word ik daar beter van? Ik moet dan weer opnieuw beginnen, met een troep die even slecht is. We verdoen onze tijd! Komaan, verder met de oefeningen. De kniebuigingen, doe uw best!" Maar Polovits klonk wat peinzend en hij weigerde Etzwane recht in het gezicht te kijken.

"Hoe gaat het nu met Polovits?" vroeg Kretzel.

"Hij is volkomen veranderd," zei Etzwane. "Zijn tirades zijn afgelopen en zijn wilde uitvallen eveneens; hij is nu zo tam als een graszuiger en de exercities zijn bijna een genoegen."

Kretzel zweeg en Etzwane nam zijn fluit weer ter hand. Hij zag een traan langs de bruine plooien in Kretzels wang rollen en liet het instrument weer zakken. "Is er iets voorgevallen wat u van streek heeft gemaakt?"

Kretzel wreef langs haar gezicht. "Ik denk nooit aan mijn thuis. Ik zou al lang dood zijn geweest als ik had gerouwd om Durdane. Maar een woord bracht een herinnering in beroering en tot leven, en ik dacht aan de weilanden boven de Vijver van Elshuka, waar mijn familie een hofstede had. Het gras groeide hoog daar, en toen ik een klein meisje was, maakte ik lange gangen door het gras en verraste een keer twee graszuigers die een nest aan het bouwen waren. Op een dag maakte ik een lange tunnel door het gras, en toen ik de tunnel uitkroop, keek ik in het gezicht van Molsk de Mensenrover. Hij stopte mij in een zak en nam mij mee en nooit heb ik de Vijver van Elshuka teruggezien. Ik heb niet lang meer te leven. Ze zullen mijn gebeente vermengen met deze zure zwarte grond, terwijl ik het liefst thuis zou zijn, in het licht van de drie zonnen."

Etzwane blies een nadenkend wijsje op zijn fluit. "Waren er al veel slaven op Kahei toen u arriveerde?"

"Wij behoorden bij de eerste groep. Ze hebben ons gebruikt om hun Roguskhoi te bouwen. Aan het allerergste ben ik ontsnapt toen ik het Lied leerde. Maar de anderen zijn er nu niet meer, op een paar na. De oude Polovits bijvoorbeeld."

"En is er al die tijd niemand ontsnapt?"

"Ontsnapt? Waarheen? De wereld is een gevangenis!"

"Ik zou er genoegen in kunnen scheppen gewoon schade aan te richten, als ik dat kon."

Kretzel haalde onverschillig haar schouders op. "Eens dacht ik er ook zo over, maar nu... Ik heb het Grote Lied te vaak gespeeld. Ik voel me bijna een Ka."

Etzwane herinnerde zich het voorval in Shagfe toen de Ka de asutra van Hozman Zeerkeel had gedood. Wat had die uitbarsting van geweld teweeggebracht? Als alle Ka van Kahei dezelfde impuls konden voelen zouden er geen asutra meer zijn. Etzwane werd zich ervan bewust hoe weinig hij eigenlijk afwist van de Ka, van hoe ze leefden, van hun karakter. Hij vroeg Kretzel ernaar, maar de oude vrouw werd meteen boos en gaf hem de raad om het antwoord uit het Grote Lied te halen.

"Ik ken tweeëntwintig canto's," zei Etzwane, "en ik moet er nog meer dan veertienduizend leren. Ik zal een oud man zijn voor ik het antwoord op mijn vragen weet."

"En dan ben ik dood," snauwde Kretzel. "Let dus goed op het mechanisme: hoort u de dubbele triltoon aan het eind van de tweede frase? Dit is een veelgebruikt middel om aan te geven wat 'krachtige nadruk' wordt genoemd. De Ka zijn een dapper en wanhopig volk, hun geschiedenis is een aaneenschakeling van tragische gebeurtenissen en de dubbele triltoon benadrukt een stemming van uitdaging die recht in het gezicht van het noodlot wordt geslingerd."

Polovits, de wilde oude kemphaan van weleer, was verbazingwekkend abrupt een norse introverte man geworden, die zo weinig mogelijk aandacht aan de exercities besteedde. De spanning die zijn oude vijandige gedrag had opgeroepen was verdwenen. De exercities werden zich langzaam voortslepende uren vol verveling.

Voor Etzwane tastte de apathische stemming alle aspecten van het bestaan aan. Hij begon een soort onthechting te voelen, een gewaarwording alsof zijn bestaan zich op twee niveaus afspeelde, binnen hem en buiten hem, en zijn geest trok zich terug in een subjectief toevluchtsoord en bezag wat zijn lichaam deed zonder er belang in te stellen en zonder eraan mee te doen.

En het Grote Lied? Elke dag begaf hij zich trouw naar Kretzel. Hij speelde de canto's en prentte zich de betekenis ervan in, maar het werk leek hem nu ontmoedigend groot en futiel. Hij zou de veertienduizend canto's kunnen leren en zo een tweede Kretzel kunnen worden. Etzwane stoof woedend op, verontwaardigd over zijn eigen passiviteit. "Ik heb de Roguskhoi verslagen! Ik heb mijn energie en mijn verstand gebruikt! Ik heb geweigerd mezelf te onderwerpen! Ik moet van dezelfde twee dingen gebruik maken om het noodlot aan mijn voorwaarden te binden!"

Dat zei hij tegen zichzelf, en in een stemming van geestelijke opleving maakte hij plannen voor een opstand, een guerrilla, het ontvoeren en vasthouden van gijzelaars, het veroveren van het bronzen schotelschip naast het exercitieterrein, seinen geven, verbinding zoeken met een andere wereld... Elk plan leed schipbreuk op hetzelfde rif:

praktische onuitvoerbaarheid. Gefrustreerd probeerde hij een aantal gelijkgezinde geesten te organiseren, maar ontmoette een ontmoedigend gebrek aan enthousiasme, behalve bij één man, een magere, sombere slaaf uit de streek rond Saprovno die de naam Shapan had aangenomen, naar een plant met taaie ranken en doorns in de vorm van vishaken. Shapan leek belangstelling te hebben voor Etzwane's denkbeelden, en Etzwane begon te denken dat hij een bondgenoot had gevonden tot op een dag Kretzel hem terloops identificeerde als de beruchtste provocateur van het hele kamp. "Hij heeft de dood van twaalf mannen op zijn geweten. Hij zet hen aan tot illegale daden en waarschuwt dan de Ka, en ik kan niet bevatten op grond van welk motief, of het moest pure verdorvenheid zijn, want hij is er geen haar beter van geworden."

Eerst werd Etzwane woedend, toen voelde hij een diepe weerzin jegens zichzelf, en ten slotte werd hij op een sardonische manier apathisch. Shapan leek graag nieuwe plannen te willen bedenken, maar Etzwane deed net alsof hij de ander niet begreep.

Een wild gegalm van gongs maakte de slaven wakker terwijl de duisternis nog klam en zwaar op het kamp drukte. Ka floten en er klonk het geluid van rennende voeten: er was iets onvoorziens voorgevallen dat grote opwinding onder de Ka had veroorzaakt. Uit de bolle koepel bovenop het dak van de garage klonk een wild gekrijs: het 'groot alarm' voor het hele kamp. De slaven renden hun barakken uit, zagen dat een transportschip op het exercitieterrein lag en deinsden ontsteld achteruit.

Twaalf Ka kwamen het schip uit. Aan de nek van elk hing een asutra. Etzwane voelde aan hun gedrag dat ze haast hadden. De zangspraak van de Ka, in de 'verwijzende' Eerste Stijl, floot over het exercitieterrein. Weer klonk het gekrijs van de sirene op de garage en de korporaals renden naar voren en stelden hun pelotons op. De slaven die met wapens hadden geoefend marcheerden naar het transportschip, een lang, zwakverlicht ruim in. Het ruim was vuil, de vloer bedekt met een dikke laag vuiligheid, de lucht stonk verschrikkelijk. De slaven stonden dicht opeengepakt, de kin van de een op de schouder van de man naast hem, en de geur van zwetende lichamen voegde nog een extra zoetzuur aroma toe aan de stank die er al heerste.

Het schip schokte en schoot omhoog. De slaven hielden zich vast aan stangen en spijlen, zetten zich schrap tegen de wand of tegen elkaar: er was niet genoeg ruimte om te vallen. Een paar slaven werden ziek en begonnen op een griezelige manier te kreunen, een paar begonnen te schreeuwen van woede en paniek, maar anderen brachten hen met klappen tot zwijgen. De kreten werden gesmoord, het kreunen werd langzaam zachter.

Een uur, misschien twee uur lang schoot het schip voort, toen landde het met een schok. Het geluid van de motoren stierf weg en het schip lag stil. In de nabijheid van frisse lucht werden de slaven wanhopig en begonnen op de buitenwand te roffelen en te schreeuwen: "Open, open, open..."

De deur klapte naar voren, een vlaag koude wind woei naar binnen. Onwillekeurig deinsden de slaven achteruit. "Iedereen naar buiten, en in goede orde. Gevaar is ophanden, het ogenblik is daar."

In elkaar gedoken sloften de slaven de wind en de duisternis in. Een zwak lichtje flikkerde aan hun rechterkant, een stem riep: "Loop naar voren, naar het licht toe. Blijf achter elkaar lopen, ga niet te veel naar links of rechts."

De ellendige mannen kwamen langzaam in beweging, en zonder dat ze zich van een gerichte beslissing bewust waren, liepen ze even later over een zacht, wat sponsachtig oppervlak naar het licht toe. De wind bleef gestaag waaien en dreef een koude motregen voor zich uit. Etzwane voelde zich als in een afschuwwekkende droom waaruit hij vroeg of laat wel zou ontwaken.

De kolonne kwam tot staan voor een laag gebouw. Nadat ze een paar minuten hadden gewacht, liepen ze verder, een talud af en een ondergrondse, zwak verlichte ruimte in. De slavenkrijgers, doornat en rillend van de kou, stonden dicht opeengepakt. Een klamme damp kwam uit hun kleren. Aan de andere kant klonk het fluiten van een Ka. Het wezen klom op een bank, waar een oude man met een gebogen lichaam en buitengewoon lange armen en benen zich bij hem voegde.

De Ka bracht een aantal fluittonen in de Eerste Stijl voort en de oude man nam het woord, zijn mond een zwart gat achter zijn snor. "Ik geef u de betekenis. De vijand is geland in een ruimteschip. Ze hebben forten aan de grond gezet, eens te meer zijn ze van plan Kahei

te overweldigen. Al de wijze helpers zullen ze doden." Hij zweeg om
naar de Ka te luisteren, en Etzwane vroeg zich af wie die 'wijze helpers'
waren. Asutra? Weer nam de oude man het woord. "De Ka zullen vechten, en u zult vechten met de Ka, die u overheersen. Op deze wijze zult
u deel gaan uitmaken van het Lied."

De oude man luisterde, maar de Ka had niets meer te zeggen, en de
oude man sprak alleen. "Kijk om u heen, zie elkander in het gelaat, omdat
gruwelijke gebeurtenissen zullen plaatsvinden, en menigeen van u zal nimmer de volgende dag aanschouwen. Degenen die sterven, hoe zullen ze
worden herinnerd? Niet in naam en niet in uiterlijk, maar door hun wanhopige moed. Een canto zal verhalen hoe ze uittrokken in reptielwagens en
over de duistere dageraad gleden om zich met de vijand te meten."

Weer floot de Ka, en de oude man luisterde en vertaalde. "De tactiek is eenvoudig. In de reptielwagens bent u naamloze vernietigers, de
pure essentie van wanhopige woede. Laat hen u vrezen! Wat rest u nog,
behalve woestheid? Als u gaat, ga dan voorwaarts! De vijand houdt het
noorden van het moeras bezet, zijn forten beheersen het luchtruim.
Wij vallen hem op de grond aan."

Vanuit het duister riep Etzwane: "Wie is deze 'vijand'? Het zijn
mensen, net als wij! Moeten mensen dan andere mensen doden om de
asutra te helpen?"

De oude man boog zich voorover. De Ka floot, de oude man speelde
een paar frasen op zijn dubbele fluit, en riep toen: "Ik weet niets, dus
vraag niets, ik kan u geen antwoorden geven. De vijand is de vijand,
ongeacht zijn uiterlijk. Ga, vernietig hem! Dit zijn de woorden van
de Ka. Mijn eigen woorden zijn deze: geluk zij met u allen. Het is een
kwade zaak om zo ver van Durdane te moeten sterven, maar sterven
moeten we toch, en waarom dan niet op dappere wijze?"

Een andere stem, hees en spottend, riep: "Zeker, op dappere wijze
zullen wij sterven, daar kunt u de Ka van verzekeren. Ze hebben ons
niet vergeefs helemaal hierheen gebracht."

Aan het eind van het vertrek begon een rood licht te flitsen. "Volg
het licht, tree naar voren!"

De mannen liepen door elkaar heen en deinsden achteruit: niemand
wilde de eerste zijn. De Ka floot, en de oude man riep: "Dit vertrek uit
en de gang in. Begeef u naar waar het rode licht u wenkt!"

De mannen golfden een witgekalkte tunnel in. Aan het eind ervan was een nauwe doorgang waar elke man werd beetgegrepen door twee Ka, terwijl een derde een slang in zijn mond stak en hem dwong een hoeveelheid zure vloeistof door te slikken.

Hoestend, vloekend en spuwend struikelden de mannen naar buiten, een betonnen terrein op en het waterige grijze licht van de dageraad in. Links en rechts van hen stonden rijen reptielwagens. Langzaam liepen de mannen naar voren, en hun korporaals grepen hen beet en duwden ze naar een reptielwagen. "Klim in de wagen," zei Polovits toonloos. "Ga naar het noorden, over die heuvel heen. De torpedobuizen zijn geladen. Gebruik ze tegen de forten. Vernietig de vijand."

Etzwane gleed de wagen in en het deksel sloeg boven hem dicht. Hij raakte het snelheidspedaal aan en de wagen rommelde en siste en gleed het beton af en de hei op.

De reptielwagens waren vernuftig geconstrueerd en gevaarlijk: een halve meter hoog, soepel en lenig gebouwd om dicht bij de contouren van de grond te kunnen blijven. In de staart zaten energiecellen. Etzwane had er geen idee van hoe groot de actieradius van de wagens was, maar in het trainingskamp werden ze maar heel zelden opgeladen. Drie torpedobuizen wezen recht naar voren, op de rug van de wagen bevond zich een gedrongen energiewapen dat kon ronddraaien. De wagens gleden op compressieknopen voort, en onder gunstige omstandigheden bereikten ze een hoge snelheid.

Etzwane gleed naar het noorden, een helling met zwart fluweelmos op. Links en rechts van hem gleden andere reptielwagens voort, sommige voor hem, andere achter hem. De drank die men hem had gedwongen te drinken begon nu te werken: Etzwane voelde een grimmige opwinding, een gevoel van macht en onkwetsbaarheid.

Hij schoot over de top van de heuvel heen en schoof de snelheidsregelaar naar achteren om vaart te minderen. Er gebeurde niets. Maar wat gaf dat ook, zei zijn verdoofde geest tegen hem; vooruit, met maximumsnelheid, was er dan een andere richting of een andere snelheid nodig? Hij was beetgenomen. Het besef vrat aan de geestdrift die de vloeistof had teweeggebracht. Plotseling voelde hij steken van woede. Het was niet genoeg dat zij hem eropuit stuurden voor een strijd tegen 'vijanden' die hij nooit van zijn leven had gezien. Ze wilden er ook zeker van zijn dat hij zijn dood met de grootst mogelijke snelheid tegemoet ging.

Een breed dal lag voor hem. Drie kilometer verder zag hij een klein, ondiep meer, en ernaast drie zwarte ruimteschepen. Het meer en de ruimteschepen lagen binnen een kring van twintig lage zwarte kegels, blijkbaar de forten die ze moesten aanvallen.

Over de kam van de heuvel kwamen de reptielwagens, honderd-veertig in getal, en ze konden geen van alle tot stilstand worden gebracht. Een van de wagens voor Etzwane draaide in een grote halve cirkel om en begon terug te glijden naar waar hij vandaan was gekomen. De man binnenin wuifde, gebaarde, wees. Etzwane en zijn rancune hadden geen verdere aansporing nodig, hij liet zijn eigen wagen een bocht beschrijven en ging terug naar de basis terwijl hij zijn uitzinnige vreugde uit de ventilatiespleten schreeuwde. Stuk voor stuk raakten ook de andere wagens geïnfecteerd, maakten een bocht en schoten terug naar waar ze vandaan waren gekomen. Op de heuvelkam boven hen stonden vier mobiele forten met waarnemers erin. Deze forten gle-den nu met flitsende rode lampen naar voren. Etzwane richtte een van zijn torpedobuizen en drukte licht op de vuurknop. Eén van de forten schoot tollend omhoog, als een uit het water springende vis en viel met een klap terug op de grond. De andere forten openden het vuur en drie reptielwagens werden hopen gesmolten metaal, maar in datzelfde ogenblik werden ook de drie overgebleven forten getroffen en vernield. Uit twee ervan klauterden Ka die met grote springende stappen over de kale mosvlakte renden. De reptielwagens schoten achter hen aan, heen en weer, om hen heen, en kregen hen ten slotte te pakken.

Etzwane zwaaide met zijn arm en schreeuwde door de ventilatie-spleten: "Naar de basis! Naar de basis!"

De reptielwagens schoten over de heuvel heen. De wapenemplace-menten richtten onmiddellijk felle rode waarschuwingsstralen op hen. "Uit elkaar!" gilde Etzwane. Hij gebaarde met zijn handen, maar nie-mand deed wat hij wilde. Weer richtte hij een torpedobuis en vuurde. Een van de emplacementen vloog in de lucht. De overblijvende forti-ficaties vuurden energiestralen af, en overal vlogen reptielwagens in brand, maar nu troffen ook andere torpedo's doel. Binnen vijf seconden was de helft van de reptielwagens tot as verteerd, maar de wapens waren tot zwijgen gebracht, en de wagens die nog over waren, schoten zonder nog tegenstand te ontmoeten terug naar de basis. Iemand vuurde een torpedo af in de onderaardse garage en de hele heuvel barstte uit elkaar. Aarde, beton, lichamen zonder ledematen en allerlei andere dingen vlogen hoog de lucht in en regenden neer op het landschap.

De basis was een stille krater. Het probleem was nu hoe de reptielwagens tot stilstand te brengen. Etzwane experimenteerde met de verschillende bedieningsorganen zonder dat dat iets uithaalde. Ten slotte gooide hij de kap open, en dat bleek een schakelaar te activeren: de motor sloeg af en de wagen kwam tot stilstand. Etzwane sprong eruit op het zwarte fluweelmos. Als hij op datzelfde ogenblik was gedood, zou hij in een uitgelaten stemming zijn gestorven.

De andere mannen brachten hun wagens op dezelfde manier tot staan als hij had gedaan en stapten uit. Van de honderdveertig die waren vertrokken was de helft teruggekeerd. Het middel dat ze hadden moeten slikken werkte nog steeds: hun gezicht had een hoogrode kleur, hun ogen schitterden en de pupillen waren groter dan normaal, en de persoonlijkheid van elk individu leek meer geconcentreerd, scherper afgetekend en sterker dan tevoren. Ze lachten en stampten met hun voeten op de grond en vertelden elkaar hoe het hun vergaan was: "...rebellen, en ons leven is geen knip voor de neus meer waard..." "En nu dus de heuvels over, naar verre oorden! Laat ze ons maar achtervolgen als ze durven!" "Voedsel? Natuurlijk is er voedsel! We roven het gewoon van de Ka!" "...wraak! Ze verdragen onze overwinning vast niet; ze zullen uit de hemel komen vallen..."

"Eén ogenblik; luister naar mij!" zei Etzwane. "Aan de andere kant van de heuvels bevinden zich de zwarte ruimteschepen. De bemanning ervan bestaat uit mensen als wij, afkomstig van een onbekende wereld. Waarom zouden we hen niet als vrienden gaan begroeten en op hun welwillendheid vertrouwen? We hebben niets te verliezen."

"Hoe weet u dat er mensen aan boord van die schepen zijn?" vroeg een gespierde man met een zwarte baard die Etzwane alleen kende als Korba.

"Ik heb een soortgelijk schip vernietigd zien worden," zei Etzwane. "De lichamen van mensen kwamen eruit vliegen. Laten we in ieder geval gaan verkennen, we hebben niets te verliezen."

"Dat is juist," zei Korba. "We leven nu van minuut tot minuut."

"Nog een ding," zei Etzwane. "Het is belangrijk dat we als een groep optreden, niet als een bende wildemannen. We hebben een leider nodig die coördineert wat we doen. Korba hier soms? Korba, wilt u onze leider zijn?"

Korba plukte aan zijn zwarte baard. "Nee, ik niet. U hebt de noodzaak voor een leider aangegeven, en u bent de geschikte man om het te zijn. Hoe heet u?"

"Mijn naam is Gastel Etzwane. Ik neem de verantwoordelijkheid op mij, mits niemand daar bezwaar tegen heeft."

Niemand zei iets.

"Goed," zei Etzwane. "Laten we eerst de wagens repareren, zodat we er wat beter mee overweg kunnen."

"Hebben we de wagens wel nodig?" vroeg Sul, een oude man met brandende ogen, die een twistzieke reputatie genoot. "Waarom gaan wij niet te voet verder, naar oorden waar de wagens niet kunnen komen?"

"Misschien moeten we een grote afstand afleggen om voedsel te vinden," zei Etzwane. "We weten niets van het land af; misschien ligt het einde van deze kale vlakte wel duizend kilometer verder. In de wagens hebben we een betere kans om in leven te blijven, en verder zijn ze voorzien van wapens. In de wagens zijn wij gevaarlijke krijgers; zonder de wagens zijn we een troep hongerige vluchtelingen."

"Heel juist," zei Korba. "Als het ergste gebeurt, en daar twijfel ik niet aan, zullen we ervoor zorgen dat ze ons nog lang zullen gedenken."

De kappen over de motoren werden opengemaakt en de blokkering van de snelheidsregelaar werd verwijderd. Etzwane hief zijn hand op. "Luister." Aan de andere kant van de heuvel klonk zacht een op en neer gaand gejammer, met een eigenaardig, wild timbre dat de mannen de rillingen over de rug deed lopen.

Ze suggereerden verschillende verklaringen voor het geluid. "Een sein!" "Nee, geen sein, een waarschuwing!" "Ze weten dat we hier zijn, ze staan ons op te wachten." "Het is het geluid dat geesten maken, ik heb het bij eenzame graven gehoord."

"In ieder geval gaan we nu op weg," zei Etzwane. "Ik ga voorop. Bij de kam van de heuvel stoppen we." Hij klom in zijn wagen, sloeg de kap dicht en gleed weg. De andere wagens kwamen als een troep grote zwarte ratten over het fluweelmos achter hem aan.

De heuvel torende eerst hoog boven hen uit, werd toen vlakker, en op dit vlakke stuk brachten ze de wagens tot stilstand. Achter hen strekte zich de kale vlakte uit, tot de krater van de vernietigde basis en het moeras in de verte, voor hen lag het dal, met de plas, de ruimteschepen en de forten eromheen. Om de vijver stond een groep van twintig mannen die ergens mee bezig waren. De afstand was te groot om hun gezichten duidelijk te kunnen onderscheiden, of om te zien waar ze mee bezig waren, maar hun werk maakte een gejaagde indruk. Etzwane begon onrustig te worden: in het dal hing een zware, dreigende sfeer.

Van de ruimteschepen kwam een tweede klagende kreet. De mannen rond de vijver draaiden zich met een ruk om, bleven een paar tellen roerloos staan en renden toen terug naar de schepen.

Op de heuvel slaakte Korba opeens een kreet van ontzag. Hij wees naar het zuiden waar in nevels gehulde heuvels zich tegen de duistere hemel aftekenden. Vanachter deze heuvels kwamen drie koperbronzen schotelschepen tevoorschijn. De eerste twee waren van het soort dat ze al eerder hadden gezien; het derde schip, een enorm groot vaartuig, kwam als een koperen maan boven de horizon drijven. De eerste twee gleden dreigend en doelbewust op de zwarte bollen af: Het derde schip zweefde wat langzamer over de heuvels heen en bleef dicht bij de grond. Uit de kegelvormige forten om het meer kwamen knetterende witte lichtstralen die allemaal het voorste schotelschip troffen. Het schitterde even met een blauw licht, toen schoot het hoog de hemel in en was binnen een ogenblik uit het gezicht verdwenen. Het tweede schotelschip schoot een purperen energiestraal naar een van de zwarte schepen. De forten vuurden opnieuw, maar het zwarte schip begon te gloeien, eerst rood en dan wit en zakte toen tot een slordige hoop gesmolten metaal in elkaar. De bronzen schotel liet zich snel achter een verhoging in de vlakte zakken. Het was blijkbaar niet beschadigd. De grote bronzen schotel daalde op de grond in de buurt van de zwarte bollen. De deuren gingen open en er klapten brede planken neer. Reptielwagens schoten het schip uit. Twintig, veertig, zestig, honderd. Ze gleden over het mos naar de forten, strepen zwart over het zwarte mos, bijna onzichtbaar en een miniem doelwit. De forten gleden achteruit naar de zwarte bollen, maar de reptielwagens schoten de zwartfluwelen heuvel af en kwamen binnen torpedobereik. De forten vuurden witte krachtstralen af en reptielwagens werden uiteengerukt en hoog in de lucht geslingerd. Andere reptielwagens maakten gebruik van hun torpedo's, en de een na de ander werden de forten brokstukken opengereten metaal. De reptielwagens schoten ook torpedo's af op de zwarte bollen, maar zonder resultaat: de treffers veroorzaakten alleen dreigende rode lichtflitsen. De twee bronzen schotelschepen, het grote en het kleine, stegen op en schoten dikke iriserende paarse stralen op de zwarte bollen af. Hoger aan de hemel was hulp komen opdagen. Acht zilverwitte schepen van een gecompliceerd model, lang en slank, zakten naar beneden tot de zwarte bollen. De lucht flikkerde en trilde, de paarse stralen werden een rokerig ambergeel, ze werden zwakker en verdwenen ten slotte helemaal, alsof de bron waaraan ze hun energie ontleenden opeens was uitgeput. De zwarte bollen stegen op en schoten omhoog, de hemel in. Ze werden donkere vlekken op de grijze wolken, toen waren ze er doorheen en verdwenen. Drie minuten lang bleven de zilverwitte schepen roerloos hangen, toen schoten ook zij omhoog en verdwenen door de wolken.

De reptielwagens gleden terug naar het grote schotelschip. Ze gingen via de openstaande poorten naar binnen, het ruim in. Vijf minuten later stegen de twee schotelschepen op en vlogen weg over de heuvels aan de zuidzijde van het dal.

De mannen op de heuvelkam uitgezonderd was het slagveld levenloos. Naast de plas waren de ontplofte forten en het nog steeds gesmolten zwarte schip blijven liggen.

De mannen kropen in hun reptielwagens en gleden voorzichtig langs de helling naar de plas. De forten waren nutteloze hopen verwrongen metaal; de zwarte bol straalde zoveel hitte uit dat ze er met geen mogelijkheid dichtbij konden komen. Voedsel zouden ze niet uit het wrak kunnen halen. Maar water was er genoeg. Ze liepen naar de rand van de plas, en roken een vieze lucht die steeds sterker werd naarmate ze dichter bij het water kwamen. "Stank of geen stank," zei Korba, "ik wil te drinken hebben. Fijngevoeligheid ben ik al lang vergeten." Hij boog zich voorover om een handvol water op te scheppen, maar deinsde toen met een ruk achteruit. "Het water is vol zwemmende dingen."

Etzwane boog zich over de plas. Het water golfde van het bewegen van talloze insectachtige wezens, die in grootte varieerden van speldenknoppen tot het formaat van zijn hand. Uit de grijsroze lichamen staken zes kleine uitsteeksels die allemaal uitliepen in drie kleine vingers. Aan een kant tuurden zwarte oogvlekken uit harige openingen. Etzwane ging met een ruk rechtop staan. Van dit water wilde hij niets drinken. "Asutra," zei hij. "Miljoenen asutra."

Hij keek de hemel af. Zwarte wolken gleden langs het grijze uitspansel, met regenvlagen erachteraan. Etzwane huiverde. "Dit is een onheilspellend oord," zei hij. "Hoe eerder we hier vandaan gaan hoe beter."

Weifelend zei een van de mannen: "Dan laten we voedsel en water in de steek."

"De asutra?" Etzwane's gezicht vertrok. "Zoveel honger zal ik nooit hebben. En in ieder geval zijn het wezens van buiten Durdane, en dus waarschijnlijk giftig." Hij draaide zich om. "Misschien komen de ruimteschepen wel terug. We moeten zorgen dat we weg zijn voor dat gebeurt."

"Alles goed en wel," klaagde de oude Sul, "maar waar ligt onze bestemming? Wij zijn ten ondergang gedoemde mannen. Waarom zouden wij met enige haast ergens heengaan?"

"Ik kan een doel suggereren. Ten zuiden hiervan, naast het moeras, is het kamp, de dichtstbijzijnde plaats waar wij voedsel en water kunnen vinden."

Onzeker en twijfelend keken de mannen hem aan. Agressief vroeg Korba: "Wilt u dat we teruggaan naar het kamp? Juist nu we vrije mannen zijn?"

Een tweede man gromde: "Voor dat gebeurt, eet ik asutra en drink ik hun vuil. Ik ben een zoon van de Grijsdoorns van het ras der Bagots, en het ligt niet in onze aard ons in slavernij te begeven voor voedsel."

"Daar heb ik niets van gezegd," zei Etzwane. "Bent u dan de wapens vergeten waarover wij beschikken? We gaan niet naar het kamp om slavenvoedsel te eten, we gaan erheen om te nemen wat we willen hebben en een paar oude rekeningen te vereffenen. We volgen de oever naar het zuiden tot we bij het kamp komen, daarna zien we wel weer verder."

"Een lange afstand," mompelde iemand.

"We hebben er met het transportschip twee uur over gedaan. Over de terugweg doen we twee dagen, of drie, of vier, daar valt niets aan te doen."

"Volkomen juist," zei Korba. "Misschien vinden wij wel de dood door bliksemstralen van de asutra, maar niemand onder ons verwacht lang te zullen leven. Laat ons op weg gaan om op onze eigen voorwaarden de dood te zoeken."

"Vooruit dan, de wagens in," zei Etzwane. "Op weg naar het zuiden."

Ze reden met een boog om de plas en om het gloeiende ruimteschip heen en toen over de zwarte vlakte naar het zuiden, langs rijen glanzende zwarte sporen die de route aangaven die ze hadden gevolgd om hier te komen. Ze schoten naar beneden, de lange helling af, langs de ontplofte basis. Ergens onder de puinhopen lag de oude Polovits, dacht Etzwane, zijn tirannie voorgoed voorbij, zijn gezicht in de modder gedrukt. Hij voelde een grimmig soort medelijden, vermengd met woede voor alles wat hem en alle andere mensen was aangedaan. Hij keek om zich heen naar de reptielwagens achter hem. Hij en zijn medeslaven waren zo goed als dood, maar eerst zouden ze hun vijanden zo veel mogelijk schade toebrengen.

Het moeras was nu vlakbij: een eindeloze moddervlakte, met hier en daar kalkgroene vlokken schuim erop. De wagens bogen af naar het zuiden en volgden de rand van de begaanbare vlakte. Een dicht wolkendek hing laag boven de grond, en in de verte vloeiden mosvlakte, moeras en hemel ineen zonder dat goed te onderscheiden was waar het een ophield en het ander begon.

Steeds verder naar het zuiden gleden de wagens, een buigzame, dreigende trein. De mannen keken niet een keer achterom. In de loop van de middag kwamen ze bij een poel brak zwartig water, waar ze dronken, ondanks een bittere nasmaak, en waarmee ze ook de tanks in de wagens vulden; toen staken ze de poel helemaal aan de rand van het moeras over en gingen verder naar het zuiden.

De hemel werd donkerder en de avondregen viel, maar het water werd vrijwel meteen geabsorbeerd door het mos. De wagens gleden door de schemering die even later in duisternis overging. Etzwane bracht de kolonne tot staan en de mannen klommen kreunend van spierpijn en honger hun wagens uit. Ze rekten zich uit en strompelden langs de rij wagens heen en weer, hees en nors mompelend. Een paar merkten hoe scherp de grens tussen de lichtgevende modder van het moeras en het levenloze zwart van de mosvlakte te zien was en wilden de hele nacht verder gaan. "Hoe sneller we het kamp bereiken, hoe sneller is de zaak beslist en vullen we onze magen of vinden de dood."

"Ook ik heb haast," zei Etzwane, "maar het duister is te gevaarlijk. We beschikken niet over lampen en kunnen niet bij elkaar blijven. Als iemand achter het stuur in slaap valt, loopt hij het risico in het moeras te belanden. Of we nu honger hebben of niet, we moeten wachten tot het dag wordt."

"Overdag kunnen we vanuit de lucht worden gezien," wierp een van de anderen tegen. "Aan elk van beide mogelijkheden kleven gevaren, maar onze magen jammeren om voedsel."

"We gaan zodra de dageraad licht brengt," zei Etzwane. "Verder gaan door het duister van de nacht is dwaasheid. Mijn maag is even leeg als die van iedereen; bij gebrek aan iets beters wil ik mij nu te ruste begeven." Hij gaf zich verder geen moeite meer om te proberen hen te overtuigen en liep naar de rand van de mosvlakte om over het moeras uit te kijken. De modder lichtte blauw op, in lijnen en recht-hoeken die langzaam verschoven en nieuwe patronen vormden. Bleke lichtvlammetjes hingen tussen de rietstengels en dwaalden over de open stukken. Bij Etzwane's voeten scharrelde iets door de modder. Hij zag dat het een groot, plat insect was dat zich op twaalf vlakke poten voortbewoog. Hij tuurde er ingespannen naar. Een asutra? Nee, iets anders, maar de asutra was wellicht in precies zo'n moeras tot ontwik-keling gekomen. Misschien zelfs op Kahei, al maakten de eerste canto's van het Grote Lied geen melding van asutra. Andere mannen liepen ook langs de rand van het moeras, zich verwonderend over de lichtjes en de onbehaaglijke eenzaamheid. Iemand maakte een klein vuurtje, met stukjes gedroogd mos en gras als brandstof. Etzwane zag dat een paar mannen insecten hadden gevangen en op het punt stonden die te roosteren en op te eten. Met een fatalistisch gebaar haalde hij zijn schouders op. Zijn leiderschap over deze mannen berustte maar op een uiterst smalle basis.

De nacht ging langzaam voorbij. Etzwane probeerde eerst in de reptielwagen te slapen, maar daar was het voertuig niet ruim genoeg

voor, en ten slotte klom hij er weer uit en legde zich op het mos te slapen. Er woei een koude wind, en een erg gerieflijke nacht had hij niet.
Hij doezelde weg. Midden in de nacht werd hij wakker door gehoest
en gekerm. Hij stond op en liep op de tast de rij wagens langs. Drie
mannen lagen krampachtig overgevend op de grond. Een ogenblik
bleef hij staan, toen liep hij terug naar zijn eigen wagen. Hij kon het hun
niet gemakkelijker maken en hij kon hen niet helpen; en het noodlot
scheen zo dicht boven hen te hangen dat de dood van drie mannen niet
van groot gewicht leek. De wind joeg een fijne regen voor zich uit en
Etzwane klom zijn wagen weer in. Het gekerm van de vergiftigde mannen werd minder luid en stierf uiteindelijk geheel weg.

Ten slotte brak de nieuwe dag dan aan, en drie mannen lagen dood
op het sponzige zwarte mos: de drie die van de insecten hadden ge-
geten. Zonder verder nog iets te zeggen begaf Etzwane zich naar zijn
wagen, en de kolonne vervolgde zijn weg naar het zuiden.

De kale vlakte scheen zich eindeloos uit te strekken, en de mannen
reden in een toestand van halve verdoving voort. Rond het midden
van de dag kwamen ze weer bij een poel en dronken van het water. In
de planten om het water heen hingen trossen wasachtige vruchten die
voorzichtig door een paar mannen werden betast. Etzwane zei niets, en
de mannen lieten met tegenzin de vruchten voor wat ze waren.

Korba stond over de vlakte naar het zuiden te turen. Hij wees naar
een schaduw in de verte, die een wolk of een hoog optorenende berg
kon zijn. "Ten noorden van het kamp was een hoge berg," zei hij.
"Misschien is het die daar voor ons wel."

"We hebben nog een grotere afstand af te leggen," zei Etzwane. "Het
schip dat ons naar het noorden heeft gebracht bewoog zich met grote
snelheid voort. Ik vermoed dat we nog twee dagen voor ons hebben, en
misschien wel langer."

"Als onze maag ons daartoe de kracht geeft."

"Onze maag brengt ons naar het kamp als de wagens het ook doen.
Dat is mijn grootste angst, dat de energie uitgeput zal raken."

Korba en de anderen keken zijdelings naar de lange zwarte voertuigen. "Laten we verder gaan," zei een van de mannen, "dan zien we
tenminste wat er zich aan de andere zijde van de heuvel bevindt, en als
we geluk hebben, heeft Korba een juiste voorspelling gedaan."

"Daarop hoop ook ik," zei Etzwane. "Maar wees voorbereid op een teleurstelling."

De kolonne reed verder naar het zuiden over een golvend zwart mostapijt. Nergens zagen ze een spoor van leven. Niets bewoog er, en nergens waren de puinhopen van een onderkomen te zien, of een pleisterplaats of een oude grafsteen.

Een korte regenbui kletterde neer, zwarte wolken kolkten laag boven de grond en een felle wind kwam uit het westen razen. Een halfuur later was alles voorbij en was de lucht helderder dan tevoren. De schim in het zuiden was nu duidelijk een massieve berg.

Vlak voor het eind van de dag gleden ze over de kam heen en konden ze zien wat er aan de andere kant lag. Zover het oog reikte, strekte zich de lege zwarte vlakte uit.

De kolonne kwam tot stilstand en de mannen klommen eruit om naar het troosteloze gebied voor hen te kijken. Kort zei Etzwane: "We moeten nog ver." Hij klom weer in zijn wagen en gleed de helling af.

Een plan had in zijn geest vaste vormen aangenomen en toen het duister hen dwong stil te houden legde hij zijn voornemen uit. "Herinnert u zich het schotelschip nog dat naast het kamp lag te wachten? Ik ben ervan overtuigd dat het een ruimteschip is. Wat het ook is, het is een voorwerp van grote waarde, veel meer waard dan de dood van vijftig of zestig mannen. Als het schip zich inderdaad nog bij het kamp bevindt, lijkt het me een goed idee om het te veroveren en daarna over onze terugkeer naar Durdane te gaan onderhandelen."

"Zijn wij hiertoe wel in staat?" vroeg Korba. "Zullen ze ons niet ontdekken en hun torpedo's gebruiken?"

"Ik heb rond het kamp nooit iets gemerkt van een grote waakzaamheid," zei Etzwane. "Waarom zouden wij niet proberen het alleruiterste te bereiken? Het is zeker dat niemand ons zal helpen, alleen wijzelf."

Bitter zei een van de Alula: "Dat was ik vergeten, zovele gebeurtenissen zijn gekomen en gegaan. Lang geleden hebt u ons verteld van de planeet Aarde en had u het over een zekere Ifness."

"Een droombeeld," zei Etzwane. "Ook ik was dit vergeten. Vreemd! Als de bewoners van de Aarde van ons bestaan op de hoogte waren, zouden wij voor hen wezens uit een nachtmerrie zijn, minder dan ijle sluiers van het moeraslicht daarginds. Ik vrees dat ik de Aarde nooit zal zien."

"Ik zou gelukkig zijn als ik het oude Caraz kon weerzien," zei de Alula. "Ik zou mijzelf ongeloofwaardig gelukkig achten en nooit meer droefheid kennen."

"Ik zou al tevreden zijn met een stuk vet vlees," gromde een van de mannen.

Een voor een gingen de mannen, met tegenzin de warmte van het gezelschap van de anderen verlatend, naar hun wagens en brachten opnieuw een ellendige nacht door.

Zodra ze in het licht van de dageraad het land voor zich konden zien gingen ze weer op weg. Etzwane's wagen leek niet zo fel meer als de vorige dagen, en hij vroeg zich af hoeveel kilometers er nog in de motor zaten. Hoe ver waren ze van het kamp? Op zijn minst een dag, op zijn hoogst drie of vier.

Vlak en drassig strekte het mos zich voor hen uit, bijna een met het moeras. Een paar keer kwamen ze voorbij poelen grijze modder. In de buurt van een ervan stopten ze om uit te rusten en hun verkrampte spieren wat te ontspannen. De poelen golfden aan de oppervlakte door enorme gasbellen die met een olieachtig zuigend geluid doorbraken. Rondom het water leefden hele kolonies gelede bruine wormen en rennende zwarte ballen die zich bij elk geluid in de modder verborgen. Dit verbaasde Etzwane: de wezens schenen geen natuurlijke vijand te hebben waartegen ze zich moesten beschermen. Hij keek de hemel af: geen vogels, geen vliegende reptielen, geen insecten. In de rottende zwarte mosrand een meter van de modder zag hij kleine gaten, waar sporen van kleine pootjes met drie vingers heenleidden. Etzwane keek met groeiende achterdocht naar de sporen. In het mos verschool zich een purperzwart iets: een asutra, nog niet volwassen. Ontsteld en vol weerzin deinsde Etzwane achteruit. Als de asutra en de mens uit zo verschillende natuurlijke milieus afkomstig waren, kon er dan sprake zijn van communicatie, van begrip voor elkaar? Etzwane dacht van niet. Elkaar verdragen op grond van wederzijdse weerzin, misschien; maar samenwerking? Nooit.

De kolonne ging weer op weg, en nu begon een van de wagens te haperen en op en neer te bonken. Ten slotte zakte hij op het mos neer en weigerde verder te gaan. Etzwane zette de bestuurder bovenop de wagen die er nog het best aan toe leek te zijn en weer zette de kolonne zich in beweging.

Halverwege de middag begaven nog twee wagens het, en het was duidelijk dat de motoren van de andere het nog maar een klein aantal uren zouden uithouden. Voor hen rees weer een zwarte heuvel op die lager leek dan de heuvel die ze ten noorden van het kamp hadden gezien. Als het een andere heuvel was zouden ze het kamp nooit terugzien, dacht Etzwane, want geen van de mannen had genoeg kracht om veertig of zestig of tachtig kilometer ver te lopen.

Ze gingen vlak langs het moeras rijden om de hoogten te vermijden, maar berg en moeras kwamen toch samen bij een steile helling waar ze moeizaam tegenop gleden.

Kreunend en diep doorzakkend klommen de reptielwagens omhoog. Etzwane was het eerst boven. Het landschap naar het zuiden gleed binnen hun gezichtsveld. Het kamp lag onder hen, op nog geen tien kilometer afstand. Een schor gebrul steeg op uit vijftig droge kelen. "Het kamp; vooruit, naar het kamp! Daar is voedsel, brood, goede soep!"

Wankelend kwam Etzwane uit zijn wagen. "Achteruit, stelletje dwazen! Zijn jullie ons plan vergeten?"

"Waarom zouden we wachten?" bracht Sul moeizaam uit. "Kijk maar! Er is geen ruimteschip; het is verdwenen! En al was er wel een, uw plan is absurd. We zullen gaan eten en drinken, al het andere heeft geen betekenis. Komaan, naar beneden, naar het kamp!"

"Blijf hier!" zei Etzwane. "We hebben te veel geleden om ons leven nu zonder meer weg te gooien. Er is geen ruimteschip, dat is waar. Maar we moeten ons meester maken van het kamp, en dat betekent dat we gebruik moeten maken van het verrassingselement. We wachten tot de schemering invalt. U moet uw honger en dorst tot die tijd maar in bedwang houden."

"Ik ben niet helemaal hierheen gekomen om nog verder te lijden," zei Sul vastbesloten.

"Lijd of sterf," gromde Korba. "Als het kamp in onze handen is, kunt u eten. Dit is het ogenblik om te bewijzen dat wij mannen zijn, niet slaven!"

Sul zweeg. Met een grauw gezicht leunde hij tegen zijn wagen en mompelde wat met droge grijze lippen.

Het kamp maakte een vreemd levenloze, verlaten indruk. Een paar vrouwen waren aan het werk. Uit een van de barakken kwam een Ka.

Doelloos wandelde het wezen even heen en weer, toen ging het de barak weer binnen. Er waren geen pelotons aan het oefenen op het exercitieterrein, en de garage was donker.

"Het kamp is dood," fluisterde Korba. "Er is niemand om ons tegen te houden."

"Ik vertrouw het niet," zei Etzwane. "Die stilte is niet natuurlijk."

"Gelooft u dan dat ze ons verwachten?"

"Ik weet niet wat ik moet geloven. We moeten toch wachten tot de schemering, ook al is er niemand in het kamp dan drie Ka en tien oude vrouwen, om hun niet de kans te geven een verzoek om hulp uit te zenden."

Korba bromde.

"De hemel wordt al donkerder," zei Etzwane. "Over een uur verhult de schemering onze nadering."

De groep wachtte en wees naar plekjes van het kamp die ze zich herinnerden. Lampen gloeiden aan en Etzwane vroeg aan Korba: "Bent u gereed?"

"Ik ben gereed."

"Houd goed in gedachten dat ik de barakken van de Ka vanuit de flank aan zal vallen. U dringt het kamp van voren binnen en slaat alle tegenstand die wordt geboden neer."

"Het plan is duidelijk."

Etzwane en de helft van de wagens gleden de helling af, het zwart van de wagens onzichtbaar tegen het donkere mos. Korba wachtte vijf minuten, toen gleed ook hij de helling af en ging over het oude exercitieterrein op het kamp af. Etzwane's groep reed met gierende motoren en op en neer bonkende wagens naar de achterkant van het grillige witte gebouw dat de Ka tot verblijfsruimte diende.

De mannen stormden naar binnen en wierpen zich op de zeven Ka die ze in een vertrek aantroffen. De Ka, verrast of misschien apathisch, verzetten zich maar zwakjes en werden vastgebonden met leren riemen. De mannen hadden vast gerekend op een wanhopig gevecht, en toen daar geen sprake van bleek te zijn begonnen ze zich verward en gefrustreerd te voelen en maakten aanstalten de Ka dood te trappen. Woedend hield Etzwane hen tegen. "Wat denkt u wel? De Ka zijn slachtoffers, net als wijzelf. Dood de asutra, maar doe de Ka geen kwaad, dat is zinloos!"

De mannen rukten de asutra van de nek van de Ka en verpletterden ze onder hun voeten, terwijl de Ka kermden van afschuw.

Etzwane liep de barak uit en ging op zoek naar Korba, die zijn mannen al de garage, de keukens en magazijnen en het communicatievertrek had ingestuurd. Daar hadden ze in totaal vier Ka gevonden waarvan ze er drie morsdood hadden geslagen omdat er niet iemand als Etzwane was geweest om hen tegen te houden. De mannen ontmoetten verder geen tegenstand: ze waren de baas over het kamp, bijna zonder zich te hebben ingespannen. Als reactie op de spanning begonnen veel mannen zich misselijk te voelen. Ze zakten door hun knieën en begonnen pijnlijk met een lege maag te kokhalzen. Etzwane, die zelf een vreemd gegons in zijn oren hoorde, beval de vrouwen in het kamp om meteen een warme maaltijd klaar te maken en de mannen te drinken te geven.

De mannen aten langzaam en dankbaar, verwonderd dat de bestorming van het kamp zo gemakkelijk was verlopen. De toestand was ongeloofwaardig.

Na de maaltijd voelde Etzwane een allesoverweldigende soezerigheid. Hij wilde zich er niet aan overgeven en riep de oude Kretzel die een eindje verderop stond bij zich. "Wat is er met de Ka gebeurd? Er waren er altijd veertig of vijftig, en nu zijn er tien of minder."

Somber zei Kretzel: "Ze zijn vertrokken, in het schip. Twee dagen geleden slechts zijn ze weggegaan, in grote opwinding. Er staan grootse gebeurtenissen voor de deur, ten goede of ten kwade."

"Wanneer komt er weer een schip?"

"Ze hebben zich niet de moeite gegeven mij dit mee te delen."

"Laten we de Ka gaan ondervragen."

Ze gingen naar de barak waar de Ka waren opgesloten. De tien mannen die Etzwane als bewakers had achtergelaten, waren allemaal in slaap gevallen en de Ka waren druk bezig zich te bevrijden. Etzwane maakte de slapende mannen met een paar schoppen wakker. "Is dit de wijze waarop u over onze veiligheid waakt? Tot de laatste man toe diep in slaap! Over nog een minuut had u voor altijd dood kunnen zijn!"

De oude Sul, een van de mannen die hij op wacht had gezet, antwoordde nors: "U hebt zelf deze mannen bestempeld als slachtoffers; ze zouden dankbaar moeten zijn voor hun bevrijding."

"Dat is precies datgene waar ik hen op wil wijzen," zei Etzwane. "Ondertussen zijn wij alleen maar de wildemannen die hen hebben aangevallen en met riemen hebben vastgebonden."

"Bah," mompelde Sul. "Ik ben niet bij machte om een logisch debat van u te winnen. U bent daarin mijn meerdere."

"Overtuig u ervan dat de boeien goed vastzitten," zei Etzwane. Tegen Kretzel zei hij: "Zeg tegen de Ka dat we geen kwaad tegen hen in de zin hebben, dat we de asutra als onze gemeenschappelijke vijand beschouwen."

Verbaasd staarde Kretzel hem aan, alsof ze zijn woorden onbegrijpelijk en dwaas vond. "Waarom wilt u dat ik dat zeg?"

"Om te bereiken dat ze ons helpen, of in ieder geval niets doen om ons te hinderen."

Ze schudde het hoofd. "Ik zal doen wat u vraagt, maar ze zullen er maar weinig acht op slaan. U begrijpt de Ka niet." Ze pakte haar dubbele fluit en speelde een aantal frasen. De Ka luisterden, uiterlijk onbewogen. Ze antwoordden niet, maar maakten na een korte stilte trillende, op en neer gaande geluiden, zoals het geklok van baby-uilen.

Twijfelend keek Etzwane naar ze. "Wat zeggen ze?"

Kretzel haalde haar schouders op. "Ze praten samen in de Vijfde Stijl, die mijn begrip te boven gaat. Hoe dan ook, ik geloof niet dat ze u begrijpen."

"Vraag hun wanneer het schip terugkomt."

Kretzel lachte, maar deed wat Etzwane vroeg. De Ka keken haar uitdrukkingsloos aan. Een van hen floot een korte frase, toen zwegen ze allemaal weer. Vragend keek Etzwane Kretzel aan.

"Ze zingen een frase uit Canto 5633, de 'in verlegenheid brengende farce'. Het kan worden vertaald als een spottende vraag: 'Wat voor belang kunt u in de zaak hebben?' "

"Ik begrijp het," zei Etzwane. "Ze zijn niet praktisch."

"Ze zijn praktisch genoeg," zei Kretzel. "De situatie gaat hun bevattingsvermogen te boven. Herinnert u zich de ahulfs van Durdane nog?"

"Natuurlijk."

"De Ka zien de mens net als de mens de ahulf: onberekenbaar, half-intelligent, en altijd vol onbegrijpelijke grillen. Ze kunnen u niet serieus nemen."

Etzwane gromde. "Stel de vraag opnieuw. Zeg ze dat ze zullen worden vrijgelaten bij aankomst van het schip."

Kretzel speelde op haar fluit. De Ka antwoordden kort. "Het schip komt over een paar dagen terug met een nieuwe groep slaven."

Hoofdstuk X

De muitende slaven hadden nu voedsel en onderdak, en hun bestaan werd door niets verstoord. Allen beseften echter dat dit laatste slechts tijdelijk kon zijn. Een zekere Joro betoogde dat de groep voorraden naar een schuilplaats in de heuvels zou moeten brengen en zich daar in leven moest zien te houden tot ze het weer konden wagen om een overval te plegen. "Op deze wijze winnen we een paar maanden, en wie weet wat er in de tussentijd zou kunnen gebeuren. De reddingsschepen van de Aarde zouden kunnen komen."

Etzwane lachte bitter. "Ik besef nu wat ik elk ogenblik van mijn leven zou hebben moeten beseffen: als je jezelf niet helpt, sterf je als slaaf. Dit is een fundamenteel gegeven. Niemand zal ons redden. Als we hier blijven, is er grote kans dat we binnenkort allen zullen worden gedood. Als we ons in de heuvels schuilhouden, winnen we twee maanden van natte kleren en ellende en dan worden we alsnog gedood. Als we ons aan het oorspronkelijke plan houden, winnen we onder de gunstigste omstandigheden heel veel, en onder de ongunstigste sterven we op waardige wijze, na onze vijanden zo veel mogelijk schade te hebben toegebracht."

"De kans dat dit 'gunstigste' gebeurt, is klein, en de kans op het 'ongunstigste' heel groot," gromde Sul. "Ik heb meer dan genoeg van deze schimmige plannen."

"U moet doen wat u het beste lijkt," zei Etzwane beleefd. "Ga toch vooral naar de heuvels. Het staat u vrij te gaan."

Kortaf zei Korba: "Als er mensen zijn die willen gaan, laat hen dan nu gaan. De anderen hebben werk te doen, en misschien hebben we maar weinig tijd."

Maar Sul noch Joro verkoos de heuvels in te trekken.

*

Die dag liep Rune de Wilgentak op Etzwane toe. "Herinnert u zich mij nog? Ik ben het Alula-meisje dat eens vriendschap met u sloot. Ik vraag mij af of u nu nog met warme gevoelens aan mij denkt. Maar ik ben afgetobd en vol rimpels, alsof ik een oude vrouw ben. Is dit niet zo?"

Etzwane, zijn hoofd vervuld van honderd zorgen, keek over de binnenplaats van het kamp en probeerde op een antwoord te komen waarmee hij zich op de vlakte kon houden. Een tikje kortaf zei hij: "Op deze wereld is een mooi meisje een abnormaliteit."

"Ah! Dan wenste ik maar dat ik een abnormaliteit was! Lang geleden, toen de mannen hun hand uitstaken om mijn hoedje van mijn hoofd te plukken was ik gelukkig, ook al deed ik net alsof ik boos was. Maar wie zou er nu nog naar mij kijken, ook al danste ik naakt midden op dit plein?"

"U zou nog steeds de aandacht trekken," zei Etzwane. "Vooral als u goed danste."

"U spot met mij," zei Rune bedroefd. "Waarom kunt u mij niet wat troosten: een aanraking, of een glimlach? U maakt dat ik mij dik en lelijk voel."

"Dat was mijn bedoeling zeker niet," zei Etzwane. "Wees daarvan overtuigd. Maar wilt u me nu verontschuldigen? Ik moet toezicht houden op onze voorbereidingen."

Twee dagen gingen voorbij, terwijl de spanning met het uur steeg. Op de ochtend van de derde dag gleed een schotelschip uit het zuiden langs de rand van het moeras en bleef boven het kamp hangen. Het was niet nodig alarm te slaan of de mannen te waarschuwen: ze waren al op hun post.

Het schip zweefde op een zoemend vibratieweb boven hen. Etzwane, in de garage, keek met het klamme zweet op zijn lichaam toe en vroeg zich af wat er precies verkeerd zou gaan.

Uit het schip klonk een sonoor toeterend geluid, dat een ogenblik later van de heuvel terugkaatste.

Het geluid stierf weg, het schip bleef boven het kamp hangen. Etzwane hield zijn adem in tot zijn longen hem pijn deden.

Het schip zakte langzaam neer op het landingsveld. Etzwane liet zijn adem ontsnappen en boog zich voorover. Dit was het ogenblik waar alles van afhing.

Het schip raakte de grond, die duidelijk zichtbaar ingedrukt werd onder het gewicht. Eén minuut ging voorbij, twee minuten. Etzwane vroeg zich af of de bemanning iets had gezien dat niet was zoals het zijn moest, of een van de gebruikelijke formaliteiten soms niet was nageleefd. De deur ging open, een loopplank gleed naar de grond. Twee Ka kwamen het schip uit met asutra als kleine zwarte ruiters op hun nek. Onderaan de loopplank bleven ze staan en keken naar de barakken. Nog twee Ka kwamen de loopplank aflopen, en gevieren bleven ze staan, alsof ze ergens op wachtten.

Twee karren reden van het pakhuis naar het schip toe, de gebruikelijke procedure wanneer er een schip landde. Ze maakten een bocht om dicht langs de loopplank te rijden. Etzwane en drie mannen kwamen de garage uit en liepen zo te zien doelloos naar het schip. Andere groepjes kwamen uit diverse andere richtingen op het schip toegelopen.

De eerste kar hield stil, vier mannen klommen eruit en wierpen zich plotseling op de Ka. Uit de tweede kar kwamen vier mannen met riemen. Er zouden alleen Ka worden gedood als het niet anders kon, anders zaten ze later misschien met een schip zonder bemanning. Terwijl de groep onderaan de loopplank aan het worstelen was, renden Etzwane en zijn mannen naar boven en het schip in.

Het schip had een bemanning van veertien Ka en enige tientallen asutra, een aantal in dezelfde bakken als die Etzwane en Ifness in het wrak bij de Thrie Orgai hadden gezien. Uitgezonderd de worsteling aan de voet van de loopplank boden noch de Ka noch de asutra tegenstand. De Ka leken door de verrassingsaanval verlamd, of misschien waren ze wel apathisch; het was in ieder geval onmogelijk hun emoties te doorgronden. De asutra waren even doorzichtig als stukken graniet. Weer voelden de rebellerende slaven de frustratie na een al te grote inspanning die het gevolg is van met alle kracht toeslaan en dan alleen maar lucht treffen. Ze voelden zich opgelucht en tegelijk bedrogen, uitgelaten door de overwinning en toch nog kokend van opgekropte spanning die geen uitweg meer had.

In het grote ruim in het midden van het schip bevonden zich bijna vierhonderd mannen en vrouwen. Ze waren van allerlei leeftijd en ook de toestand waarin ze verkeerden, liep nogal uiteen. In het algemeen maakten ze een futloze, verslagen indruk.

Etzwane verdeed zijn tijd niet met hen, maar verzamelde de Ka en hun asutra in de stuurkoepel en haalde toen Kretzel erbij. "Deel hun het volgende mee," zei hij, "en overtuig u ervan dat ze het begrijpen. We willen naar Durdane terugkeren. Dit verlangen we van hen: vervoer ons naar onze thuiswereld. Iets anders dulden wij niet. Zeg hun dat wanneer we op onze bestemming zijn aangekomen we verder niets van ze zullen verlangen; hun leven en hun schip zullen wij hun laten. Als ze weigeren ons naar Durdane te brengen zullen we hen zonder mededogen doden."

Kretzel fronste haar voorhoofd en likte haar lippen af. Toen zette ze de dubbele fluit aan haar mond en speelde Etzwane's woorden.

De Ka reageerden niet. "Hebben ze het begrepen?" vroeg Etzwane bezorgd.

"Ze hebben het begrepen," zei Kretzel. "Ze hebben al besloten hoe ze zullen antwoorden. Dit is een ceremoniële stilte."

Een van de Ka sprak Kretzel aan, op zo'n bruuske manier dat de fluittonen van de Eerste Stijl bijna arrogant of zelfs spottend klonken.

"Ze zullen u naar Durdane brengen," zei Kretzel. "Het schip vertrekt nu meteen."

"Vraag of er genoeg eten en drinken aan boord is."

Kretzel gehoorzaamde en dezelfde Ka antwoordde haar. "Hij zegt dat er uiteraard voldoende proviand voor de reis is."

"Vertel hun nog een ding. We hebben torpedo's aan boord van het schip gebracht. Als ze ons proberen te bedriegen vliegen we allemaal samen de lucht in."

Kretzel speelde op haar dubbele fluit. Ongeïnteresseerd draaiden de Ka zich om.

Etzwane had in zijn leven vele triomfantelijke en vreugdevolle gebeurtenissen meegemaakt, maar nooit de opgewonden vreugde van deze terugreis van de donkere wereld Kahei. Hij voelde zich moe, maar kon niet slapen. Hij wantrouwde de Ka, hij vreesde de asutra, en was niet bij machte te geloven dat hij nu definitief de overwinning had behaald. Van de andere mannen had hij alleen vertrouwen in Korba en hij zorgde ervoor dat hij en Korba nooit op dezelfde tijd sliepen. Om zijn mannen waakzaam te houden waarschuwde hij ze dat de asutra verraderlijke wezens waren, en dat ze zich niet graag gewonnen gaven, maar in zijn hart was hij ervan overtuigd dat niets hen de overwinning nog kon afnemen. Voor zover hij de asutra kende, waren het onaandoenlijke realisten, die zich niet lieten leiden door overwegingen van kwaadaardigheid of wraakzucht. Na de nederlaag van de Roguskhoi in Shant hadden de asutra gemakkelijk Garwiy, Brassei en Maschein met hun energiestralen kunnen verwoesten, maar die moeite hadden ze zich niet gegeven. Er was een goede kans, dacht Etzwane, dat het onmogelijke was bereikt, en zonder hulp van de afschuwelijke Ifness, en dat maakte de triomf eens zo aangenaam.

Etzwane verbleef een groot deel van de reis in de stuurkoepel. Door de doorzichtige wanden was niets te zien, alleen diepzwarte duisternis en af en toe een langgerekte vezel schuim. Op een paneel was de hemel buiten het schip afgebeeld. De sterren waren zwarte cirkels op een lichtgevende groene achtergrond. Een doelcirkel omsloot drie zwarte stippen, die elke dag groter werden. Etzwane nam aan dat dat Ezletta, Sasetta en Zael waren.

De toestand in het ruim was weerzinwekkend. De lading mannen en vrouwen wisten niets af van hygiëne, ordelijkheid of persoonlijke reinheid. Het ruim stonk als een abattoir. Etzwane kwam te weten dat het grootste deel van deze mensen op Kahei was geboren en nooit iets anders dan het leven in een slavenkamp had gekend. Tijdens het ontwikkelen van de Roguskhoi hadden macabere experimenten deel uitgemaakt van het leven van elke dag, ze vonden het niet meer dan normaal. Wat de deugden van de asutra ook waren, ze gaven geen blijk van overgevoeligheid of medelijden, dacht Etzwane bij zichzelf. Misschien waren dit wel emoties die kenmerkend waren voor de mens. Etzwane probeerde medelijden te koesteren voor de mensen in het ruim, maar de stank en wanorde maakten dat een zware opgave. Als deze mensen eenmaal op Durdane waren, lag er nog meer ellende voor hen in het verschiet. Misschien zouden sommigen wel wensen dat ze weer 'thuis' waren, op de zwarte wereld Kahei.

*

Langzaam gleed het schip door de lucht. Bovenaan de hemel dansten de drie zonnen, onder het schip lag het grijsviolette aangezicht van Durdane. Naarmate het lager zakte, kwamen meer bekende contouren tevoorschijn: de Beljamar-eilanden, de Gelukkige Eilanden, Shant en Palasedra, en toen het enorme wereldcontinent Caraz.

Etzwane zag het zilveren water van de Keba en het Niormeer. Toen het schip weer wat lager kwam, zag hij ook de Thrie Orgai en de Vurush. Met behulp van Kretzel stuurde hij het schip naar Shagfe. Het landde op de helling ten zuiden van het dorp, en de passagiers struikelden, wankelden en kropen naar buiten, de grond van hun thuiswereld op, ieder met een pakje voedsel tegen de borst geklemd, en zo veel goed metaal als hij kon dragen: genoeg om hem te verzekeren van een behoorlijk bestaan op het metaalarme Durdane. Etzwane maakte zich meester van dertig staven van een glinsterende rode legering uit de machinekamer: genoeg rijkdom, dacht hij, om hem terug te brengen naar Shant.

Etzwane, nog steeds wantrouwig, stond erop dat de Ka het schip uitkwamen en buiten bleven tot alle mensen zich hadden verspreid. "U hebt ons naar Durdane gebracht, en we zijn nu klaar met u en met uw schip, maar bent u met ons klaar? Ik wil niet worden gedood door een straal purperbliksem zodra u daartoe kans ziet."

Via Kretzel antwoordden de Ka: "Het kan ons niet schelen of u leeft of sterft. Verlaat het schip nu meteen."

Etzwane zei: "Of u gaat met ons mee, de vlakte op, of we nemen u uw asutra af, waaraan u zoveel waarde schijnt te hechten. We hebben geen ontberingen geleden en hoop gekoesterd en moeite gedaan om nu op het laatste ogenblik dwaze risico's te nemen."

Ten slotte gingen acht Ka mee naar buiten. Etzwane en een aantal van zijn mannen namen ze twee kilometer ver mee en lieten hen toen gaan. Ze sloften terug naar het schip, terwijl Etzwane en zijn metgezellen zich tussen de rotsen verscholen. Zodra de acht Ka aan boord waren, steeg het schip op. Etzwane zag het kleiner worden en verdwijnen, en toen kwam pas het volle besef dat hij werkelijk terug was op Durdane. Zijn knieën knikten, hij zakte neer op een rots, zo uitgeput als hij zich nog nooit in zijn leven had gevoeld, en de tranen stroomden uit zijn ogen.

HOOFDSTUK XI

IN SHAGFE WAS HET HELE DORP in rep en roer geraakt door de komst van zoveel met rijkdom beladen mensen. Sommigen dronken uitgebreid van Baba's bier, anderen gokten met de Kash-Blauwwormen die nog steeds in de buurt rondzwierven. De hele nacht werd Etzwane uit zijn slaap gehouden door woordenwisselingen en ruzies, gegil, gevloek, dronken gekreun en kreten van pijn; en de volgende ochtend lagen er twaalf lijken om de herberg. Zodra het licht van de zonnen de duisternis had verdreven, gingen er groepen mensen op weg naar de gebieden waar hun ouders vandaan waren gekomen. De Alula gingen zonder Etzwane vaarwel te zeggen op weg naar het Niormeer. Rune de Wilgentak keek nog een keer over haar schouder. Etzwane zag haar blik, maar wist niet zeker wat erin lag besloten. Hij zag haar verdwijnen in de ochtendnevel, toen ging hij op zoek naar Baba de waard.

"Ik heb twee zaken met u te bespreken," zei Etzwane. "In de eerste plaats: waar is Fabrache?"

"Wie kan de gangen nagaan van die losvoetige man?" zei Baba onverschillig. "De slavenhandel is ingestort. Oude afzetgebieden bestaan niet meer, en Hozman Zeerkeel is verdwenen. Armoede houdt het land in zijn greep. Wat Fabrache betreft: u zult hem wel zien als hij op komt dagen; het is geen man waarvan te voorspellen valt waar hij op een gegeven ogenblik zal zijn."

"Ik ga niet op hem wachten," zei Etzwane. "Dit brengt mij op het tweede punt: mijn loper. Ik zou het op prijs stellen als hij werd gezadeld en gereed werd gemaakt voor de reis."

Baba's ogen puilden uit van verbazing. "Uw loper? Wat voor een krachttoer van uw verbeelding is dit? Geen van de lopers in mijn stal behoort aan u toe."

"Zeker wel," zei Etzwane scherp. "Mijn vriend Ifness en ik hebben allebei onze lopers aan uw goede zorgen toevertrouwd. Ik ben voornemens mijn loper op te eisen."

Baba schudde verbaasd het hoofd en sloeg vroom zijn ogen ten hemel. "Wellicht kent uw land vreemde gebruiken, maar hier in Shagfe zijn we wat praktischer van aard. Een gift, eens gegeven, mag niet worden teruggevraagd."

"Gift, zei u?" Etzwane's stem klonk grimmig. "Hebt u niet geluisterd naar de verhalen van de mensen die u gisteren metaal gegeven hebben in ruil voor uw bier? Hoe dankzij onze kracht en vastberadenheid wij weer thuis zijn gekomen, in Caraz? Denkt u soms dat ik er de man naar ben om dieverijen te tolereren? Mijn loper, of bereid u voor op een stevig pak slaag!"

Baba reikte onder de toog en haalde zijn knuppel tevoorschijn. "Een pak slaag? Zo zo. Luister, jonge blaag, ik ben niet al zo veel jaren waard in Shagfe zonder dat ik zelf ook wat klappen heb uitgedeeld, dat verzeker ik je. En maak nu dat je dit etablissement verlaat!"

Etzwane haalde uit zijn buidel het kleine wapen tevoorschijn dat Ifness hem zo lang geleden had gegeven: het energiepistool dat hij had meegenomen naar Kahei en waar hij nooit gebruik van had gemaakt. Hij richtte het op Baba's geldkist en drukte op de knop. Een lichtflits, een knal en een gil van schrik toen Baba naar de puinhoop keek van wat een ogenblik geleden nog een fortuin aan metaal had bevat. Etzwane pakte de knuppel en gaf Baba een klap op zijn rug. "Mijn loper, en snel."

Baba's vette gezicht glom van angst en woede. "U hebt mij al beroofd van alle verdiensten die ik in mijn hele leven heb vergaard! Wilt u dan het resultaat van al mijn inspanningen?"

"Probeer nooit een eerlijk man te bedriegen," zei Etzwane. "Een andere dief had misschien sympathie voor uw plannen op kunnen brengen, maar ik wil alleen mijn bezit terug."

Met een van woede nasaal klinkende stem stuurde Baba een van zijn bedienden naar de stallen. Etzwane liep de binnenplaats op, waar hij de oude Kretzel op een bank zag zitten. "Wat doet u hier?" vroeg hij. "Ik dacht dat u al op weg zou zijn naar de Vijver van Elshuka."

"Het is een lange tocht," zei Kretzel, terwijl ze haar haveloze mantel wat dichter om haar schouders trok. "Ik heb wat metaal, voldoende om een tijdlang van te eten. Als het metaal op is, begin ik aan mijn reis naar het zuiden, al zal ik voorzeker nooit de grasvelden boven de vijver bereiken. En als dat wel het geval was, wie zou zich nog het kleine meisje herinneren dat door Molsk is gestolen?"

"En het Grote Lied? Hoeveel mensen in Shagfe zullen u verstaan als u op uw fluit speelt?"

Kretzel draaide haar oude schouders naar de warmte van de zon. "Het is een groots epos: de geschiedenis van een wereld hier ver vandaan. Misschien vergeet ik het Lied wel, maar misschien ook niet, en soms als ik hier in de zon zit, zal ik op mijn fluit spelen, maar niemand zal iets weten van de grootse dingen waarvan ik verhaal."

De loper kwam de stal uit. Het dier was bepaald niet van even goede kwaliteit als dat waarop Etzwane in Shagfe was gekomen, en het tuig was wat versleten, en hier en daar slordig gerepareerd. Etzwane wees de staljongen hierop, en deze gaf hem een paar zakken meel en een buidel bier voor de reis.

Naast de zijwand van de herberg zag Etzwane een bekend gezicht: het behoorde toe aan Gulshe, die ingespannen loerend stond te kijken naar Etzwane's voorbereidselen voor de reis. Gulshe zou een efficiënte gids zijn, dacht Etzwane, maar wat zou er gebeuren als Etzwane sliep en Gulshe wachthield? Het vooruitzicht deed een koude rilling langs zijn rug lopen. Hij groette Gulshe beleefd en klom in het zadel. Een ogenblik keek hij nog om naar de oude Kretzel, haar hoofd vol schitterende kennis. Hij zou haar nimmer weerzien, en met haar zou de geschiedenis van een wereld sterven. Kretzel keek op en hun ogen kruisten elkaar. Etzwane wendde zich af, zijn ogen vol tranen. Zwijgend reed hij Shagfe uit, en in zijn rug voelde hij Gulshe's starende blik en Kretzels vaarwel.

Vier dagen later reed hij over een hoog oprijzende zandstenen heuvelrug heen en zag het water van de Keba voor zich. Volgens zijn ruwe berekening zou Shillinsk ergens ten zuiden van hem moeten liggen, want bij zijn tocht over de Vlakte der Blauwe Bloemen was hij de weg kwijtgeraakt. Ingespannen tuurde hij de rivier af en zag bijna meteen de haven van Shillinsk, acht kilometer naar het zuiden. Hij wendde de teugel en ging op weg.

De herberg was nog precies zoals hij hem zich herinnerde. Er lag geen vrachtschuit of ander schip langs de havenmuur afgemeerd, maar Etzwane had niet zo veel haast: de rust van Shillinsk was iets waarvan hij ook zó kon genieten.

Hij trad binnen en zag dat de waard bezig was met een zak rottensteen en een vet stuk chumpahuid de toog te polijsten. Hij gaf geen blijk van herkenning, maar daarover verbaasde Etzwane zich nauwelijks. In zijn haveloze kleren leek hij niet in het minst op de in keurige kleding gestoken Gastel Etzwane die samen met Ifness in Shillinsk was gearriveerd.

"U zult zich mij niet herinneren," zei Etzwane, "maar enige maanden geleden ben ik samen met de tovenaar Ifness hier in zijn magische boot gearriveerd. U bent toen naar ik mij herinner het slachtoffer geworden van een onfortuinlijk ongeluk."

De waard maakte een grimas. "Breng zulke zaken niet onder mijn aandacht. De tovenaar Ifness is een vreeswekkend man. Wanneer komt hij zijn boot ophalen? Die drijft ginds op het water."

Etzwane staarde hem verbaasd aan. "Heeft Ifness zijn boot niet opgehaald?"

"Kijk daar, door de deuropening. U ziet het vaartuig liggen zoals u het hebt achtergelaten." En deugdzaam voegde hij eraan toe: "Ik heb ervoor gezorgd dat het vaartuig niet is geroofd of aangeraakt, zoals u mij ook had opgedragen."

"Uitstekend." Etzwane was zeer in zijn schik: hij had Ifness de boot zien besturen. Hij wist wat de verschillende meters beduidden, en ook hoe hij zonder elektrische schok aan boord kon komen. Hij wees op de loper. "Voor uw moeite schenk ik u hierbij deze loper, met zadel. Ik verzoek u alleen om een maaltijd en onderdak voor de nacht. Morgen zeil ik heen in de magische boot."

"Brengt u de boot naar Ifness?"

"Om u de waarheid te zeggen zou ik niet weten wat er van hem is geworden. Ik was ervan uitgegaan dat hij lang geleden al in Shillinsk zou zijn gearriveerd en de boot zou hebben meegenomen. Als hij mij of de boot nodig heeft zal hij ongetwijfeld weten waar hij mij kan vinden, als hij nog in leven is."

Als Ifness nog in leven was. Tussen Shagfe en Shillinsk lagen honderd gevaren: chumpa's, troepen dolle ahulfs, roversstammen en slavenjagers. Ifness zou ten offer kunnen zijn gevallen aan al deze gevaren, en al Etzwane's harde verwijten zouden ongegrond zijn. Zou hij eropuit moeten trekken om Ifness te gaan zoeken? Etzwane slaakte een diepe zucht. Caraz was enorm groot. Het zou een schoolvoorbeeld van futiliteit zijn.

De waard bereidde een smakelijke maaltijd van riviervis, gestoofd in een zure groene saus, en daarna liep Etzwane over de kade en zag de purperen schemering over het water vallen. Shant en Garwiy waren veel dichterbij dan hij had kunnen hopen.

De volgende ochtend roeide hij in een skiff naar de boot en duwde voorzichtig met een droge stok tegen de knop waarmee de elektrische beveiliging kon worden uitgeschakeld. Toen raakte hij nog voorzichtiger met zijn vinger het dolboord aan. Geen schok, geen fontein van vonken zoals toen de waard in de rivier was geslingerd.

Etzwane bond de skiff aan het meertouw vast en stuurde de boot naar het midden van de rivier. De stroom voerde hem mee naar het noorden, hij hees het zeil, en Shillinsk gleed achter hem weg en werd een rij speelgoedhuisjes aan het water.

En nu het kritieke experiment. Hij nam het deksel van het bedieningspaneel en tuurde naar de rij knoppen. Voorzichtig draaide hij aan de knop 'stijgen'. De boot steeg op en gleed voor de wind verder. Haastig liet Etzwane het zeil zakken om niet door een plotselinge windvlaag te kapseizen.

Hij probeerde de andere knoppen uit, en de boot beschreef een grote boog en vloog oostwaarts, naar Shant.

Onder hem gleden de duifgrijze vlakten en de donkergroene moerassen voorbij. Voor hem glinsterde het brede water van de Bobol en daarachter de grote Usak.

Bij het vallen van de nacht bereikte Etzwane de oostkust en de Groene Oceaan. Een paar flikkerende gele lichtjes vertelden hem dat daar een dorpje lag, aan de rand van de oceaan; voor hem weerkaatsten de sterren op het water.

Etzwane minderde vaart tot hij nog maar langzaam verder dreef en begaf zich te bed. Toen de volgende ochtend aanbrak, lag Shant als een streep langs de zuidoostelijke horizon.

Etzwane vloog hoog over de kantons Gitanesq en Fenesq heen, en daalde vervolgens naar de Sualle. De torens van Garwiy waren nog net te zien: een handvol gloeiende juwelen. De oever kwam dichterbij, en in de verte waren vissers bezig. Etzwane liet de boot in het water zakken. Hij hees het zeil en voer met de wind in de rug naar Garwiy met een spoor van belletjes achter zich aan.

Na enige tijd werd de wind wat zwakker en begon de boot langzamer over het vlakke water te glijden. Etzwane, soezend in het zonlicht, kon geen reden bedenken om zich te haasten. Het vooruitzicht de boot vast te leggen en aan land te stappen bracht een vreemd melancholieke stemming bij hem teweeg. Op dat ogenblik zou het avontuur definitief zijn afgelopen. En ondanks alle ellende en zwarte wanhoop had hij in de tijd die achter hem lag ten volle geleefd en zijn levenservaring verdiept en verrijkt.

Voort gleed de boot, over het stille water, en de torens van Garwiy rezen boven hem op als edelen aan een banket. Langs de oever zag hij dingen die hem bekend voorkwamen: dit gebouw hier, dat pakhuis daar, en ginds de haveloze oude pier waaraan Ifness' boot gemeerd had gelegen. Etzwane wendde het roer, de boot gorgelde door het water. Hij liet het zeil zakken en dreef langzaam verder naar de pier.

Hij legde het vaartuig goed vast, liep toen de weg op en hield een diligence aan. De koetsier keek hem niet al te vriendelijk aan. "Waarom houdt u mij staande? Ik heb u niets te geven, ga maar naar het openbaar hospitaal als u een aalmoes wilt."

"Ik wil geen aalmoes," zei Etzwane. "Ik wil worden vervoerd." Hij klom de diligence in. "Breng mij naar Fontenay's Herberg op de Galiasavenue."

"Hebt u geld?"

"Niet in deze kleren. In Fontenay's Herberg krijgt u wat u toekomt, daar geef ik u mijn woord op."

Met een tik van zijn zweep zette de voerder de loper in beweging. Etzwane riep naar boven: "Wat is er in Garwiy voorgevallen? Ik ben maanden weg geweest."

"Niets van groot gewicht. De Groenen en Purperen hebben ons

zware belastingen opgelegd, met hun plannen zijn ze ambitieuzer dan de Anome. Ik geef de voorkeur aan lucht om mijn nek boven een halsband, maar nu willen de Groenen en Purperen dat ik voor mijn vrijheid betaal. Wat is nu beter: goedkope onvrijheid of dure onafhankelijkheid?"

De diligence rolde voort door de schemering, langs straten die een smalle, kleine indruk maakten, vertrouwd, geliefd, en toch op de een of andere manier ver van hem afstaand. Op Kahei had Garwiy een droom geleken, maar toch bestond het. Hier in Garwiy was Kahei een abstractie geworden, terwijl ook Kahei bestond. Ergens anders was de wereld van de zwarte bolvormige schepen met hun menselijke bemanning. Hij zou nooit te weten komen hoe de zaak precies in elkaar zat.

De diligence hield stil voor Fontenay's Herberg en de koetsier keek Etzwane wantrouwig aan. "En nu mijn geld, alstublieft."

"Eén ogenblik." Etzwane liep de herberg in en trof Fontenay aan een tafeltje met een kruik van zijn eigen waar voor zich. De herbergier fronste zijn voorhoofd toen hij de haveloze verschijning zag, maar herkende toen Etzwane en uitte een kreet van verbazing. "Wat nu? Gastel Etzwane in vodden? Voor een charade?"

"Nee, geen charade, maar een avontuur waarvan ik zojuist ben teruggekeerd. Wees zo goed deze lastige koetsier te betalen, en zorg dan voor een kamer, een bad, een barbier, schone kleren en ten slotte een goede maaltijd, als u wilt."

"Niets zou me meer genoegen doen," zei Fontenay. Hij knipte met zijn vingers. "Heinel! Jared! Zie toe dat aan Gastel Etzwane's wensen wordt voldaan!" Hij draaide zich weer om naar Etzwane. "Raad eens wie er daar op het podium voor de muziek zal zorgen? Over een halfuur komt hij hier."

"Dystar de druithine?"

"Helaas neen! Niet Dystar. Het is Frolitz met zijn Roze-Zwart-Azuur-Donkergroenen."

"Dat is goed nieuws," zei Etzwane uit de grond van zijn hart. "Ik kan me niemand bedenken die ik liever zou zien."

"Komaan dan, maak het u gemakkelijk. Een vrolijke avond ligt voor ons."

Etzwane nam met enig enthousiasme een bad: het eerste warme

water dat hij had gezien na zijn vertrek met Ifness uit Fontenay's Herberg. Hij trok schone kleren aan en daarna knipte een barbier zijn haar en schoor zijn gezicht. Wat te doen met de zuur ruikende vodden? Hij voelde even de verleiding om ze als aandenken te bewaren, maar gooide ze ten slotte toch weg.

In de gelagkamer trof hij Frolitz aan, in gesprek met Fontenay. Frolitz sprong op en omhelsde Etzwane hartelijk. "Wel wel, mijn jongen! Ik heb je maanden niet gezien, en ik hoor net dat je een schelmenavontuur hebt beleefd! Je bent altijd de man geweest voor vreemde grillen en donquichotterie! Maar kijk nu eens, je bent terug, en ziet eruit — hoe zal ik het zeggen? — of je vol zit met vreemde kennis. Wat voor muziek heb je gespeeld?"

Etzwane lachte. "Ik ben begonnen met het leren van een Groot Lied van veertienduizend canto's, maar heb er maar twintig of daaromtrent onder de knie gekregen."

"Een goed begin! Misschien horen we er vanavond wel een paar van. Ik heb een nieuwe man aangenomen, een slimme jongen uit Pagane, maar hij is niet elastisch genoeg. Ik ben bang dat hij het nooit zal leren. Je krijgt je oude plaats, en Chaddo kan glijbas spelen. Wat zeg je daarvan?"

"In de eerste plaats dat ik vanavond niet kan spelen; ik zou u allen versteld doen staan! In de tweede plaats zou niets mij nu meer genoegen doen dan een goede maaltijd: ik ben in Caraz geweest en heb daar op pap geleefd. En ten derde, wat de toekomst betreft, die is nu nog leeg."

"Andere belangen mengen zich voortdurend in je muziek," zei Frolitz knorrig. "Ik dacht dat je je oude vriend was komen opzoeken. Zijn naam ben ik vergeten. Ik heb hem de afgelopen paar dagen vaak gezien. Kijk, daar gaat hij, naar het tafeltje in de hoek waaraan hij meestal zit. Volg mijn raad op en bemoei je niet met hem."

"Een goede raad," zei Etzwane met verstikte stem. "Desondanks moet ik hem even spreken. Ik kom later wel bij u terug."

Hij liep naar de andere kant van de gelagkamer en bleef voor het tafeltje in de hoek staan. "Ik ben verbaasd u te zien."

Ifness keek met een nietszeggende uitdrukking op zijn gezicht op en knikte hem toen bruusk toe. "Ah, Etzwane, u treft me op een ogenblik dat ik weinig tijd heb. Ik moet snel iets eten en dan weg."

Etzwane liet zich op een stoel zakken en staarde in het lange, strenge gezicht voor hem, alsof hij achter Ifness' geheimen wilde komen door ze er met zijn ogen uit te trekken. "Ifness, een van ons tweeën moet krankzinnig zijn. Wie is het, u of ik?"

Ifness maakte een geïrriteerd gebaar. "Het resultaat zou in beide gevallen hetzelfde zijn: er zou aan weerszijden een even groot verschil van mening bestaan. Maar zoals ik u al zei moet ik..."

Alsof hij de ander niet had gehoord zei Etzwane: "Weet u zich nog te herinneren onder welke omstandigheden wij uit elkaar zijn gegaan?"

Ifness fronste zijn voorhoofd. "Waarom zou ik mij dat niet herinneren? Het voorval vond plaats ergens in het noorden van Caraz, op een dag die ik niet geheel zeker meer weet. Ik meen dat u bent vertrokken om een barbarenmeisje achterna te gaan of iets van dien aard. Ik weet nog dat ik u waarschuwde niet aan die onderneming te beginnen."

"Dit was in algemene trekken inderdaad waar het om ging. U bent weggereden om een reddingsoperatie op touw te zetten."

Een bediende zette een terrine voor Ifness neer. Deze tilde het deksel op, rook even, en schepte toen een kom vol groene zeevruchtensoep. Met een afwezige uitdrukking op zijn gezicht kwam hij terug op Etzwane's woorden. "Laat eens zien. Hoe lagen de omstandigheden? De krijgers van de Alula waren in het spel, en Hozman Zeerkeel. U wilde een ridderlijke expeditie ondernemen om een meisje te redden dat u aangenaam had getroffen en nu tussen hemel en aarde hing. Ik gaf als mijn mening dat een dergelijke onderneming niet goed te verwezenlijken zou zijn, en dat u er waarschijnlijk het leven bij zou inschieten. Het doet mij genoegen dat ik u van uw voornemen heb kunnen afbrengen."

"Ik herinner mij de zaak vanuit een geheel ander perspectief," zei Etzwane. "Ik stelde voor om het voorraadschip te veroveren, en u antwoordde dat de bewoners van de Aarde wel belangstelling zouden hebben voor een dergelijk schip, en dat een reddingsvaartuig na minimaal twee of drie weken zou kunnen arriveren."

"Ja, dit was het geval. Ik heb de kwestie met Dasconetta besproken, maar deze was van mening dat zo'n stap de bevoegdheden van zijn ambt te buiten zou gaan, en dus gebeurde er niets." Ifness proefde van zijn soep en sprenkelde er een paar vlokken peperpeul overheen. "Hoe dan ook, de uiteindelijke afloop zou hetzelfde zijn geweest, en u hoeft niet langer bezorgd te zijn."

Etzwane hield zijn stem met enige inspanning onder controle. "Hoe kan de uiteindelijke afloop hetzelfde zijn als een heel schip met gevangenen naar een verre planeet wordt gebracht?"

"Ik spreek in grote lijnen," zei Ifness. "Wat mij betreft, mijn werk heeft mij naar verre oorden gevoerd." Hij wierp een blik op zijn chronometer. "Ik heb nog een paar minuten. De asutra die ik hier in Shant in handen heb gekregen, en ook andere, zijn bestudeerd. Wellicht hebt u belangstelling voor wat dat onderzoek heeft opgeleverd."

Etzwane leunde achterover in zijn stoel. "Zeer zeker."

Ifness nuttigde zijn soep met langzame, vloeiende bewegingen van zijn lepel. "Een deel van wat ik u vertel, berust op gissingen, een ander deel ben ik via inductie te weten gekomen, andere informatie ontleende ik aan observatie en ten slotte is een deel van mijn bevindingen het resultaat van direct contact. De asutra zijn een oud ras, met een bijzonder lange geschiedenis. Zoals we weten zijn het parasieten, voortgekomen uit een soort moerasbloedzuiger. Ze slaan feiten op door gebruikmaking van het oppervlak van kristallen in hun achterlijf. Deze kristallen groeien, en de asutra groeit met ze mee. Een groot achterlijf wijst op een grote hoeveelheid opgeslagen kennis; hoe groter het achterlijf, hoe hoger de kaste. De asutra communiceren onder elkaar door middel van zenuwimpulsen, of misschien telepathie; een groep gespecialiseerde asutra is in staat de meest gecompliceerde verstandelijke opgaven uit te voeren.

"Het is een gemeenplaats dat intelligentie zich ontwikkelt gedurende een tijd van geleidelijk steeds slechter wordende levensomstandigheden. Dit gebeurde ook bij de asutra. Ze hadden, en hebben nog steeds, een hoge voortplantingssnelheid. Elke asutra brengt een miljoen nakomelingen voort, die stuk voor stuk tot een van twee geaardheden behoren en zich met een nakomeling van de andere geaardheid moeten binden om levensvatbaar te zijn. In het begin van hun geschiedenis raakten hierdoor de moerassen van de asutra overbevolkt en werden ze gedwongen om onderling te wedijveren om gastheren. Deze uitdaging bracht hen ertoe om gastheren te temmen, stallen en hokken te bouwen en hun eigen voortplantingssnelheid te reguleren.

"Het is van belang te onderkennen dat de daden van de asutra worden ingegeven door een allesoverheersende drang, namelijk het verlangen om een sterke, actieve gastheer te beheersen. Deze drang is even fundamenteel als de kracht die ervoor zorgt dat een plant zich naar het licht toekeert, of mensen ertoe aanzet voedsel te zoeken als ze honger hebben. Alleen door deze sterke drang tot domineren te onderkennen kunnen de daden van de asutra enigszins worden begrepen. Ik dien hier op te merken dat vele, zo niet alle theorieën die wij in het begin aanhingen naïef en onjuist waren. Het doet mij genoegen te kunnen zeggen dat mijn onderzoek de waarheid aan het licht heeft gebracht.

"Dankzij hun intelligentie en hun vermogen deze intelligentie te vermenigvuldigen, en dankzij hun agressieve aard is de geschiedenis van de asutra gecompliceerd en dramatisch geweest. De asutra hebben vele verschillende tijdperken doorgemaakt. Er is een kunstmatige periode geweest, waarbij ze gebruik maakten van chemische voedingsstoffen, elektrische gevoelens, denkbeeldige kennis. Als de asutra moe waren, schiepen machines zeeën van voedzame modder, waarin ze konden zwemmen. In een andere periode fokten de asutra optimale gastheren, maar die werden veroverd en gedood door asutra op oergastheren uit de modder waaruit alle asutra oorspronkelijk waren voortgekomen. Maar deze archaïsche gastheren waren er tegen die tijd heel slecht aan toe en bijna uitgestorven, en de asutra waren gedwongen om buiten hun planeet te gaan zoeken.

"Op de planeet Kahei ontdekten ze een natuur die bijna identiek was aan die van hun eigen wereld, en de Ka waren bruikbare gastheren. De asutra veroverden Kahei, dat door de eeuwen heen een tweede thuiswereld voor hen werd.

"Op Kahei kregen ze te maken met een onverwachte en bijzonder onprettige omstandigheid. Langzaam, bijna onmerkbaar, begonnen de Ka zich aan de asutra aan te passen, en geleidelijk werden de rollen omgedraaid. In plaats van het dominerende deel van de symbiose te zijn werden de asutra het ondergeschikte deel. De Ka begonnen de asutra voor onwaardige dingen te gebruiken, zoals het bedienen van mijnmachines, apparatuur in de verwerkende industrie, en andere onplezierige werkzaamheden. In andere gevallen gebruikten de Ka groepen aan elkaar gekoppelde asutra als rekenmachines of informatieopslag. Het kwam er dus op neer dat de Ka de asutra gebruikten om hun eigen macht te vergroten in plaats van andersom. De asutra waren het met dit soort dingen niet eens, er volgde een oorlog en de asutra op Kahei werden tot slaaf gemaakt. Daarna waren de Ka de meesters en de asutra de ondergeschikten.

"De asutra die van Kahei waren verdreven, wilden graag nieuwe gastheren vinden. Ze kwamen op Durdane, waar de menselijke bewoners even vlug, duurzaam en vaardig waren als de Ka, en veel beter in de hand te houden. Durdane was voor de asutra te droog, en gedurende twee of drie eeuwen brachten ze vele duizenden mannen en vrouwen over naar hun thuiswereld en namen hen op in hun maatschappelijk stelsel. Maar ze verlangden nog steeds naar de wereld Kahei, om zijn idyllische mosvlakten en heerlijke moerassen en begonnen daarom een uitroeiingsoorlog tegen de Ka, waarbij ze mannen als slavenkrijgers gebruikten.

"De Ka, die nooit een heel talrijk volk waren geweest, zagen een nederlaag aankomen, omdat de oorlog tegen de numeriek veel sterkere asutra een uitputtingsslag zou worden die ze niet konden winnen, tenzij ze de aanval van de mensen wisten te smoren. Bij wijze van experiment ontwikkelden ze de Roguskhoi en stuurden die naar Durdane om het menselijk ras te vernietigen. Zoals we weten, mislukte deze proef. Vervolgens wilden de Ka mensen gebruiken om tegen de asutra in te zetten, maar weer mislukte het experiment: hun slavenkrijgers kwamen in opstand en weigerden te vechten."

"Hoe bent u dit alles te weten gekomen?" vroeg Etzwane.

Ifness maakte een terloops gebaar. Hij had zijn soep op, en was nu bezig aan een bord met diverse soorten vlees en ingelegde vruchten. "Ik heb gebruik gemaakt van de faciliteiten van het Historisch Instituut. Dasconetta is overigens in grote verlegenheid komen te verkeren. Ik heb het gewonnen van zijn pedante onbuigzaamheid en heb de zaak zelfs voorgelegd aan het Coördinerend Bestuur, dat mijn standpunten actief steunde. De Aarde-werelden kunnen het niet tolereren dat nietmenselijke rassen mensen tot slaaf maken. Dat is een fundamenteel element van ons beleid. Ik heb de expeditie die een en ander recht moest zetten begeleid, officieel als adviseur van de bevelhebber, maar in werkelijkheid stond de expeditie onder mijn leiding.

"Bij aankomst op Kahei ontdekten we dat zowel de Ka als de asutra waren uitgeput en gedemoraliseerd. In het noorden maakten we een einde aan een treffen tussen oorlogsschepen, daarna dwongen we een harde, maar eerlijke vrede af. De Ka werd gelast al hun asutra over te dragen en al hun menselijke slaven terug te brengen naar Durdane. De asutra gaven hun pogingen om Kahei te onderwerpen op en stemden er ook mee in om al hun menselijke gastheren terug te brengen naar Durdane. De oplossing voor een hoogst ingewikkeld probleem was elegant eenvoudig en viel binnen het begripsvermogen van alle betrokkenen. Dit, in zeer beknopte vorm, schetst de situatie zoals die nu is." Ifness nam een slok van een kop verbenathee.

Etzwane zat ineengedoken in zijn stoel. Hij dacht aan de zilver met witte schepen die de schepen van de Ka hadden verdreven van de zwarte bollen van de asutra. Met een steek bittere humor herinnerde hij zich hoe weerloos en apathisch het trainingskamp was geweest, en met hoeveel denkbeeldig gemak hij en zijn mannen het hadden veroverd. En het ruimteschip waar ze grimmig en vastberaden waren binnengestormd — dat schip was juist gestuurd om hen terug te brengen naar Durdane. Geen wonder dat er zo weinig verzet was geboden!

Met een stem waarin beleefde bezorgdheid doorklonk zei Ifness: "U lijkt niet geheel uzelf. Heeft mijn relaas u op de een of andere wijze aangegrepen?"

"In het geheel niet," zei Etzwane. "Zoals u zegt, de waarheid vernietigt vele illusies."

"Zoals u zich wel zult kunnen voorstellen is mijn aandacht in beslag genomen door gewichtige zaken en was ik niet in staat iets te doen voor de gevangen genomen Alula, die, naar ik aanneem, wel weer langs de oevers van de Vurush zullen dwalen." Hij keek op zijn chronometer. "Hoe is het u vergaan nadat onze wegen zich scheidden?"

"Mij is niets bijzonders overkomen," zei Etzwane. "Na wat kleine ongemakken ben ik weer in Shillinsk gearriveerd. Ik heb uw boot meegebracht."

"Heel vriendelijk van u. Dasconetta heeft een ruimtesloep naar Shillinsk gestuurd, en ik heb natuurlijk daarvan gebruik gemaakt." Ifness keek weer naar zijn chronometer. "Als u me nu wilt verontschuldigen, ik moet heengaan. Een aantal jaren hebben wij met elkaar te maken gehad, maar ik betwijfel of we elkaar nog zullen terugzien. Ik vertrek van Durdane, en ben niet van plan er nog terug te keren."

Etzwane, ineengezakt in zijn stoel, zei niets. Hij dacht aan verre oorden, aan stromende rivieren en nomadenstammen. Hij herinnerde zich de afschuwelijke gebeurtenissen op het voorraadschip en de dood van Karazan. Hij dacht aan de zwartfluwelen vlakten en het purperzwarte moeras, aan Polovits en Kretzel. Ifness was opgestaan. Etzwane zei: "In Shagfe bevindt zich een oude vrouw, Kretzel genaamd. Zij kent veertienduizend canto's van het Grote Lied van de Ka. Die kennis zal met haar het graf ingaan."

"Zozo." Ifness aarzelde, terwijl hij aan zijn lange kin plukte. "Ik zal dit meedelen aan een organisatie die zich met dit soort zaken bezighoudt, en er zal een gesprek plaatsvinden met Kretzel, ongetwijfeld tot haar voordeel. En nu..."

"Hebt u een assistent nodig, een adjunct?" flapte Etzwane er opeens uit. Hij was niet van plan geweest die vraag te stellen, de woorden waren vanzelf uit zijn mond gekomen.

Glimlachend schudde Ifness het hoofd. "Een dergelijke verhouding zou zeker onwerkbaar zijn. Gastel Etzwane: vaarwel." Hij verliet de herberg.

Een kwartier bleef Etzwane stil en alleen zitten. Toen stond hij op en begaf zich naar een ander tafeltje, aan de overzijde van de gelagkamer. Zijn honger was verdwenen, en hij bestelde een kruik koppige wijn. Plotseling werd hij zich ervan bewust dat er muziek werd gespeeld: Frolitz en de Roze-Zwart-Azuur-Donkergroenen waren bezig aan een aardig wijsje uit de hooglanden van Lor-Asphen.

Frolitz kwam naast zijn tafeltje staan. Hij legde zijn hand op Etzwane's schouder. "De man is weg, en dat is wel zo goed. Hij heeft altijd een verderfelijke invloed op je gehad. Hij heeft je zelfs afgeleid van je muziek. Nu is hij weg, en alles herneemt zijn normale loop. Kom op je khitan spelen."

Etzwane keek in de diepten van de koele wijn en bestudeerde het spel van licht en kleur. "Hij is weg, maar vanavond heb ik geen trek in muziek."

"'Trek'?" spotte Frolitz. "Wie speelt er nu met trek? Dat is voor de keuken. Wij musici gebruiken onze adem en onze handen en laten ons leiden door opgewekte gevoelens."

"U hebt gelijk. Maar mijn vingers zijn stijf, ik zou ons allemaal in verlegenheid brengen. Vanavond blijf ik hier naar u zitten luisteren en een paar glazen wijn drinken, en morgen besluiten we wel wat te doen." Hij keek naar de deur, al wist hij dat Ifness was verdwenen.

Jack Vance werd in 1916 geboren in een welgesteld Californisch gezin dat tegen het einde van zijn kindertijd moeilijke tijden doormaakte. Als jonge man probeerde hij een aantal onbevredigende baantjes uit alvorens aan de Universiteit van Californië in Berkeley mijnbouw-kunde, natuurkunde, journalistiek en Engels te gaan studeren. Hij ging van school toen de oorlog uitbrak en werd matroos op de koopvaardij. Later werkte hij als rolbrugmachinist, landmeter, keramist en timmer-man, voordat hij zich door het produceren van een gestage stroom aan SF, mysterieromans en korte verhalen als voltijds schrijver vestigde.

Hij was meer dan zestig jaar actief als schrijver, en voor zijn werk ontving hij onder andere drie *Hugo Awards*, een *Nebula Award*, een *World Fantasy Award* oeuvreprijs, en een *Edgar* van de *Mystery Writers of America*. De *Science Fiction & Fantasy Writers of America* kroonden hem tot Grootmeester, en hij werd opgenomen in de roemruchte *Science Fiction Hall of Fame*.

In zijn werk overschreed Jack Vance vaak de grenzen van het genre: van weemoedige fantastiek (de zeer invloedrijke *Stervende Aarde* verhalen) tot interstellaire space opera (de vijfdelige *Duivelsprinsen* reeks), van heldhaftige fantasy (de *Lyonesse* trilogie) tot de mysterieuze moorden die een sheriff in landelijk Californië moet oplossen (de *Joe Bain* boeken).

Toen hij reeds op leeftijd was, vormde zich een internationale groep van Vance-fans die zich tot doel stelde om het complete œuvre van Vance in de oorspronkelijke staat te herstellen, daarbij tientallen jaren van redactionele ingrepen en ongewenste wijzigingen ongedaan makend. Dit resulteerde in de toonaangevende Engelse *Vance Integral Edition* die als 44 hardcover delen in een beperkte oplage verscheen.

In 2013, kort nadat hij zijn eerste jazz-album had opgenomen, overleed Jack Vance op 96-jarige leeftijd in het huis dat hij eigenhandig had gebouwd in de beboste heuvels buiten Oakland. In het jaar van zijn honderdste geboortedag begint Spatterlight met het uitgeven van een nieuwe Nederlandse editie. In 62 paperbacks verschijnen zowel alle Vance verhalen die al eerder zijn uitgegeven, alsook alle titels die nog niet eerder in het Nederlands verkrijgbaar waren.

Colofon

Dit boek is gezet uit 11,5 pt Adobe Arno Pro.

Deze uitgave kwam tot stand met de hulp van Wil Ceron
en Evert Jan de Groot.

Omslagontwerp: Howard Kistler

Typografisch ontwerp: Joel Anderson

Zetwerk: Joel Anderson

Kaarten: Christopher Wood

Management: John Vance, Koen Vyverman

www.ingramcontent.com/pod-product-compliance
Lightning Source LLC
Chambersburg PA
CBHW020847260626
47169CB00003B/1174